Alfred Komarek

Spätlese

Texte aus vier Jahrzehnten

Herausgegeben
von Michael Forcher

Haymon

Bibliografische Information:
Die Deutsche Bibliothek verzeichnet diese Publikation in der Deutschen Nationalbibliografie; detaillierte bibliografische Daten sind im Internet über http://dnb.ddb.de abrufbar.

www.haymonverlag.at

Umschlaggestaltung: Haymon Verlag / Stefan Rasberger unter Verwendung eines Bildes von www.photocase.com
Satz: Haymon Verlag / Thomas Auer
Vignetten: Eva Kellner

ISBN 978-3-85218-507-1

Inhaltsverzeichnis

Verkostungsnotizen

Texte … viele Texte aus nahezu vier Jahrzehnten. Sie sind nach Inhalten zusammengefasst, damit es leichter ist, sich zurechtzufinden. Schlampereien und Flüchtigkeitsfehler habe ich ausgebessert, aber die Patina belassen. So kommt es, dass manches ein wenig von gestern ist. Nur ein paar Beispiele: In vielen unserer Postämter (sind sie überhaupt noch Ämter?) waltet längst nicht mehr distanzierte Autorität, sondern freundliche Dienstbereitschaft. Anrufbeantworter, frühere angsteinflößende Gegner technikunwilliger Telefonierer, sind stets schwätzwilligen Mailboxen gewichen. Prominente Namen von damals sind heute nur noch beiläufig bekannt, was die eine oder andere Anmerkung notwendig macht. Die Geschichten aus der „Autorevue“ haben ein wenig Rost angesetzt, aber das steht ihnen ganz gut. Die Reisegeschichten sind aus heutiger Sicht oft nicht ganz nachvollziehbar, Kashmir haben wir trotzdem aufgenommen, obwohl ich derzeit noch ärgeres Bauchweh hätte, als ich es damals ohnehin schon hatte. Andererseits staune ich darüber, wie aktuell die Texte im Wesentlichen geblieben sind.

Noch ein paar Worte zu den Quellen: Die Feuilletons des Kapitels „Austriaca“ und einige andere stammen aus dem schon lange vergriffenen Buch „Gott hab uns selig“, die Texte im Abschnitt „Bestiarium“ aus der Zeitschrift „Parnass“. Das „Diners Club Magazin“ war eine besonders ergiebige Fundstelle. Ja, und dann geht es um Texte fürs Radio – in Österreich und Deutschland. Natürlich gibt es im Kapitel „Melodie exklusiv – Sentimentale Beispiele“ einige Kostproben der gleichnamigen Sendung aus den Siebzigerjahren, aber auch vieles andere.

Leserinnen und Leser sind eingeladen, sich nach Lust, Laune und Interesse zu bedienen, zu naschen, da und dort, oder auch einmal dem Leserhunger in schöner Hemmungslosigkeit nachzugeben.

Viel Freude wünsche ich!

Wien, im November 2006 — Alfred Komarek

Ein Gedicht, ein Gedicht, ein Gedicht!

Wie sag ich's in zwei Zeilen?
Da muss ich mich beeilen!
Zu spät. Es ist die dritte.
Entschuldigen Sie bitte.

ZUSAMMENLEBEN

Wie bitte?

Man ist angepasst heutzutage, es bleibt einem ja kaum etwas anderes übrig, es sei denn, man ist asozial oder ein pragmatisiertes Genie. Sogar im lieben Schnitzelland denken immer mehr Leute bei Chips nicht nur an Erdäpfel, und es ist gut möglich, dass die nächste Generation der Omis den Lieblingsenkelinnen Disketten vererben wird, mit den guten alten Omi-Kochrezepten drauf. Umso weniger verständlich ist die konsequente Abneigung, der geradezu biblische Hass, der von vielen Menschen dem vergleichsweise harmlosen Anrufbeantworter entgegengebracht wird. Es muss sich um eine irrationale Abneigung handeln, denn das einzige Argument, „Ich spreche nicht mit einem Tonband“, klingt seltsam aus dem Munde jener, die schon vor Jahrzehnten bebend vor Begeisterung ihre wohltönenden Organe dem ersten Stuzzi (österreichisches Tonbandgerät der Sechzigerjahre, Anm. d. Hrsg.) anvertrauten. Aber auch die Scheu vor der kalten Technik wird wohl kaum eine Rolle spielen, beobachtet man, mit welch beredtem Finger die Anrufbeantworterhasser mit der Tastatur eines Bankomaten parlieren. Auch scheint es unwahrscheinlich, dass ihnen der Grimm über den nicht persönlich erreichbaren potenziellen Gesprächspartner die Rede verschlägt: Gäbe es das Maschinchen nicht, wäre nicht einmal diese reduzierte Form der Kommunikation möglich. Heutzutage ist auch die Sprechzeit so gut wie unbegrenzt, die panische Angst, sich in 45 Sekunden nicht in der gewünschten Ausführlichkeit äußern zu können, fällt weg. Bleibt die Angst davor, sich festzulegen, nichts mehr zurücknehmen zu können: Als ob je einer, mit der Tonbandkassette in der Hand, vor Gericht Klage erhoben hätte, weil einer so unverschämt war, um einen Rückruf zu bitten.

Dabei ist alles so einfach: Da hat zum Beispiel eine ältere Dame dem Gerät mit nobler Geste Persönlichkeit verliehen, und tönt die Tonbandstimme an ihr Ohr, grüßt sie höflich und sagt: Ach bitte, könnten Sie meinem Sohn ausrichten … Oder, wie aus dem Dorfe berichtet wird, da nehmen die schwieligen Kunden des dortigen Kohlenhändlers das Band ganz locker. Grüaß di. Sagen sie. Woaßt eh, wer i bin. Bringst mir, was d' mir halt immer bringst.

Aber die Komplizierten machen sich's kompliziert. Die einen legen auf und rufen dann doch ein paarmal an, um die Maschine durch abermaliges Auflegen zu demütigen, ein höchst kindisches Unterfangen, die anderen bekommen jenen Tonfall, in dem sie mit Kleinkindern und Gastarbeitern reden: Bitte – Rückruf – wieder zuhause – fünf. Danke. Andere wieder werden originell, pfeifen, singen, röcheln, spielen auch Musik aufs Band, und endlich gibt es die Gruppe der wirkungsvoll Leidenden, die, ohne sich zu äußern, erst nach einem Seufzer auflegen, der ohne Übertreibung als akustisches Spiegelbild eines sterbenden Schwans gelten kann. Seltsam, sogar Anrufer, die sich ganz normal äußern, sind hinterher stolz darauf, dass sie es geschafft haben, so zu sein wie immer.

Ein derartiges Publikum kann in der Heimat eines Moissi und eines Brandauer nicht ohne Auswirkungen auf die Betreiber von Anrufbeantwortern bleiben. Kaum einer sagt im Meldetext einfach, was es zu sagen gibt. Schon der Tonfall ist seltsam gestelzt; besonders beliebt ist die Mischung aus Pfarrer, Kreditverleiher und Winkelpsychiater. Meist zum Scheitern verurteilt sind die Versuche, witzig zu sein. Österreichs Jazzlegende Fatty George, Gott hab ihn selig, hat das allerdings ganz gut geschafft: „Hier spricht die Wohnung vom Fatty George. Das Gfrast ist natürlich wieder nicht zuhause. Aber ich kann ihm was ausrichten."

Es gibt auch herzergreifende Meldetexte, Zeugen des Daseinskampfes, wie zum Beispiel der eines sehr begehrten Graphikers, der, statt sich zu melden, nur noch Grundsätzliches verlauten ließ: „Bitte! Ich tue, was ich kann! Wer mehr von mir verlangt, ist selbst schuld."

Das Gespräch auf Umwegen ist in jedem Fall konfliktbeladen. Eine Entspannung ist erst denkbar, wenn der Dialog lautet: Hier spricht der Anrufbeantworter – hier auch. Kommunikation ist eben erst dann befriedigend automatisiert, wenn zwei Anrufbeantworter einander Witze erzählen können. Dieser Weg in die Zukunft wäre aber kein österreichischer Weg, was immer man unter einem solchen verstehen mag. Es ist eigentlich nicht einzusehen, warum die plaudersamen Tonbänder nicht einfach als weitere, gar nicht so reizlose Spielart der sprachlichen Verständigung zwischen Menschen genommen werden können, nicht sehr wichtig, aber oft nützlich und manchmal sogar vergnüglich. Immerhin hat es ja auch viel mit Technik zu tun, miteinander ohne Tonband zu telefonieren, und die Kunst, aus solchen Gesprächen diplomatische Meisterwerke zu formen, leitet sich direkt von der hochstehenden Kommunikationskultur altösterreichischer Hofräte her, von denen man fälschlich behauptet, sie hätte hauptsächlich der Beschwichtigung gedient. Der klassische Aufbau eines hofrätlichen Telefongespräches beginnt mit einer Platzierung der Kontrahenten, ähnlich wie bei einem Duell: Man geht auf Distanz und interessiert sich scheinbar für die schöne Umgebung. Der klare Unterschied zum Duell tritt schon Augenblicke später deutlich hervor: Kaum haben die Partner einander wahrgenommen, verschwenden sie keinen Gedanken daran, das Weiße im Auge des anderen zu erkennen, sondern schenken einander in überströmender Herzlichkeit je ein Ohr. Ein nicht enden wollendes Interesse an den gegenseitigen Lebensumständen webt ein sanftes, wärmendes Gespinst um die beiden, aus der unausgesprochenen, ursprünglich argwöhnischen Frage nach dem eigentlichen Anlass des Gespräches wird eine heiter gelassene Frage, natürlich noch immer nicht der Rede wert. Überstrahlt von der Sonne der Sympathie umtänzeln einander Rede und Gegenrede, nach einer köstlich ungemessenen Spanne Zeit wendet man sich leichthin, doch mit aller gebotenen Ausführlichkeit dem Abschied zu. Halb im Gehen zieht dann einer doch das Florett, gedankenschnell folgt die Parade, schon ist alles vorbei; man trägt einander nichts nach, im Gegenteil: Man hat es nobel ausgetragen und weiß, was man voneinander wollte, nun auch zu würdigen.

Ob bei einem derartigen Gespräch ein paar diensteifrige Elektronen eine Rolle spielen oder nicht, ist völlig gleichgültig. Schon eher lasse ich mir gewisse Wesensunterschiede zwischen handgeschriebenen und getippten Briefen einreden; immerhin, sagt man wohl zu Recht, spiegelt die Schrift die Persönlichkeit eines Menschen. Ich habe demnach eine unleserliche Persönlichkeit und bezweifle irgendwie, ob es, furchtlose Graphologen ausgenommen, viele Menschen gibt, die in ihr lesen wollen. Der wahre Wert von Briefen rührt ja doch vom Inhalt und seiner Sprache her. Mein Lieblingsbrief, wuchtig, zärtlich und von beeindruckender formaler Strenge, kommt vom Lande: „S. g. Herr Göd. Wir haben geschlachtet. Sie können sich das Fleisch abholen. Gruß Familie Haupt."

Eine Steigerung ist nicht möglich, das Thema Brief somit erschöpft. Aber wir reden ja auch miteinander, sogar, wenn wir einander nichts zu sagen haben. Freudig bemüht, jede importierte Blödheit zu unserer eigenen zu machen, üben wir uns darin, beredtes Schweigen mit nichtssagendem Small Talk zuzudecken. Das trägt man heute so in Yuppie-Kreisen und es passt auch irgendwie ganz gut zur modischen Unverbindlichkeit von Beziehungen. Die Erkenntnis, dass es besser wäre, nichts zu machen statt Lärm, hat in einer vordergründigen Verblendungsstrategie keinen Platz. Aber das legt sich wieder. Auch werden sich jene Gespräche irgendwann gegenseitig ad absurdum führen, wie sie in Managementseminaren gelehrt werden. Ist die Technik einmal auf beiden Seiten ausgefeilt, entscheidet erst recht wieder die Substanz.

Bleibt also das sozusagen naturbelassene Gespräch, wertvoll in jeder Gestalt. Wenn zwei beiläufig Bekannte einander über die Biergläser hinweg erzählen, was sie loswerden wollen, und jeder als Gegenleistung zuhört, wenn auch ohne besonderes Interesse, kommt die therapeutische Wirkung der einer Psychiatercouch schon recht nahe. Statt in den Chor jener einzustimmen, die da würdig orgeln, man dürfe es nicht verlernen miteinander zu reden, möchte ich den hemmungslosen Genuss am Gespräch propagieren, das uferlose Spiel mit unbegrenzten Möglichkeiten. Schön miteinander schweigen ist übrigens auch ein Gespräch.

Dienstschluss

Leistung ist ein passendes Leitmotiv für Galeerensträflinge. Daran hat sich heutzutage wenig geändert, im Gegenteil, wir rudern uns nicht nur die Hände wund, auch die Köpfe und die Seelen. Alles wird zur Leistung, wieder einmal sprechen Wörter Bände. Eines davon ist „Freizeitbewältigung“. Wer den Problemkreis Freizeit meistert, indem er seinen Body stylt und seinen Geist relaxt, damit er fit ist für den Job, ersetzt das tiefe Mysterium der Muße durch Leistung. Ein anderes seltsames Wort ist „Motivation“.

Weil es für die meisten Leistungen, die einem abverlangt werden oder die man glaubt, erbringen zu müssen, kein persönliches, unmittelbares und glaubwürdiges Motiv gibt, wird ein synthetischer Anreiz nachgeliefert. Hier Leistung, dort Zuwendung, natürlich auch wieder in Form von Leistung: Verschaffst du mir Gewinne, bekommst du eine Belohnung – das Prinzip von Zuckerbrot und Peitsche hat durch differenziertere und subtilere Anwendung eher an Schärfe zugenommen. Leistung allenthalben, Anstrengung, weil da ohne Anstrengung nichts wäre, keine erfüllte Zeit, keine sinnvolle Arbeit. Nicht einmal auf vielzitierte Feinde der Leistung ist Verlass. Das Finanzamt zum Beispiel sorgt mit teuflischer Akribie dafür, dass wir immer noch mehr leisten müssen, um uns die Leistung überhaupt leisten zu können.

Natürlich könnte man Leistung verweigern, das tun auch manche, aber gut erzogen, wie wir sind, macht uns ein asoziales Dasein ja doch nicht die rechte Freude. Nett vom Club of Rome, dass er an die Grenzen des Wachstums denkt, aber unser Götze vom Dienst ist noch immer die Steigerungsrate. Irgendwann, steht zu befürchten, wird auch hierzulande die Einordnung in allgemein gültige Leistungskategorien vollständig vollzogen sein, werden erst in den Unternehmen die letzten windstillen Ecken verschwinden, dann in den Ämtern. Es werden sich auch noch objektive Maßstäbe für kreative und künstlerische Leistung finden, vielleicht schafft man sogar ein Refugium für Verrückte, Querdenker und Träumer, wenn es gelingt, ihr krauses Schaffenspotenzial auf Umwegen ja doch der allgemeinen Leistungssteigerung zuzuführen. Ist dann alles perfekt, kippt das System womöglich um, und eine veränderte Gesellschaft bekommt ein neues Prinzip vorgesetzt, nicht weniger künstlich, nicht weniger gewalttätig als das vorhergegangene.

Leistung wäre an sich nichts Schlimmes, durchaus notwendig und wünschenswert, nur ihre Willkürherrschaft, stur und phantasielos, passt nicht in ein Land, in dem man über Politik so bitterlich weinen und so herzlich lachen kann, wo sogar die Gauner einen gewissen Unterhaltungswert besitzen. Weil die Formel Leben = Leistung nicht stimmt, ist auch die Formel Berufsleben = Leistung falsch, weil unvollständig. Das belegen zum Beispiel jene atemberaubend erfolgreichen Männer, die sich sehenden Auges ihrer herrlichen Gesellschaft, wenn auch meist mit beschränkter Haftung, in den Rachen werfen, sich kauen, verschlingen und verdauen lassen, bis sie endlich zufrieden als Endprodukt kommerziellen Stoffwechsels neben ihren frierenden Frauen liegen. Das belegen jene unermüdlichen, geduldigen, unendlich belastbaren nützlichen Idioten, für die es ein bedenkliches Indiz für mangelnde Einsatzfreude wäre, die Pensionsreife zu erleben, das belegen die vielen, die meinen, man könne auf eigene Ziele leichthin verzichten, wo es doch verbindliche Unternehmensziele gibt.

Man könnte dem kalten Leistungsprinzip vielleicht mit einer sehr individuellen Definition der eigenen Leistung beikommen, mit einer persönlichen Ordnung der Werte.

Sucht man deutliche Beispiele für eine solche Einstellung zum Berufsleben, darf man sich nicht vor Extremen fürchten, erst recht nicht vor Sonderlingen aller Art. In Zeiten der Nivellierung werden die Narren zu Propheten. Da wäre zum Beispiel jener Herr, der schon sehr früh anfing, querzudenken und querzuleben, und der heute, weit über achtzig, erst richtig loslegt. Erst studierte er Medizin, legte ein paar Prüfungen mit Auszeichnung ab, irgendwann wurde ihm das langweilig und er wandte sich der Physik zu, die ihn schon immer fasziniert hatte. Noch mehr faszinierte ihn allerdings seine zukünftige Frau, er brach das Studium ab, heiratete, ein Kind kam zur Welt. Nach dem Krieg zog es ihn wieder an die Universität, er studierte Philosophie, brach das Studium ab, weil die Familie Geld brauchte, und fing mit fünfzig noch einmal an zu studieren. Hatte es früher an Zeit und Geld für den Doktortitel gemangelt, fehlte es nun an Verbindlichkeit. Er fühlte sich einfach zu erwachsen dazu, alles zu glauben, was die Professoren lehren. Seine Laufbahn in etablierten Berufen beendete er ruhmlos als Fremdenführer. Seitdem lebt er bescheiden, doch ohne zu darben, als Privatgelehrter, beschäftigt sich mit rationaler Physik, mit Wärme und Einsteins Relativitätstheorie, mit Letzterer, um sie zu widerlegen. Er gibt eine wissenschaftliche Zeitschrift heraus, setzt und druckt sie eigenhändig, führt eine gute Ehe, und wenn ihm seine Gedanken Zeit lassen, sitzt er im verwilderten Garten seines Hauses und schaut der Natur beim Wachsen zu. Freizeitbewältigung? Motivation? Da lacht er schon sehr darüber.

Oder nehmen wir Herrn Leopold, den ungeschlachten Kerl, und seine zarte Liebe zur Oper. Um dem Objekt seiner Zuneigung näher sein zu können, wurde er Hausmeister in einem Opernhaus. Fragte man ihn nach einer Leistung, auf die er besonders stolz sei, er würde vom großen Sänger C. erzählen, dessen Freundschaft er doch wahrhaftig erringen konnte und mit dem er eines späten Abends im Wirtshause im Duett gesungen hat.

Oder ich denke an einen mehrfach preisgekrönten Dichter, Lyriker und Spezialisten für unverkäufliche Werke, der als Hotelportier – nicht sehr – tätig ist. So hat er sein Auskommen, hat Ruhe zum Schreiben und kommt auch im Sitzen unter die Leute, ein Umstand, der seinem statischen Genie in geradezu idealer Weise entspricht. Oder mir fällt jene Dame ein, die als Alternative zu akademischer Arbeitslosigkeit den Doktorhut absetzte und eine Tischlerlehre anfing, weil sie Holz mag und weil es ihr Spaß macht, etwas zu bauen.

Diese munteren Beispiele beruflichen Wildwuchses werden jene wenig trösten, die schon froh sein müssen, irgendeine Arbeit tun zu dürfen, denen Leistungsdruck und Angst die Phantasie abschnüren und die Träume totschlagen. Zwar sind ihre Vorgesetzten keine Sklaventreiber, sondern selbst Getriebene, und wenn sie Schicksal spielen und das diskret mit „unpopulären Maßnahmen" umschreiben, tun sie das ja auch nur, weil sie Sachzwängen zu gehorchen haben. Eine klare Sache, aber nicht sehr sympathisch.

Von Lebensfreude ist da und dort noch die Rede, speziell wenn sie als Verkaufsargument dienstbar ist. Berufslebensfreude ist offenbar keine Größe, die zu kalkulieren sich lohnt.

Aber es gibt ja schon wieder einen neuen Trend. Was früher grüne Sonderlinge predigten, singen heute Industrie und Werbung wohltönend im Chor: Ab sofort lebe und leiste man „bewusst“. Was war eigentlich vorher? Bewusstlos? Wie auch immer, jetzt wird alles besser. Die Galeerensträflinge tragen keine Fesseln mehr und der Antreiber legt die Peitsche beiseite, weil er jetzt ein Animateur ist. Ab sofort wird bewusst gerudert. Wir wüssten halt auch noch gern, wohin.

Stadtchronik

Wer meint, das wahre Leben ginge an unseren Kleinstädten vorbei, ist bisher offensichtlich am wahren Leben vorbeigegangen. Die kleine Stadt genügt sich einfach selbst. Das war nicht immer so. Doch mit den Jahren ist aus trotzigem Sich-Fügen weises Sich-Bescheiden gewachsen. Die kleine Stadt schaut nicht mehr neidvoll nach der großen, gar nicht weit entfernt, sie lebt behaglich in den Tag hinein, nicht sehr bedeutend, nicht sehr reich und nicht sehr laut. Ein durchaus bemerkenswertes Leben, wie etwa der Redakteur des Lokalblattes Woche für Woche mit einer geballten Fülle von Neuigkeiten beweist, auch wenn diese nie sehr überraschend kommen. Tiefe Beachtung verdient vor allem der Leitartikel, erfüllt von mürber Weisheit und wundersamer Weitsicht. Es macht sich immer gut, zuerst, wenn auch nur beiläufig, die Weltlage zu streifen. Dabei genügt es ja darauf hinzuweisen, dass die Armut nach wie vor ihr hohlwangiges Antlitz dem satten Reichtum zeigt. Dem Bürger der kleinen Stadt tut das nicht weh, er existiert irgendwo dazwischen. Dann spannt der Redakteur einen wahrlich kühn zu nennenden Bogen zu den Geschicken der Stadt: Auch hier, merkt er an, stehe nicht immer alles zum Besten, auch hierzulande seien Probleme zu meistern. Und weil es sich um einen Leitartikel handelt, der kleinliche Details großzügig negieren darf, nimmt der Autor die Gelegenheit wahr, auf die bescheidene, doch wahrlich nicht geringe Bedeutung seiner wöchentlich spaltenfüllenden Tätigkeit hinzuweisen, die er doch schließlich ganz konkret solchen Problemen widmet. So gegen Schluss sei dann noch ein persönliches Wort angefügt: Auch er, der Journalist, stehe nicht jenseits von Streit und Hader, auch er blicke zuweilen schaudernd in die Abgründe der eigenen Seele, auch wenn letztlich das Gute im Lichte der Erkenntnis zu siegen pflege.

Bleibt ein bedeutender Rest, über den es zu berichten gilt.

Verkehrsunfälle aller Art („Crash" nennt sie der Redakteur neuerdings beinhart und schnoddrig), der seit Monaten glosende Sittenskandal – die Turnlehrerin hat in einem Amateurfilm knapp bekleidet agiert – wird mit einer kühnen Betrachtung über die an sich ja nicht verwerfliche Schönheit junger Körper geschürt, und ein Jubilar wird geehrt, ein wackerer Ämterkumulierer: Mitglied im Volksfestausschuss, stellvertretender

Sparvereinsobmann und profilierter Exponent des Kameradschaftsbundes. Der Bürgermeister hat den Sitzungssaal verlassen, weil er von der Opposition beflegelt wurde, ein kleiner Kaufmann sperrt zu (traurig, traurig, Anmerkungen zur Infrastruktur) und ein Supermarkt sperrt auf (verhaltener Jubel: er inseriert). Außerdem hat ein neues Lokal eröffnet, eine Pizzeria, bei deren Schilderung der Autor mit „Flair" wieder einmal seinen Mut zu kühner Wortwahl beweisen darf. In guten Wochen kann es durchaus geschehen, dass der Redakteur triumphierend anmerkt, die Fülle der Ereignisse habe den Umfang seines Blattes gesprengt. Mehr also nächste Woche: Die Zukunft scheint gesichert.

Das Walten der entscheidend wirksamen Kräfte bleibt freilich auch dem scharfen Auge des erfahrenen Journalisten verborgen. Die gewöhnlichen Bürger der Kleinstadt stehen solchen Geheimnissen mit resignierender Ehrfurcht gegenüber, gehobene, gewöhnlich gut informierte Kreise munkeln ahnungsvoll, die Prominenz – Politiker, Lehrer, Apotheker, Pfarrer, Arzt und so weiter – hüllt sich wissend lächelnd in Schweigen, und jener innere Kreis, in dem harmlos wirkende Bürger als männliche Nornen die Geschicke der Stadt spinnen, bleibt vielsagend verhüllt. Auch die Art der Zusammenkünfte täuscht virtuos über ihre wahre Bedeutung hinweg: ein sonntäglicher Stammtisch, eine Weinverkostung, ein zufälliges Zusammentreffen bei gesellschaftlichen Ereignissen. Natürlich stellt sich die Frage nach dem Rang des Bürgermeisters: Darf er in diesem Kreise wenigstens Erster unter Gleichen sein oder ist er nur ausführendes Organ, eine erbärmliche Marionette?

Es tut nicht gut, in den eisigen Höhen der Macht an ihre Geheimnisse zu rühren, also wenden wir uns einem Nebenschauplatz von bedeutender Unverbindlichkeit zu. Der Theaterverein zieht seit vielen Jahren unverdrossen den Thespiskarren hinter sich her und präsentiert sich einmal im Jahr unerschrocken einem nicht minder tapferen Publikum. Hehre Mimen sind in dieser Runde nicht zu finden, wohl aber angesehene Leute, der Apotheker, immer noch recht jugendlich, als Held, der Tierarzt, feinsinnig und lebensprall, im Charakterfach, der Lehrer als vielseitig einsetzbarer Alleskönner (ohne besondere Note, wie er zu scherzen pflegt), seine Frau, als alternde Laszive geradezu unschlagbar, und die Tochter des Bürgermeisters, ein reines, klares Gretchen, dem auch ein Dr. Faustus nicht an die Unschuld kommt, es sei denn, er hieße Peter und ginge in die 8. Klasse Gymnasium. Der Theaterverein hat sich in diesem Jahr ins kriminalistische Fach gewagt. Jeder ist so verdächtig wie möglich, selbst hinter dem findigen Detektiv lauert ein Schatten und das Ende ist höchst zeitgemäß: Das Schicksal war's, dieser Schlingel, und jeder Akteur geht mit der bangen Frage in sich, ob er nicht doch auch ein Quäntchen Schuld zu verdauen habe. Nun hat es sich erwiesen, dass eine Erwähnung der Premiere in der Sonntagspredigt eine unbezahlbare Werbewirkung hat, und so verfiel der Dramaturg auf einen genial zu nennenden Kunstgriff, indem er auch den Pfarrer in die Handlung einbaute. Schließlich zeigt der Mann Gottes Sonntag für Sonntag, wozu er imstande ist, wenn er mit einer einzigen Handbewegung Scharen von Sündern niedermäht und mit einer zweiten die Reumütigen wieder auf die Beine stellt. Nun sitzt er, einem biblischen Raben gleich, auf der Bühnenkante, um das Geschehen kommentierend zu vertiefen und zu erläutern. Ein glänzender Einfall, merkt der Redakteur in der Besprechung des Stückes lobend an, aber es seien ja doch gewisse künstlerische Mängel bei allem Wohlwollen nicht gänzlich zu übersehen, was nicht unbedingt damit zusammenhängen müsse, dass man auf die Mitwirkung des Redakteurs schon seit Jahren glaube verzichten zu können.

Auf der Bühne des Alltags ist das dramatische Geschehen leiser, die Pointen werden beiläufig gesetzt, es gibt ja auch weniger Zuschauer. Die aus der großen Stadt freuen sich über die vielen Parkplätze und nehmen leichthin Abschied von der urbanen Welt, bevor sie kühne Vorstöße ins Bauernland wagen. Für die Leute aus den Dörfern ist die kleine Stadt vor allem nützlich, hier gibt es größere Geschäfte, Schulen, Ämter und Krankenhäuser. Es gibt auch ein Kino, aus dessen Programm lüstern das Laster züngelt, das sollte man schon auch einmal gesehen haben, aber auf die Dauer geht einem die Stadt, groß oder klein, doch ziemlich auf die Nerven.

Schließlich ist auch die Beziehung der Stadt zu ihren Besuchern eine pragmatische, eher unverbindliche; das Gemeinwesen genügt sich selbst und lebt ganz gerne privat für sich. Es kann ja auch nicht für jedermanns Augen und Ohren bestimmt sein, wenn etwa jene kleinstädtischen Wunder geschehen, die das Bürgerherz so sehr beflügeln. Da trafen im besseren Speiselokal Zum Adler vor ein paar Tagen die Gattinnen zweier Kaufleute aufeinander, zwischen denen seit undenklichen Zeiten die schwarzen

Flammen mörderisch schweigender Verachtung loderten: Hatte doch der kleine Sohn der einen dereinst der kleinen Tochter der anderen im Kindergarten ein Büschel Haare ausgerissen. Nun, es ist sieben Jahre her. Grüß dich! Brach da plötzlich eine Dame lächelnd das Schweigen. Grüß dich! Erwiderte die andere lächelnd, und die beiden tranken viele Gläser Likör miteinander und brachten noch am gleichen Abend ihre Ehegatten mit seltsam schwereloser Heiterkeit in Verlegenheit.

Der Geizkragen der kleinen Stadt, ein säuerlich verkniffener Krösus, erschien an einem Donnerstag in der Redaktion der Lokalzeitung, um dort eine geradezu horrende Summe zu hinterlegen, für Arme und anderes Gesindel, wie er sich ausdrückte. Dann bat er noch, seinen Namen nicht zu erwähnen, er wolle sich den mühsam erknauserten Ruf nicht verderben. Außerdem hat das Fräulein N. geheiratet. Fräulein N. ist an die fünfzig, nicht eben heiteren Gemüts, nicht eben gesprächig. Herr P., der sie zur Frau P. machte, ist ein eher steifer Knabe, ernst und wortkarg. Jetzt gehen sie nebeneinander durch die kleine Stadt. Nicht zu sehr nebeneinander, aber doch. So manches Wunder tut eben gut daran, nicht allzu groß zu werden.

Landleben

Wenn im Märzen der Bauer seine offenen Traktor-Raten einspannt, das Discogeschäft des Totengräbers wieder anzieht und einer aus der Stadt im Wirtshaus sitzt und alles besser weiß, laufen nur die Tapfersten nicht davon. Aber manchmal kommt Besuch. Dann gehen die Städter mit denen auf dem Lande immer ein wenig so um, als wären sie kleine Kinder oder Gastarbeiter. Sie versuchen, simpel zu denken, um die guten Leute nicht zu überfordern, und wenn sie mit ihnen reden, gebrauchen sie eine seltsame Sprache: karg, bieder und erdig; so reden Schauspieler in Werbespots für Düngemittel. Unkompliziert und gelassen nehmen sie zwischen den einfachen, aber ehrlichen Leuten Platz, nicht ohne zuvor imaginäre Papiertaschentücher unter die Hinterteile gebreitet zu haben, reden von ihren profitablen Berufen, berauschenden Reisen und prallen Terminkalendern, dann fahren sie heim in die Stadt und erzählen, was sie erfahren haben, hinter der Welt.

Andere stellen sich einen repräsentativen Zweitwohnsitz neben das Dorf, bringen aus der Stadt mit, was sie so brauchen für ein Wochenende, und glotzen wie Fische aus dem Aquarium auf die fremde Welt da draußen, im Inneren des Hauses durch eine alte Stalllaterne im Vorzimmer hinreichend repräsentiert. Ganz besonders heimtückisch sind jene, die der Stadt vollends entsagen, erdigen Schrittes aussteigen und mit unbestreitbarem Stilgefühl, Sachverstand und herzerwärmender Volksnähe den Bauern zeigen, wie es wirklich geht. Irgendwann wird das dann fad, die Propheten dörflicher Glückseligkeit ziehen zurück in die Stadt und schreiben dort womöglich auch noch schlechte Bücher über die Zeit ihres grünen Exils. Natürlich gibt es auch Ausnahmen, Städter, die das Land brauchen, um den Leuten und der Stille zuzuhören, die ihr Schnitzel noch als Schwein gekannt haben und spüren möchten, wie ein gepflügter Acker riecht, eine gemähte Wiese oder ein geleertes Fass. Auch solche Gäste ziehen ihren Vorteil aus dem Land und geben wenig dafür her, aber das nimmt ihnen keiner krumm.

Gibt sich einer vom Land mit der Stadt ab, dann meist, weil ihm nichts anderes übrigbleibt. Ein beklagenswert banales Motiv, nicht zu vergleichen mit Management-gestylten Sachzwängen. Außerdem ist es immer ein wenig peinlich, wenn einer resigniert, dann bleiben leere Häuser zurück, geschlossene Geschäfte, und daneben hängt vielleicht noch ein alter Zuckerlautomat mit der hämischen Aufschrift: „Wähle selbst." Als ob das so einfach wäre.

Mein Dorf, in dem ich ein wenig leben darf, als Fremder zwar, von dem keiner so recht weiß, womit er wirklich sein Geld verdient, mit dem Schreiben, wie er immer sagt, bestimmt nicht, ist gottlob weit davon entfernt, sich aufzugeben. Es hat sogar zwei Wirtshäuser – ein vitaler Beweis für unverdrossenes Zusammenleben. Beide haben die Resopal-Epidemie und die Plastikseuche ziemlich gesund überstanden, und auch die neueste Heimsuchung einer hinterhältig uniformen Scheinindividualität konnte nicht recht Fuß fassen, weil sie zu teuer käme. Natürlich tragen auch anderswo im Dorf Geldmangel oder sogar Armut dazu bei, dass die Dinge beim Alten bleiben, entspricht Schlichtheit nicht dem schlichten Gemüt, sondern dem Mangel an Möglichkeiten. Das schwärmerische Gefühl für das Althergebrachte wächst nicht auf solchen Böden, das kultivieren jene Besucher, die das Dorf zu einem bukolischen Tapetenwechsel benutzen, um dann gerührt in ihre zentralgeheizte Welt zurückzukehren. Der Alltag sieht anders aus. Vor wenigen Jahren hat es noch drei Geschäfte im Dorf gegeben, jetzt sind es zwei und sie halten offen, weil sich genügend Kunden finden und der Kaufmann nicht schlechter lebt als die anderen. Kein heroischer Abwehrkampf gegen Supermärkte, kein aufopfernder Dienst im Sinne der Nahversorgung, aber geduldige, zähe, freundliche Arbeit und vorsichtige Zufriedenheit, weil sich davon leben lässt. Von beschaulicher Idylle war im Dorf nie die Rede, auch früher nicht, als es noch leichter war durchzukommen. Schon eher berührt die angemessene Dimension, das Dorf als Spiegelbild der Lebensumstände seiner Bewohner. Sind die Umstände zwiespältig, sind es auch die Häuser: die schönen Zimmer der lauten Straße zu, weil dort ja früher ein Anger war und man nur ein Fenster zu öffnen brauchte für Geselligkeit und die neuesten Nachrichten. Hintaus, im grünen, stillen Paradies, wohnen die Alten und das liebe Vieh, weil in leiseren Zeiten Abgeschiedenheit nichts Schönes war. So ist das eben, und die Vertreter für schalldichte Fenster haben ihre Freude daran.

Mein Dorf war nie so wohlhabend, dass Optik wichtiger hätte sein dürfen als Zweckmäßigkeit. Zweckmäßigkeit hat die klare Form alter

Häuser bestimmt: die Türen so groß, dass sie der Mensch bequem durchschreiten kann, in der Stube berührt die ausgestreckte Hand die Decke, wer am Tisch sitzt, kann seinen Ellenbogen in die Fensternischen legen. Adolf Loos schreibt über ein solches Haus: „Genau so schön ist es, wie die rose oder die distel, das pferd oder die kuh.“ Bleiben wir bei der Zweckmäßigkeit als Formgeberin, dann wäre es einem Bauernhaus unserer Zeit nicht zu verübeln, sähe es aus wie Monokultur oder Kunstdünger, Mähdrescher und Stromlinienschwein. Nicht einmal der Hof eines verbrieften Bio-Bauern könnte heute romantischen Bilderbuchträumen gerecht werden. Auch bäuerliches Imponiergehabe hat es schon immer gegeben, nur war das Ergebnis in einer Zeit überlieferter Bauweise und ohne schlechte Vorbilder eindrucksvoll, vielleicht auch protzig; heute kränken eben riesige Blechtore, öde Betonflächen und unechte Fassaden. Die Naivität ist längst beim Teufel, daran sind nicht die Bauern schuld, und unverbildetes Formempfinden ist längst unter die Räder des Fortschritts gekommen.

Es macht sich im Kreise gebildeter Ästheten immer gut, den Gesichtsverlust der Dörfer zu beklagen, aber nicht zuletzt waren es die üblen Vorbilder der Reichen und Gebildeten, die das neue Bild auch auf dem Lande prägten, waren es die Ämter und Banken, die mit Bauten von umfassender Abscheulichkeit den neuen Weg vorzeichneten. Seit den Siebzigerjahren gehen „Dorferneuerer“ um, kluge, ehrliche, auch sensible Leute, aber es ist eben wieder eine Revolution von oben. Hätten die Menschen in meinem Dorf weniger drückende Sorgen, hätten sie mehr Freiheit und mehr Freude daran, über das Gesicht ihrer Landschaft und ihrer Häuser nachzudenken; hätten sie ein wenig mehr Anlass dazu, auf ihre Arbeit stolz zu sein, wären sie auch selbstbewusst genug, nicht jedem, der da kommt und etwas vormacht, zu glauben.

Lebensfreude ist auch eine Dimension der Ästhetik, und es gibt nicht sehr viel Lebensfreude in meinem Dorf. Für junge Menschen ist ein ruhiges Leben in festgefügten Bahnen und mit einer verlässlich trüben Zukunft schlichtweg frustrierend, und die Betäubung in der Disco, der Tritt aufs Gaspedal und das aggressive Spiel mit dem Risiko ist eine böse Mischung aus greller Euphorie und latenter Verzweiflung. Die Erwachsenen müssen sich oft genug damit abfinden, dass ihre Art zu leben für die Kinder uninteressant geworden ist, dass die vielen Jahre als Bauer auf eigenem Boden mit dem Verkauf enden, mit dem Verzicht auf tradiertes Selbstverständnis, und die Alten haben längst nicht mehr ihre verlässlich vorgeschriebene Rolle in der Familie und in der Dorfgemeinschaft. Einsame Krankheit und einsamer Tod, vordem städtische Errungenschaften, sind längst auch auf dem Land zuhause.

Als immerhin verdächtiger Lustgewinn wird das Trinken im Dorf wohl noch nicht so beiläufig wie anderswo geübt, hat noch ein wenig rituelle Feierlichkeit. Aber viele saufen ja doch ganz einfach, um nicht nachdenken zu müssen.

Ein anderer Aspekt stimmt auch nüchtern heiter: Manche, die in die Stadt gegangen sind, um zu verdienen, kommen zurück, weil sie aus der Distanz ihr Dorf neu zu sehen gelernt haben, nie beachtete Werte für sich entdeckten. Viele, die in der Stadt arbeiten, bleiben im Dorf, obwohl der tägliche Weg weit ist, aber so ganz wollen sie die Wurzeln nicht aus der Erde ziehen. Offensichtlich hat ein Leben am Rande der Einsamkeit doch mehr Farben als grau und grün.

Der Zaungast macht es sich natürlich besonders leicht, lebt ein wenig mit, in einer vertrauten, doch nicht alltäglichen Welt, liest penibel in der Lokalzeitung nach, welcher Jubilar geehrt, welcher Vortrag gehalten, welches Fest begangen wurde, schaut in Gesichter, hört zu und redet nicht zu viel. Es ist schon so, dass diese Welt auch heute noch imstande ist, Dimensionen richtigzustellen, Wertigkeiten neu zu ordnen, dem Schweigen Inhalt zu geben. Zum Teufel mit dem Terminkalender. Doch irgendwann verschwindet das Dorf im Rückspiegel, die Rückkehr in die Stadt geschieht zögernd, ziemlich unwillig. Es liegen ja noch ein paar Dörfer am Wege, es gibt ja noch eine Wirtin, bei der man Kaffee trinken muss, weil sie so unglaublich blond ist, und einen Wirt, so nebenbei auch Kaufmann und Postoberoffizial, bei dem man unbedingt ein Paar Würstel essen sollte, weil dann ein Orkan an Service loszubrechen pflegt, mit Serviettenständer und zwei Sorten Senf. Die kleine Stadt am Wege ist immer noch besser als die große Stadt am Ziel, die Bundesstraße immer noch freundlicher als die Autobahn.

Eine Stunde später liegt das Dorf unendlich weit weg, winzige Metropole einer noch nicht verlorenen Welt. Was suchst du nur immer da draußen? Fragen die Freunde. Zum Beispiel mich.

Wer borgt mir, bitte, ein Gewehr?

An einem wunderschönen Oktobermorgen eines Jahres, das nicht genannt werden will, stand der Jüngling K., nicht mehr von den Jüngsten einer, vor den Toren einer Kaserne, die dereinst kaisertreue Rösser und Soldaten beherbergt hatte. Da es in einer aufrechten Demokratie nichts mehr zu wiehern gab, verlegte man später die Heeresküche in den Stall.

Der noch zivile Jüngling K. hatte nicht einmal eine Zahnbürste bei sich, war er doch wild entschlossen, seine körperliche und geistige Hinfälligkeit dermaßen eindrucksvoll zu beweisen, dass das Heer geradezu Wert darauf legen musste, sich von derlei Elementen freizuhalten. Das Schicksal meinte es nicht gut mit diesen ruchlosen Absichten: Irgendein fürwitziger Keim abdominaler Herkunft hatte die Kaserne zum Krankenhaus gemacht, die Tore blieben geschlossen, und schon hatte der Jüngling K., was er partout nicht haben wollte: einen Marschbefehl. Und wenig später war er, wo's ihm so gar nicht recht behagen wollte: hinter den Mauern einer anderen Kaserne, umgeben von verstörten Leidensgenossen. Man hatte, heeresamts auch nicht gerade auf den Kopf gefallen, zu einem hinterhältigen Schlag gegen wehrwiderspenstige Knaben reiferen Alters ausgeholt: Da waren sie nun, Akademiker, Familienväter, manche sogar beides, Karrieremacher, Prominentensöhne und eben K., der sich sein Brot schon damals mit dem Bereiten von Pegasusen und dem Küssen von Musen – oder war es umgekehrt? – verdiente. Ein höchst suspektes Element jedenfalls.

Besagtes Element und alle anderen waren nicht gerade heiter. Hatten doch die meisten geplant, nach heeresärztlicher Bestätigung ihrer Leiden diese Nacht, wenn sich nicht noch Besseres fand, wenigstens in Morpheus' Armen – und das in Zivil – zu verbringen. Nichts da. Die neue Kaserne war nur Zufluchtsort, bis die alte wieder ihren Dienst tun konnte, und an einem Zufluchtsort wurde nicht amtsgehandelt, also auch nicht untersucht. Und die verdutzten neuen Soldaten waren mit dem Bewusstsein, dass dieser Berufsstand vorerst ein Provisorium bleiben sollte, nur halb getröstet. Anklagend trugen sie ihre Leiden vor sich her und wurden mit der Zusicherung in die neuen Gemächer abgeschoben, dass man die Grenzen ihrer Leistungsfähigkeit nicht beanspruchen werde, solange man diese nicht kenne. Damit begann der feldgraue Alltag. Man belud die Herren mit Uniformen, mit der Heeresbutterdose und anderem nützlichen Gerät, überließ ihnen den Helm als Haupteszier und stattete sie mit Trainingsanzügen aus, die sie dank bauschiger Hosen und enger Oberteile mit der wilden Grazie tanzender Derwische umgaben. Man lernte widerwillig, das harte Lager nach militärischer Geometrie auszurichten, legte sich schaudernd ins rechteckig disziplinierte Linnen und versuchte zu schlafen.

Der Soldat K. überlegte mit offenen Augen, wie er in die Falle getappt war. Da lag er nun, dem fürwitzigen Stande der Pioniere zugerechnet, und verstand die Welt nicht mehr. Es roch nach Staub. Es roch nach Seife. Und nach Mensch roch es auch. Hierorts zählte man Musen sicher zum Ungeziefer. Und morgen würde einer kommen und mit sehr lauter Stimme bekanntgeben, dass man strammzustehen habe, die Arschbacken zusammengekniffen: Jawoll. Pionier K. brach in unmotiviertes Gelächter aus. Pssst! Tönte es von allen Seiten. Es war eine Freude zu leben.

Die nächsten Tage brachten nicht viel Neues. Nichts jedenfalls, was K. und die anderen nicht befürchtet hätten. Alle warteten auf den Tag X, an dem sie endlich in die angestammte Kaserne zurückkehren durften, um dort einen weißbekittelten Herrn beim Hippokrateseid zu nehmen. Aber dann! Von dieser Hoffnung genährt, überlebte jeder auf seine Weise. Der Pionier K. suchte sein Heil in der Heeresküche, wo er durch extensive Ausnützung der Kartoffelschälmaschine aus riesigen Knollen zierliche Pommes de Paris raspelte, Gurken zu Tode schälte und gewaltige Mengen von Karotten aß, in der Hoffnung, auch noch ein ansehnliches Magenleiden zu erwirtschaften.

Ein anderer, höchst sensibel und von altem Adel, ergab sich der Trunksucht. Seinem Stande gemäß verfiel er allerdings nicht in plebejisches Lallen, sondern verwandelte sich trunkenen Gemüts in hochgeachtete Lebensformen. So hetzte er eines Abends in wilden Sprüngen als Lipizzaner durch die Kaserne, verhielt vor seinem Bette, auf nervösem Hufe tänzelnd, um dieses endlich per Levade zu bespringen. Wenig später trat der Diensthabende ein, die letzte Meldung des Tages entgegenzunehmen. Der Lipizzaner, nicht faul, ergriff die Gelegenheit zu einer plötzlichen Metamorphose und meldete, sich im Bette zackig erhebend: Oberst Podhajsky meldet Zimmer 9, besetzt mit 8 Lipizzanern, zur Nachtruhe ab. Es sei hier wohl gestattet, von wieherndem Gelächter zu sprechen.

Dann, nach zwei Wochen, war der Tag X gekommen. Ein neuer Marschbefehl. Und einer in die Freiheit, wie alle hofften. Besagte Freiheit war beinah perfekt, sah man von den Mauern ab, die sie umgaben, von den bewachten Toren, die sie versperrten. Aber es sollte ja nicht mehr lange dauern. Der Heeresarzt war schon eingetroffen, sein Wartezimmer entpuppte sich als langer Gang, dunkelgrün gestrichen und säuerlich riechend. Da saßen sie nun, die Leidenden, Hinfälligen. Der erste mit einem Liter feinstem italienischem Espresso im Leibe, der sein Herz zu einem beeindruckenden Stakkato veranlassen sollte, der zweite bleich und blass, wie es seinem hinkenden Kreislauf entsprach, das eine Bein gefühllos, das andere kribbelnd, die Hände leichig-kalt, der dritte trug ein verbürgtes Zwölffingerdarmgeschwür im Leibe, der vierte war dermaßen siech, dass er das dicke Bündel Bestätigungen und Expertisen führender Medizinmänner kaum noch tragen konnte, und dann war auch schon K. an der Reihe, ein geheimnisvolles Leiden in den Höhlen seines Kopfes tragend, das ihn glücklich über die Jahre vorher gerettet hatte und ihn auch diesmal wohl nicht im Stich lassen würde.

Eines musste man dem Heeresweißkittel lassen: Er nahm sich Zeit. Eine gute halbe Stunde dauerte es, bis der erste wieder hervorkam, der mit dem rasenden Herzen, ein weißes Papiersäcklein mit ebenso weißem Pülverchen in der Hand und – höchst tauglich. Abermals währte es an die dreißig Minuten, bis der Kreislaufgestörte sich aus dem Untersuchungsraum schleppte, in blutleeren Fingern ein weißes Säcklein mit ebenso weißem Pülverchen darin. Und wieder öffnete sich die Tür, der Soldat mit dem verbürgten Zwölffingerdarmgeschwür tänzelte hervor. Ohne Säcklein und sichtlich zufrieden. Frei? Tönte der Chor der Gefangenen. Gottlob tauglich, sagte dieser, und Diät bekomme ich auch. Kopfschüttelnd griff der nächste nach seinem nicht nur medizinisch gewichtigen Bündel, verschwand und kam wieder. Links das Bündel, rechts ein weißes Säcklein, ach, Sie wissen schon. Dem Pionier K. ward es seltsam im Gemüte. Er trat ein, stand wenig später da, in rosiger Nacktheit, wurde gewogen, abgemessen und prüfend beäugt. Naja, hörte er, naja. Adonis ist er keiner. K. deutete anklagend auf seinen Kopf, den mit den Höhlen. Schlimm. Sehr schlimm, hörte er menschlich mitfühlende Worte. Was tun wir wohl dagegen? Und wenig später umkrampfte die nunmehr endgültig soldatische Rechte ein weißes Säcklein – und die anderen fanden das auch noch lustig.

Also Soldat. Fern von Weib, Katze und Nymphensittich. Auf kargen Sold reduziert. Der Freiheit beraubt. Der Menschenwürde verlustig. So gut wie tot. Da regte sich irgendetwas – mag sein ein Schwejk'sches Erbe – in den Tiefen des neuen Pioniers: Er ballte Herz und Verstand zur Faust und beschloss zu überleben. Dieses Überleben begann mit dem Begreifen der seltsam grauen Wesenheit, die ihn nunmehr umgab. Der Welt der schönen Künste hatte er ohnedies abgeschworen, bis auf Weiteres, und jene Gesellschaft, deren Leistungsdruck K. mit einem Mal schmerzlich vermisste, war draußen geblieben. Auch die Eigenverantwortlichkeit beschränkte sich nunmehr auf das pünktliche und exakte Ausführen von Befehlen. Wurde kein Zeitpunkt genannt, blieb nur noch die Exaktheit, das hatte K. recht schnell begriffen. So legte er mit fünf beherzten Kameraden Heeresdecken zusammen, millimetergenau, mit abgezirkelten Bewegungen, tagelang. Am Schluss der Bemühungen stand dann ein recht bescheidenes Gebilde, allerdings aufreizend senkrecht und hinreißend kantig.

Da man K. und Kameraden überdies zur ungeliebten Spezies der Intellektuellen zählte, gab es entsprechende Aufgaben zu erfüllen, zum Beispiel die Belebung des Herreskorrespondenzwesens. Pionier eins, ein Organisationstalent, erheischte auf dem Dienstwege zwei Blatt jungfräuliches Papier, Pionier zwei, des Maschinschreibens kundig, nahm es bedächtig entgegen und wartete gespannt auf das Diktat von Pionier drei, dessen Routine in der Abfassung dienstlicher Schriftstücke nicht ungenutzt bleiben durfte. Pionier vier, der Genaue, überprüfte anschließend das Papier und wies es recht häufig an zwei und drei zwecks Neuabfassung zurück, was wiederum zur Folge hatte, dass eins ausgesandt wurde, um neues Papier zu besorgen, auf dem Dienstwege. War das Werk vollendet, kam die Stunde von Pionier fünf. Er versah das Kuvert mit einer Marke, die Pionier eins besorgt hatte und deren postalische Richtigkeit von Pionier vier überprüft wurde. Um den Arbeitsfluss nicht zu stören, wurde das Papier nunmehr von Pionier sechs unverzüglich in die Kompaniekanzlei gebracht, wo er in korrekter Form die Vollbringung der gestellten Aufgabe zu melden hatte. Auch der Transport von Heeresgerät wurde in ausgefeilter Zusammenarbeit erledigt. Galt es, einen Spaten vom Auto ins Regal zu befördern, bildete sich flugs eine graue Transportkette, dicht reihte sich Soldat an Soldat, und so flog der Spaten geradezu von Hand zu Hand. Doch es waren sehr viele Hände und es verging sehr viel Zeit, bis das Gerät, mittlerweile etwas abgegriffen, an seinem Bestimmungsort anlangte.

Natürlich schritt auch die militärische Ausbildung voran. Und so saßen sie denn auch mit roten Ohren da und ließen sich über die intimsten Einzelheiten eines höchst martialischen Sturmgewehrs belehren. Nicht so der Pionier K., der indes mit seiner Schreibarbeit ins Gewürge gekommen war und unter dem Heerestisch rasch Poetisches zu Papier brachte, zwischendurch interessiert zu seinem Ausbildner aufblickend. War das Gewehr die Braut des Soldaten, war Pionier K. ein unbeweibter Hagestolz. Immerhin: K.s Auftraggeber außerhalb der Mauern nahmen erstaunt zur Kenntnis, dass ihr Lohnschreiber nach wie vor lieferfähig war, wenn auch seine Formulierungen in letzter Zeit etwas Knappes, Autoritäres an sich hatten. Der Pionier K. ging indes mit Eifer daran, jene Herren kennenzulernen, die die Geschicke der Kompanie leiteten. Und – so überlegte er, nunmehr strategisch ausgebildet – es kam vorerst nur ein Agieren an der Basis in Frage. Diese Basis bestand zum Beispiel aus einem höchst sonderlichen Oberwachtmeister, der, einem unwirschen Weißkopfadler gleich, über der Heeresbekleidungskammer schwebte, argwöhnisch äugend, die Ordnung aufs peinlichste liebend und von irgendwelchen Ausfolgewünschen höchst disturbiert. Er war aber nicht ganz so grau wie die anderen, er war nicht ganz so eckig, nicht ganz so laut. Und so warf sich ihm K. zu Füßen, um willig in seine Dienste zu treten.

Gleich zu Beginn seiner Laufbahn wurde ihm ein sehr verantwortungsvoller Aufgabenbereich übertragen: das Einreihen und Stapeln von Heeresunterhosen. K. ging methodisch an die Sache heran, entwickelte in langen Stunden ein geradezu revolutionäres Faltsystem, schuf dazu auch gleich Hilfen zur exakten Durchführung: eine sorgfältig ausgeführte Zeichnung im Originalmaßstab der Heeresunterhose, vier Nägel, exakt im Geviert, und, zwecks untadeliger Stapelung, senkrecht gespannte Schnüre an den Regalen. Erst dann ging er ans Werk. Nicht ohne Freude an befriedigender Tätigkeit bewegten sich seine Hände, liebevoll, aber energisch drückte und legte er das Textil zurecht, hob es dann behutsam hoch, um es mit unendlichem Feingefühl in Position zu schieben. Das musste auffallen. Der Herr Oberwachtmeister näherte sich bewundernd, sprach Worte der Anerkennung und kam endlich zur Überzeugung, dass in einem Soldaten, der zu solchen Dingen fähig war, noch andere Werte stecken mussten. Was er wohl sei, da draußen in Zivil? K. dachte an Franz Karl Ginzkey, wie er sich dereinst durch die Kadettenschule zu Pula gereimt hatte, und übertrieb hemmungslos: Dichter! Ach, Dichter? Das ließ die Heeresunterhosen natürlich in einem anderen Lichte erscheinen.

Der unaufhaltsame Aufstieg des Pioniers K. begann mit einem Abstieg. Tief in den Kellergewölben der Kaserne verbarg sich nämlich – dem gemeinen Soldaten verborgen – eine weitere Bekleidungskammer, ein Kämmerlein, um es genau zu sagen, reserviert für die textilen Hüllen der besseren Militärs. Und weil es nun einmal ein besseres Gewölbe war, standen auch ein Bett darin, ein Schreibtisch und eine Schreibmaschine. Das war also K.s neues Reich.

Er hatte allerdings Miete zu bezahlen: Erst verhalf er dem erotischen Briefwechsel seines Vorgesetzten zu ungeahnter Intensität, dann, nachdem sich das Fräulein trotz allem empfohlen hatte, begann er ein Werk von gewaltigen Ausmaßen. Er beschrieb in zierlichen Reimen den Inhalt der Heeresbekleidungskammer. Und zwar lückenlos. Selbst vor dem Heeresnachthemd machte er nicht halt. Tag für Tag mehrte sich so der unterirdische Wortschatz, und da im Herzen des Oberwachtmeisters inzwischen heftiges Verständnis für die Situation des wenig wehrhaften Soldaten K. gekeimt war, entschloss er sich zu einer besonderen Geste und ließ K. verschwinden. Schon früh, noch vor der morgendlichen Befehlsausgabe, tauchte der wackere Pionier ins Kellerstübchen und erst spät, wenn alles abgetreten war, erschien er wieder. Um diese grottenolmähnliche Existenz auch recht zu verbergen, hielt K. die Tür versperrt. Er öffnete nur, wenn einer den ehrwürdigen Rhythmus des Radetzkymarsches aufs Holz klopfte.

So blieb er lange unbehelligt, lieferte Gedicht um Gedicht ab, schrieb nebenbei, was die zivile Welt da draußen bei ihm bestellte, und die Heiterkeit seines Gemüts, schon grau gefleckt gewesen, stellte sich wieder ein. Manchmal drangen gar köstliche Geschichten in sein tiefes Stübchen. So zum Beispiel hatte der Soldat mit dem Zwölffingerdarmgeschwür – er war eigens aus dem Ausland angereist, um seinem Vaterland zu dienen – die versprochene Diät nie erhalten. Korrekt und friedfertig im Gemüt, beschritt er erst einmal den Dienstweg. Beim Kompanierapport wurde seinem Anliegen nur beiläufiges Interesse entgegengebracht, beim Bataillonsrapport wies man ihn auf die soldatische Tugend hin, sich selbst durchs Leben zu schlagen, und als seine Beschwerde endlich, nach vielen Wochen, ins Ministerium gelangte, besann sich die Obrigkeit und tat kompromisslos ihre Pflicht. Ein Heereskraftfahrzeug erschien und vor den Füßen des verdutzten Rekruten landete die Diät von sechs Wochen: unzählige Käseecken, ein wahrer Butterberg, Diätschokolade, Milch in Tüten, Eier, schneeweiß und sonder Zahl – es war eine Pracht.

In selbstloser Kameradschaftshilfe machten sich die anderen daran, diese Inflation gesunder Nahrungsmittel aus der Welt zu schaffen. Nicht alle allerdings. Einer war unter den Soldaten, besonders zart und verletzlich von Gemüt, der auf seine neue Lebenssituation ausgerechnet mit den Magennerven reagierte. Da er obendrein höchst reaktionsschnelle Magennerven besaß, konnte man seinen Widerwillen jeweils prompt erkennen. Kaum machte er sich bereit, sein Heeresbett zu besteigen, erschien ein grünlicher Schimmer um seine Nasenflügel, kaum setzte er sich nieder, um seine Mahlzeit einzunehmen, zuckten die Mundwinkel und kalter Schweiß trat auf die Stirn. Am schlimmsten war es, wenn er auf den – doch gar nicht so fürchterlichen – Kompaniekommandanten traf. Auf eine plötzlich auftretende Gänsehaut folgte heftiger Schluckauf und darauf etwas, das die Medizin diskret mit Reperistaltik umschreibt. Kurz: Was er seinem Vorgesetzten da zu Füßen legte, war nicht nur Ehrerbietung. Der Bedauernswerte landete beim Heerespsychologen, dieser wiederum fand derart ausgeprägten Widerwillen zwar nicht normal, doch irgendwie verständlich, und entließ ihn ins Privatleben. Wie die Magennerven dortselbst reagierten und wie heftig, blieb unbekannt.

Was K. betraf, kam, was kommen musste. Eines Tages erschien der Kasernenkommandant vor dem Kellergemach, klopfte, der Teufel weiß warum, den Radetzkymarsch an die Tür, trat ein und fand den Pionier K. auf der Bettkante sitzend vor. Auf dem Schreibtisch lagen Manuskripte ausnehmend unmilitärischen Inhalts, eine Schnapsflasche war auch da und die Zeitung vom Tage. Gemütlich. Sagte der Kommandant. Wirklich gemütlich. Und setzte sich neben K. auf die Bettkante. Was tun Sie hier eigentlich? K. verzichtete auf militärische Ausdrucksweise, wies mit unsicherer Gebärde in die Runde und zuckte mit den Schultern.

Und dieses – der Kommandant wiederholte K.s Gebärde – wie lange schon? An die drei Wochen. Wenn je ein Schweigen vielsagend war, war es das folgende. Der Kommandant betrachtete seine Hände, rieb sich die Nase, schlug die Beine übereinander und sagte plötzlich: Mein Sohn hat Schwierigkeiten in Latein. Hab' ich auch gehabt. Sagte K. bereitwillig. Der Vorgesetzte zeigte auf die Manuskripte. Sie schreiben? Dies und das. K. gab sich bescheiden. Der Kommandant erhob sich. Also dann: Viel Vergnügen! Und, fügte er halb in der Tür hinzu, tauchen Sie um Gottes Willen nicht wieder auf. Sie sind unmöglich. Eine Nichtexistenz. Verstanden? Und K. nickte glücklich.

Bald war ja auch die Zeit der Grundausbildung zu Ende.

K., nun firm als Pionier, nahezu perfekt im Bauen und Zerstören von Brücken, bewandert in allen soldatischen Fertigkeiten, kam vorsichtig ans Licht und vernahm, dass man ihn zum Heereskraftfahrer auserkoren hatte. Wenig später logierte er in einer neuen Kaserne, betrachtete mit unverhohlenem Misstrauen, was es da alles Klobiges gab, auf vier oder auf zwei Rädern, und musterte interessiert seinen Ausbildner. Ein Soldat, wie er im Buche steht … Eisgraue Falkenaugen unter eisgrauen Haarborsten, ledrig zerfurchte Miene und die Statur eines hochdekorierten Fremdenlegionärs. Altes Frontschwein. Dachte K. beeindruckt und hielt erst einmal still.

Zwei Tage lang schaffte er es, nicht aufzufallen, dann nahm ihn der Bilderbuchsoldat zur Seite und schnarrte: Sie sind ein Soldat, Mann. Das spür ich im Urin. Obwohl K. eine derartige Lokalisation von Gefühlen bislang unbekannt geblieben war, fühlte er sich geehrt und folgte seinem neuen Herrn in die Kanzlei, wo er in Zukunft als dessen rechte Hand wirken sollte.

Es kam anders. Ein hochdekorierter Heeresmediziner ließ K. auf noch höhere Anregung zu sich rufen und musterte ihn aus besorgten blauen Augen. Sie wollen Heereskraftfahrzeuge lenken? Fragte er milde. Jawoll! Rief K., mit seinem Los durchaus zufrieden. Noch nie verkühlt gewesen? Doch. Und manchmal Kopfschmerzen? Aber ja. Leider. Der Hochdekorierte schüttelte sein verantwortungsbewusstes Haupt. Das geht dann wohl nicht. Er schrieb etwas auf ein Blatt Papier. Wenig später starrte K.s neuer und schon wieder alter Vorgesetzter enttäuscht seiner entschwindenden rechten Hand nach, sagte etwas Nichtwiederzugebendes und spuckte in den Sand.

K. hingegen saß wieder in seiner guten alten Kaserne, und zum Entsetzen seines Kommandanten wieder einmal auf der Bettkante. Der Medizinmann im Range eines Majors hatte nämlich ganze Arbeit geleistet. Er fand den Pionier K. schlechthin lebensunfähig. Unfähig, einen Helm zu tragen, unfähig, lange zu stehen, in der Sonne nicht und erst recht nicht im Kalten, unfähig zu marschieren und, und ... Der Soldat K. verstand die Welt nicht mehr. Er absolvierte sozusagen einen Kuraufenthalt zwischen Kantine und Bett, bis ihn erneut ein Ruf ereilte. Diesmal ins Ministerium.

Mit dem Pionier K. war eine wundersame Verwandlung vorgegangen – er war mit einem Mal Funker. Da stand er im Büro eines Obersten, das tapfere Herz klopfte irgendwo oben im Halse, und angesichts einer wuchtigen Zweimetergestalt, die da auf ihn zutrat, würgte er seine erste, wirklich seine erste korrekte militärische Meldung hervor. Herr Oberst: Funker K., 4. Kompanie, 1. Bataillon, meldet sich zum Dienst. Der wuchtige Mensch, zu K.s Erstaunen in Zivil, schaute verwundert, lächelte dann hofrätlich, streckte eine schaufelförmige Rechte aus, sagte mit grollendem Bass: Ach ja. Grüß Sie. Kollege. Er schrieb nämlich auch. Oder hatte es getan, bevor ihn der Krieg aus dem Beruf geworfen hatte und er sich nachher, mehr der Not gehorchend als dem eigenen Triebe, einer Heereskarriere in die Hände gegeben hatte. Jetzt war es seine Aufgabe, den Minister täglich mit einer militärischen Zusammenfassung der Neuigkeiten zu erfreuen, damit dieser auch verschwiegenenorts etwas zu lesen hatte, wie böse Zungen meinten. Als Erfüllungsgehilfen standen ihm ein viriler Oberleutnant und ein teigiges Jungfräulein, schon mehr als angejahrt, zur Verfügung. Und natürlich der nunmehrige Funker K.

Nach der täglichen Arbeit, die am frühen Morgen getan war, wurde es jeweils recht gesellig: Der Oberleutnant machte dem Jungfräulein unsittliche Anträge, die eines Caligula würdig waren. Das Fräulein hob scheu den Kopf mit einer Frisur frisch vom Zuckerbäcker und meinte, es sei wohl ein Versuch am untauglichen Objekt, mit geringer Lust verbunden. Dann kam der Oberst heraus, erzählte Schnaken und Schnurren aus seinem reichen Leben und mittendrin saß, eifrig für die Zivilwelt schreibend, der Funker K. und machte sich Freunde. Warum, das konnte er selbst nicht begreifen. Soldatisches war nach wie vor nichts zu entdecken, sein Diensteifer war eher auf Sympathie denn auf Befehlserfüllung zurückzuführen, und im Übrigen hatte man ihm als so hervorragendem Diener des Staates erlaubt, nachts im eigenen häuslichen Bette zu schlafen. Ein ungewohntes Erlebnis für sein Eheweib und ein erster, träumerischer Schritt zurück ins Leben da draußen.

Doch dann geschah etwas Absonderliches: Der Funker K. stand auf, ergriff ein Gewehr, ein ausgeborgtes, versteht sich, und war wild entschlossen zu schießen. Das wiederum lag an K.s neuem Kompaniekommandanten, einem hochdekorierten Major, dessen rührend ehrenhafte Soldatenwelt K. einfach nicht verletzen konnte. Ein Mitglied des Kommandobataillons, der Elite der Nation, das kein eigenes Gewehr besaß! Das würde zu viel sein für den alten Herrn. Und so saß K. auch schon auf einem Heereslastkraftwagen, um in Richtung Schießstätte zu fahren. Unterwegs gestand er seinen Kameraden, dass er eigentlich nur wisse, dass es da vorne Puff mache, und auch diese Erkenntnis stamme eher aus der Lektüre von Wildwestromanen. Schnell lehrte man ihn zielen und abdrücken. Der Funker K., der kaum etwas davon begriffen hatte, lag wenig später da, ein fremdes Instrument in den Armen, und weil es regnete, konnte er nicht einmal sein Ziel erkennen. Darum traf er ja auch ins Schwarze und fuhr im Triumph nachhause. Nachhause ..., seltsam, das stimmte inzwischen irgendwie. Das Heer begann ihm vertraut zu werden, bemerkte er zu seinem eigenen Erstaunen. Und ausgerechnet jetzt, da alles schon wieder zu Ende ging.

Die letzten Tage als Soldat waren wirklich nicht sehr kriegerisch. Vorgesetzte, die er in seinen Wachträumen früher gerne an Bäume geknüpft hatte, gewannen menschliche Züge, und im Ministerium hielt man sich den Funker K. als Kuriosum, als Verkörperung der eigenen zweiten, zivilen Seele, die doch – ach – auch in jeder Militärbrust wohnt.

So kam es denn, dass der Funker K. höchst bedeutende Herren in sein ziviles Heim bitten durfte, als alles vorüber war. Sogar das ältliche Fräulein war mitgekommen und blühte ein wenig auf, mit rosigen Wangen. Auch der übrige, ebenso spärliche wie manchmal durchaus sehenswerte Damenflor des Ministeriums bevölkerte K.s Parkett. Es war ein rauschendes Fest und irgendwann konnte man das dröhnende Gelächter eines Obersten hören, als er entdeckte, wo der Funker K. seine Urkunde affichiert hatte, die ihm als Erinnerung an seine soldatische Laufbahn verliehen worden war.

Das Fest nahm ein seltsames Ende. Zu später Stunde tanzte K. mit einer Heeresschreibkraft von unirdischer Schönheit auf Socken übers Parkett, beide rutschten aus und verschwanden diskret klirrend unter einem Glastischchen. Dort lagen sie dann, einem belegten Brötchen nicht unähnlich und – Glas ist Glas – keiner Bewegung fähig. Der Herr Oberst kam aus dem Nebenzimmer. Fliegerangriff? Fragte er erstaunt und blickte andeutungsweise nach oben. Der Herr Oberleutnant betrachtete sich die Angelegenheit. Wenn Sie mich fragen: tarnen und täuschen. Herrn K.s Eheweib trat heran. Ja nun. Ich meine: eher etwas Ziviles. Jawohl. Klang es da dumpf unter dem Tisch hervor. Jawohl. Eher etwas Ziviles.

Hallo Nachtmahr!

Gute Bürger sind sich tagsüber ihrer selbst bewusst, nachts schlafen sie, träumen wüst und erwachen entsorgt. Zu besonderen Anlässen, Trunkenheit, Hochzeitsnacht oder Opernball, sind Ausnahmen gestattet. Nicht ganz so guten Bürgern widerfahren allerdings recht häufig Nächte, die nicht bereit sind, einschläfernd bereitzuliegen, sondern dunkel zu verstehen geben, dass jedes Spiel gelegen käme, verrückt wie auch immer, nur nicht die öde, waagrechte Nummer mit dem Kopf auf dem Kopfpolster. So eine Nacht, lässt man sich mit ihr ein, ist ein Unterfangen von ungemein diffiziler Banalität und einer geradezu peinlichen Direktheit: Was auch geschieht, es geschieht total. Tagsüber kann man es vermeiden, Spiegeln in die Augen zu sehen, aber die Bilder der Nacht überfallen einen meuchlings. Fehlt der Schlaf, fehlt eine bequeme, wenn auch seltsame Methode, das morgengraue Ufer zu erreichen.

Andererseits spricht nichts dagegen, wache Zeit, die somit zur Verfügung steht, zu nutzen. Vielleicht sei eine kleine Wanderung empfohlen – innerhalb der eigenen vier Wände. Nachts hat das Vorzimmer etwas befreiend Nutzloses an sich: Die kleine Quarantänezone zwischen Innenwelt und Außenwelt gehört sich selbst. Der Gedanke besticht, hier zu verweilen, in einem Warteraum, der nichts zu erwarten hat als Wunder, etwa dass Besuch käme. Wer sich sattgewartet hat, wird nach der Küche hungern. Küchen haben des Nachts etwas Verworfenes: Taumelige Trunkenbolde geben hier ihrer Begierde Nahrung, verzweifelt Hungernde geben der Fülle ihrer Leiber neue Inhalte und heftig geliebt Habende wühlen wollüstig im Kühlschrank. Küchen sind immer sinnlich. Nachts sind sie auch noch ordinär.

Wer es wagt, in einer schlaflosen Nacht das Schlafzimmer zu betreten, nicht um vielleicht doch niederzusinken, sondern wegen der wachen Auseinandersetzung mit einem zweideutig definierten Raum, braucht Tapferkeit. Hier sieht er, was er könnte, wäre er dazu imstande, was er täte, wäre ihm Untätigkeit gegönnt. Ist der einsame Mensch nun gar zu zweit und schläft der zweite boshaft, mit unschuldvoller Inbrunst, schüttelt der Schlaflose erst einmal Neidgefühle ab, weil wenig edel, dann lässt er zärtliches Mitfühlen in sich keimen, faltet behutsam und wachsam die

Flügel, um, einem Schutzengel der ersten Garnitur durchaus ebenbürtig, lautlos zu entschweben.

Solcherart erhöht, greift der Mensch nach seinem Ich, hört Musik, betrachtet seine feingliedrigen Hände, denkt ein paar hehre Gedanken, schaut aus dem Fenster auf die gelben Lichter, die schlafenden Häuser, die leere Straße: Nun ist er eins mit dem dunklen Schweigen um ihn und ertappt sich bei dem Gedanken, wieder ins Schlafzimmer zu gehen, nicht um zu stören, nur um behutsam zu fragen: Schläfst du auch wirklich gut? Dem nächtlichen Bewusstsein preisgegeben, wird Elitäres spürbar. Wie viele einsame Wölfe mag es geben? Solche, die nicht schlafen können, weil sie im Grunde genommen nicht schlafen wollen? Man könnte einen Club gründen, für den Einsamkeit Bedingung ist; Ächtung droht jenen, die leichtfertig Gesellschaft suchen, mit Hilfe kollektiver Muntermacher die Zeit totschlagen, und dann doch wieder begierig um ihr Bett zu kreisen. Der Club der Schlaflosen bräuchte etwas Verwegenes, Asoziales, das ihn vom Sparverein abhebt oder von den Vereinten Nationen.

So eine Nacht hat unglaublich viel Zeit. Die dunklen Stunden sind geräumiger als die hellen. Gelegenheit, darüber nachzudenken, wie viele Engel es auf einer Nadelspitze bequem fänden, wie das nun wirklich sei mit dem Urknall und der Lebenskraft des Luis Trenker. Gelegenheit, angehäuftes verbales Gerümpel wegzulesen, in der Hoffnung, auf Wertvolles zu stoßen. Oder man nimmt ein Buch, eines, das man zu kennen glaubt, von einem Autor, dem man schon zu Lebzeiten nur die Schuhe schütteln konnte, weil seine restliche Erscheinung über den Wolken schwebte, und siehe: Durch die Lupe der Nacht, im Lichte der Dunkelheit, erkennt der von Ehrfurcht gebeugte Leser, wo der Meister, nicht ohne Geschick und durchaus routiniert, aber doch über eine Schwäche hinwegschrieb.

Irgendwann kommt sehr beiläufig der Morgen, der eigentlich ein Abend ist. Die Nacht, des Wachseins überdrüssig, verschwimmt, Konturen verlieren sich in der geahnten Dämmerung, noch einmal sucht die Dunkelheit nach ihrer Identität. Aber schon wachen die ersten Gewerbetreibenden auf und knipsen ihre Frauen an, auf dass sie, betulich leuchtend, das Frühstück bereiten, schon räuspern sich die Hähne, scharren die Straßenbahnen mit den Hufen und streben die Stadtstreicher den Bahnhöfen zu: Bald hat das Pissoir geöffnet.

Still-Leben

Wer es wagt, richtig hinzuhören, wenn es still wird, dem dröhnen die Ohren. Stille macht sich ziemlich rar, heutzutage. In Ballungsräumen gibt es sie nur noch in Konserven. Die billigeren – idyllische Klosettanlagen oder Einzelzellen – haben wenig Prestige, die teuren kosten mehr, als sie bieten: Der Lustgewinn ist zwar unbescheiden, aber banal. Die Stille von Direktionsetagen ist Lärm, der gegen gute Bezahlung nicht laut wird, die Stille in schalldichten Hotels ist ein gewaltsam gewonnener Leerraum: Draußen drängt sich das gierige Volk, drinnen ergötzen sich wenige am elitären Geräusch, das ein Wort verursacht, wenn es in Watte fällt. Die Angst bleibt. Ein einziges offenes Fenster würde genügen, einen Schwall ordinärster Geräusche hereinquellen zu lassen. Aber die Fenster sind nicht zu öffnen und die Luft braucht eine Klimaanlage, um gesellschaftsfähig zu sein. Im preislichen Mittelfeld liegt Stille, die durch Gefriertrocknung haltbar gemacht wurde. Sie gehört zum Beispiel in routinierten Ehen zum unentbehrlichen Konsumgut. Diese Stille hat zwar kaum etwas zu sagen, lügt aber auch nicht, ist nicht beleidigend und weitgehend konfliktfrei.

Wer in dieser Aufzählung die Dimension der Lieblichkeit vermisst, wird an der zwar biedermeierlichen, doch noch nicht gänzlich unzeitgemäßen Gattung der behüteten Stille seine possierliche Freude haben. Sie keimt zum Beispiel fürwitzig in Kleingärten, so zwischen Mittag und drei, wenn das Rasenmähen verboten ist. In einer solchen Stille verdaut der Mensch, Schnitzel, Gedanken und Träume werden dem Stoffwechsel zugeführt, mit Ergebnissen von beruhigend überschaubarer Tragweite. Hier sollte auch die Stille in Bibliotheken erwähnt sein, ein durchaus zwiespältiges Ereignis, ohne Widerspruch dem rüden Befehl eines „Psst“ gehorchend, doch hemmungslos der Gefräßigkeit des Intellekts und der Gedankenfreiheit hingegeben. Sehr zu bedauern ist natürlich das unaufhaltsame Aussterben jener behüteten Stille, die in patriarchalischen Familien mit den Worten ausgerufen wurde: Vater schläft! Heutzutage lautet der Satz: Vater schläft schon wieder. Zur Ausrufung von Stille besteht kein Anlass, zum Aufwecken des Alten aber erst recht nicht, so wichtig braucht man ihn auch wieder nicht zu nehmen.

Alles in allem ist Stille, wie sie die Zivilisation hervorbringt, nicht sehr aufregend, ein Konsumgut eben wie viele andere. Unzivilisierte Stille gibt es natürlich auch. Es gibt sie sogar in Großstädten, in jenen Augenblicken mörderischer Ratlosigkeit, in der Politiker die richtige Zeile in ihrem Redemanuskript suchen, Autofahrer auf die Pannenhilfe warten und Kardinäle auf ein Zeichen des Himmels. Es gibt die unmessbare Spanne städtischen Erschreckens, wenn für das Atemholen keine Luft da ist oder für Bewegung kein Raum. Besonders heimtückisch ist jene unzivilisierte Stille, die unverschämt und beutegierig in unseren Schatten lauert und meuchlings um die geschätzte Aufmerksamkeit bittet. Sie reißt uns aus dem Schlaf und schlägt uns die Träume um die Ohren, sie kriecht bei Geschäftsessen kalt und fordernd zwischen Amuse-Gueule und Taubenbrüstchen, sie fegt mit wortloser Beredsamkeit Small Talk vom Tisch und fräst eine präzise Schneise in heile Disco-Klangwelten. Virtuosen im schwierigen Fach des Krisenmanagements rechnen mit solchen Überfällen: Es gibt keine Stille, zu Lebzeiten wenigstens, die sich nicht vertreiben oder wenigstens verdrängen ließe. Das ist aber nur eine Methode, mit ihr umzugehen, eine zweite wäre, sich der Stille arglos zu nähern. Man muss ja nicht immer reden, um etwas zu sagen, man muss nicht immer hören, um zu verstehen.

Also pilgert man frohen und ernsthaften Mutes hinter die Welt, lässt sich von einer Stille finden, versucht mit ihr zu schweigen, mit ihr vertraut zu werden, gewinnt sie lieb und aus ratloser Angst wird Geborgenheit. Kaum ist die Beziehung so weit gediehen, erkennt dich die Stille nicht nur als Freund, sondern auch als Schwätzer und Geräuschemacher, fällt über dich her, sanft und erstickend, ein konturloses Ungeheuer. Die Schwachen wehren sich leichthin, wählen eine Telefonnummer, werden zärtlich, läuten an einer Tür oder gehen ins Wirtshaus. Die Starken lassen der Stille ihren Sieg, ertrinken mit leisem Behagen und kommen erst ein, zwei kleine Ewigkeiten später an unser aller Oberfläche. Die Stille ist ein heiliges Luder.

Sträflich, mit ihr kein Verhältnis zu haben.

BESTIARIUM

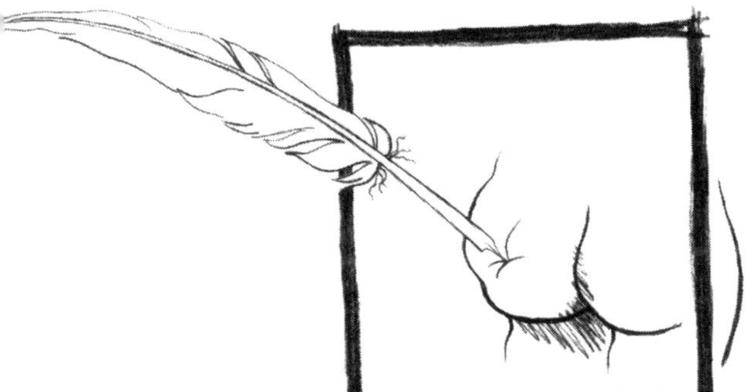

Banale Dämonen – die Banausen

Der wesentliche Mensch gibt sich mit Details wie Bildung, Fachwissen oder Einfühlungsvermögen erst gar nicht ab. Er denkt universal, indem er von allem keine Ahnung hat. Dieser Zustand geistiger und seelischer Unberührtheit macht ihn überdies unverletzlich. Wer sich seine Meinungen nicht bildet, sondern einbildet, kann nicht für sie verantwortlich gemacht werden. Als Ersatz für Denken und Fühlen verwendet der routinierte Banause das „gesunde Volksempfinden“, von dem er nur weiß, dass es immer seiner Meinung ist. Auch wieder klar: sonst wäre es ja nicht gesund, das Volksempfinden. Andererseits legt er größten Wert darauf, sich von der „breiten Masse“ deutlich abzuheben, auch das ist leicht getan. Ein paar ererbte Vorurteile, ein paar anerzogene Muster, und schon ist ein individuelles Meinungs-Design fertig. Wohl wissend, dass ihn der verunsicherte Rest der Menschheit beneidet, wird der Banause überdies auf geschickte Tarnung achten. Keineswegs wird sich zum Beispiel der lesende Banause damit begnügen, auf den neuesten Simmel zu warten, er wird auch lustbetont zur Frau Jelinek greifen und beim Kauf der Tageszeitung manchmal demonstrativ Format oder Farbe wechseln. Unverändert bleibt aber eine gewisse Leere des Blickes, der auf das gedruckte Wort gerichtet wird: Es handelt sich sozusagen um einen Einbahn-Blick. Ein Dialog mit dem Gelesenen unterbleibt, weil nicht notwendig. Da der Banause also hinreichend damit beschäftigt ist, recht zu haben, begibt er sich erst gar nicht auf den steinigen Pfad der Erkenntnis. Er geht von seinen Vorstellungen aus, sieht sie durch seine Vorstellungen bestätigt und kommt in überzeugender Konsequenz auf seine Vorstellungen zurück. Er wird nicht müde, von sich selbst zu lernen, sich selbst zu hinterfragen und zu bespiegeln.

Ein hochkarätiger Banause ist ein sehr komplexes Wesen, viel eindrucksvoller als jene, die versuchen zu begreifen, viel gewichtiger als jene, die nur zögernd gewichten, und viel imposanter als jene, die Positionen vertreten statt sich in Positur zu stellen. Befreit von der Mühsal der Auseinandersetzung stellt sich der Banause als gefestigte, in sich ruhende Persönlichkeit dar, stark und verlässlich. Das befähigt ihn natürlich zu besonderen Aufgaben. Banausen werden in politische Ämter gewählt, weil man von ihnen Gebrauchtautos kaufen würde, weil sie sich was trauen, weil sie laut und deutlich reden, weil sie normal sind oder weil sie sich für ihre Scheuklappen nicht genieren.

In Wirtschaftskreisen sind Banausen in führender Position durchaus begehrt. Sie sagen den Fachleuten zwar klar ihre Meinung, reden aber nicht weiter drein, hüllen die kalte Kosten-Nutzen-Rechnung in das Mäntelchen biederer Verständnislosigkeit und besorgen routiniert die Abwicklung von Geschäftsessen. Allerdings werden Banausen auch durchaus zu Entscheidungsträgern. Dann betonieren sie Täler zu, verstinken die Gegend, lassen Sondermüll verschwinden und was die Vernunft eben sonst noch alles diktiert.

Die Welt der Wissenschaft stünde ohne Banausen geradezu jämmerlich da. Banausen hüten die hehre Erhabenheit starrer Lehrgebäude, Banausen verbieten den Narren, den Querköpfen und den wilden Genies das Wort, Banausen bewahren die anfälligen Gehirne von Studenten vor der Infiltration des Zweifels. Letztlich sorgen Banausen dafür, dass es keine Diener der Wissenschaft gibt, wohl aber Götter.

An dieser Stelle sei das erstaunliche Phänomen gewürdigt, dass die Banausität des Denkens vom Wissensstand des Betreffenden nicht beeinflusst zu werden braucht. Offenbar ist es durchaus möglich, Erfahrungen zu sammeln und Wissen anzuhäufen, ohne damit in Wechselwirkung zu treten. Somit ist der gelehrte Banause in seinem Denkgehäuse ungestört. Nebenan liegt das Wissen verstaut und ist nur relevant, wenn es gewünscht wird.

Nun könnte man meinen, ein solch geordnetes Nebeneinander könne nur in einer exakten, zu beziffernden Welt funktionieren, nicht aber dort, wo der Mensch zwischen Himmel und Hölle mit dem schwanken Kahn seiner Weltanschauung navigiert. Besonders bravouröse Banausen schaffen es aber doch. Sie gehen davon aus, dass Unbegreifliches ein Gleichnis braucht, dass Transzendentales eine Sprache nötig hat, dass der Himmel nicht ohne irdische Niederlassungen auskommt. Ist die Unendlichkeit erst einmal eingezäunt, darf man damit beginnen, sie zu verwalten, ist das geschehen, wird es gestattet sein, auch die Verwaltung ein wenig anzubeten. Und sind die Götzen erst einmal etabliert, wird man dem gesunden Volksempfinden auch eine unverdorbene Gläubigkeit unterstellen dürfen, deren Lehrmeister schon lange wissen, wie man mit emanzipierten Störenfrieden und freigeistigen Chaoten umzuspringen hat. Hier tritt uns die fatale Dämonie des höheren Banausentums mit Wucht entgegen: Weltanschauliche Banausen teilen das Universum so einfach, wie sie denken, in eine konservative und eine progressive Hälfte. Hier wie da bestens etabliert, lenken sie die Aufmerksamkeit ihrer Gegner auf einen künstlichen Konflikt, um so die Grabesstille in ihren Köpfen zu bewahren.

Die Macht der Banausen umfasst mit lähmender Selbstverständlichkeit auch die Welt der Kunst. Ist der politische Banause ein Verwalter rüder Macht, der Wirtschaftsbanause ein Benutzer schlichter Mechanismen, der wissenschaftliche Banause ein intellektueller Kerkermeister und der weltanschauliche Banause ein Etikettenschwindler, bleibt es dem Banausen in der Kunst vorbehalten, annähernd geniale Züge zu tragen. Wer nämlich meint, die wirklich essenziellen Exemplare wären im Publikum zu finden, irrt gewaltig. Jene armseligen Figuren, die Wert an seiner Begreiflichkeit messen, die sich an kleinliche Kriterien klammern, weil sie keine anderen haben, sind Banausen, ohne es zu wollen, und verdienen Mitgefühl, auch wenn sie noch so laut unrecht haben.

Selbst Kritiker, die mangels Naivität keine besondere Rücksichtnahme verdienen, sind als Banausen nur zweite Wahl. Je häufiger und je exakter sie von Berufs wegen gezwungen sind, ihre Meinung zu äußern, desto einfacher wird es, sie zu durchschauen. Fehlt einem Kritiker die Bereitschaft, sich bedingungslos der Auseinandersetzung mit dem Gegenstand seiner Arbeit zu stellen, und die Fähigkeit, daraus zu lernen, kritisiert er demnach als Banause, liegt eben ein bedauerlicher Fall von Berufsunfähigkeit vor, allerdings vielfach durch den Umstand gemildert, dass andere Banausen diese Unfähigkeit für Beständigkeit halten. Auch das durchaus weit verbreitete Fehlen fachlicher wie menschlicher Kompetenz in Kritikerkreisen entspricht eher einem allgemeinen Trend zur Vertrottelung von Fachleuten als einem hervorstechenden Merkmal künstlerischen Banausentums. Viel mehr schon wäre man geneigt, begabte Vertreter dieser Gattung in den Kreisen der Kunstvermarkter zu suchen, unter den Händlern, den Museumsleuten und den Galeristen. Man wird auch fündig werden, wird blinde Spiegel finden, die vorgeben zu reflektieren, taube Ohren, die so tun, als kommunizierten sie.

Die köstlichsten Talente gibt es aber unter jenen zu entdecken, die alles Unerwünschte aussperren, indem sie sich hemmungslos öffnen, oder sich jeder Diskussion entziehen, indem sie für alles Verständnis haben. Kaum anderswo als im Kreise feinsinniger Kenner sind die Möglichkeiten, ein banausiges Ego zu verbergen, zu bemänteln, zu schminken und zu übertönen, so vielfältig. Trotzdem sind die wahren Meister unter den Künstlern zu finden. Nicht unter denen, die so tun, als wären sie welche, sondern im Kreise jener, die durchaus nicht nur von sich selbst anerkannt werden. Auch hier gilt es vorerst eine bedauernswerte Randgruppe auszuklammern: Oft geschieht es, dass schreckliche Heimsuchungen wie Ruhm, Reichtum oder staatliche Anerkennung aus einem schöpferischen Menschen eine selbstgefällige Hülle machen. Geborene Banausen wissen nichts von ihrem Schicksal, wer allerdings geblendet seine Flügel an der Garderobe abgibt, um auf dem roten Teppich in die strenge Kammer der Beschränktheit zu wandeln, ist eine wahrlich tragische Figur, dem tut allfällige Komik keinen Abbruch.

Bleiben jene, die in den lichten Höhen der Kunst die Weihen besonderer Banausität empfangen. Es sind dies Doppelexistenzen, die dem Ordnungssinn des Banausen mit einer Kunstfertigkeit gerecht werden, die Achtung abnötigt. Sie gehen davon aus, dass es dem Künstler keineswegs gestattet sein dürfe, seine Identität zu verraten – um wie viele Silberlinge auch immer. Die doppelsinnige Antwort besteht in einer zweigeteilten Künstlerpersönlichkeit. Die eine Hälfte uferlos, kämpfend, zweifelnd, suchend, die andere sorgfältig abgeschottet, illusionslos, pragmatisch und von eitler Tüchtigkeit. Je nach Gegenüber wird die eine oder die andere Hälfte des Meisters aktiv. Das bringt zwar eine gewisse Zwiespältigkeit mit sich, andererseits verhindert Verwirrung ein gültiges Urteil. Es möge ruhig einer kommen und wissen, der Maler N. habe im Fließbandverfahren aus einer geborgten Idee tausendundeine Original-Variationen gezaubert, es wird ein Zweiter da sein, der zu berichten weiß: Eben dieser Künstler sei zerquälten Gemütes nächtelang zu Werke gesessen, um das errungene Ergebnis letztlich dem zu schenken, der es zwar verstehen, aber nicht bezahlen konnte. Nach dieser letzten und feinsten Ausprägung darf wohl unterstellt werden, dass der Sieg der Banausen keine Frage der Zukunft, sondern ein längst vergangenes Ereignis ist. Sie haben die Macht und ihre Diktatur wäre noch viel schrecklicher, brächten sie es fertig zu wissen, was sie sind.

Akt-Zeichner – die Beamten

Der Augenblick, in dem sich eine banale berufliche Existenz in die des Beamten verklärt, ist von seltsamer Tragik umwittert. Jemand, der an sich kein Amt hat, dem keines zukommt oder erwächst, wird in einem Akt reiner Willkür beamtet, so, wie man ein Ross, das vordem barhufig über die Wiesen tollte, beschlägt. Demütig und ergriffen lässt es der Mensch geschehen, schließt die Augen und denkt an das öffentliche Interesse. Dem Staate hingegeben, erkennt er eine neue Dimension der Bewegung, nämlich stillzuhalten, und eine neue Dimension der Freiheit, nämlich sich zu fügen. Wenn Recht und Ordnung nicht zuletzt im Interesse der Sicherheit zur Paarung schreiten, hat alles andere hintanzustehen. Nur ein solcher Zeugungsakt von disziplinierter Lust und strenger Leidenschaft ist geeignet, eine Lebensform entstehen zu lassen, die sich öffnet, indem sie klemmt.

Das Prinzip der Beamtenseele ist nur aus ihrem Werden zu erklären: Die Begründung des öffentlichen Dienst- und Treueverhältnisses hat offensichtlich ziemlich wehgetan, und das wird mit kleiner Münze zurückgezahlt. Die Nacht im Prokrustes-Bett mündet geradewegs in eine erotische Beziehung zu Sachzwängen. Der Beamte wird das gemeine Volk aus eigener Erfahrung lehren, wie es gelingen muss, die öffentliche Hand zu lieben, eben weil sie einen schlägt. Der Beamte wird nicht aufhören, begreiflich zu machen, dass einer, der verzichtet, das Recht ausübt, sich zu verweigern.

Allerdings ist jede beamtete Existenz einer spezifischen Entwicklung unterworfen, auch wenn diese im Rahmen, unter Zugrundelegung, mit Bedachtnahme und bei besonderer Berücksichtigung erfolgt. Vor allem erweist sich die Art der Amtstätigkeit als prägend. Ein Beamter, welcher verwaltet, wird sich von einem, der vollzieht, grundlegend unterscheiden müssen. Ein Beamter, dem sich die Staatsgewalt als leibhaftiger Minister täglich mehrmals offenbart, wird eine andere Staatshoheit im Herzen tragen als einer, der zu Füßen eines Dorfbürgermeisters kauert. Ein Beamter, vor die Wahl gestellt, sich in Aktenbergen den Hals zu brechen oder in Papierwogen zu ersticken, wird als einziges plausibles Ziel seines Berufslebens virtuoses Delegieren erkennen, während einer, dem es an Zuständigkeiten und Befugnissen mangelt, in seinen amtlichen Mußestunden wohl wüsste, wie die Welt aus den Angeln zu heben, Gott zu optimieren und der Abschaum der Menschheit wiederzuverwerten wäre.

Auch die Form der Kommunikation mit der Umwelt des Beamten bleibt nicht ohne persönlichkeitsbildenden Einfluss. Beamte, die im Laufe ihrer Tätigkeit nur mit Beamten zu tun haben, Beamtenbeamte also, können gar nicht anders als sich und ihresgleichen für die allein maßgeblichen Bewohner des einzigen relevanten Universums zu halten. Der Rest mag noch so aufsässig gegen ihre Schreibtische branden, sie sind die Hüter des Grals, und zwar eines exakt definierten, sorgsam formulierten, mehrmals novellierten und interpretierten. Nicht einzusehen, warum sich an ihrem essenziellen Sein etwas ändern sollte, nur weil es draußen Unruhe gibt. Solche Beamte haben für politische Wirren nicht einmal beiläufiges Interesse und überstehen sogar tiefgreifende Änderungen der staatlichen Identität: Sie dienen der jeweiligen Obrigkeit, indem sie einander dienen. Kein noch so rabiater Repräsentant der Staatsgewalt wird es wagen, an einer Säule zu rütteln, die ihre tragende Bedeutung in sich selbst weiß.

Dieser klaren Ausprägung des Beamtentums steht eine Existenzform gegenüber, die zu beklagenswerten Kompromissen verhalten ist: Die zu den Amtsstunden geöffneten Beamten. Eine systemimmanente Inkonsequenz zwingt sie dazu, sich von Zeit zu Zeit einer irrlichternden Schar von Privatpersonen zuzuwenden. Auch wenn dieses Eindringen in amtliche Intimzonen mit aller nötigen Strenge reglementiert wird, schmerzt sie ja doch. Anarchisches Begehren prallt gegen würdevolle Ordnung, Änderungswünsche reiben sich an besonnenem Beharren und plumpe Ratlosigkeit spottet jeder noch so geduldigen Belehrung oder Unterweisung. Das alles wäre ja zu ertragen, gelänge es diesen Privaten wenigstens annähernd, den guten Amtston zu treffen, nicht allzu weit vom rechten Amtswege abzuweichen und amtliche Vorgänge in ihrer feierlichen Verletzlichkeit auch nur ein wenig zu begreifen. Aber jene Unbelehrbaren, deren staatsbürgerliche Existenz mit Akribie, nimmermüder Sorgfalt, gütigem Nachdruck und außerdem auch allzu oft mit mürber Nachsicht verwaltet und vollzogen wird, wissen das alles nicht zu schätzen und sind frech. Doch irgendwann enden die Amtsstunden, der Beamte kehrt in sich selbst zurück und greift nach den Akten, wissend, dass nur sie seine Sprache sprechen.

Nicht vergessen sollte man den verwegenen Haufen jener Beamten, die aus der klösterlichen Abgeschiedenheit ihrer Büros und Amtshäuser in die Welt hinausgehen, mitten unter den Menschen ihre Arbeit tun, reden und denken müssen wie andere Leute auch und ihr Beamtentum nur noch im Herzen tragen, oft genug von Zweifeln angenagt. Manchmal ist es ihnen noch gegönnt, sich mit Artverwandten zu Kommissionen zu ballen, meist stehen sie aber doch allein: Propheten der staatlichen Ordnung inmitten privater Wüstenei.

Diesen externen Heroen des Beamtenstandes stehen jene eher zwielichtigen Existenzen gegenüber, die ihrer inneren Berufung als Beamte folgen: Dann werden unwägbare Feuergeister zu Museumsdirektoren und ihre Feinde oder Spießgesellen nisten womöglich im Denkmalamt. Ungebärdige Gelehrte beunruhigen als Rektoren, Regisseure stellen Verwaltung und Vollziehung der Schauspielkunst in Frage und hochstirnige Jünger Äskulaps sehen das amtliche Gesundheitswesen sehr persönlich. Bei einer solchen peinlichen Vermengung der Berufsbilder liegt es dann immer wieder an der Beamtenschaft als Gesamtheit, sich gegenüber vorlautem Fachwissen zu bewähren.

Wer nämlich vorwitzig meint, nur kraft seiner Kompetenz und Position eine Macht auszuüben, die sich auch auf dem Amtswege fortpflanzen würde, wird wie Napoleon in Russlands winterlicher Weite versickern, wer glaubt, schon die Ernennung zum Beamten ließe ihn ohne weitere Weihen der Gemeinschaft aller teilhaftig werden, wird bald erkennen, dass er nicht einmal würdig ist, den Mantelsaum des Portiers zu küssen.

Doch lassen wir Oberflächliches beiseite, gibt es doch auch in der Tiefe der Beamtenschaft nicht nur stoische Stille. Ehrgeiz und Neid, Habgier und Bosheit, Lug und Trug, all die üblen Eigenheiten der Privaten finden auch unter Beamten ihren Widerhall, allerdings geläutert durch amtlichen Stil. Die Amtsintrige, meist im Dienste der Vorrückung, mag im Vergleich zur Privatintrige ein wenig altmodisch erscheinen, auch auf den ersten Blick weniger effizient, weil sie in der Wahl ihrer Mittel eingeschränkt ist. Sie will mehr als den schnellen Erfolg, wirkt bedächtig in die Breite und in die Tiefe, verästelt sich sachte. Sprießt dann endlich ein Pflänzlein an der Oberfläche, hat es Wurzeln wie eine tausendjährige Eiche. Nicht minder eindrucksvoll verläuft die Krise eines Beamten. Seiner selbst überdrüssig geworden – Gründe dafür gibt es genug –, nimmt er die schweren Pflichten seines Standes leicht, umgeht Amtswege, trifft den Amtston nicht mehr und verkennt sich letzten Endes als dienstbereiter Partner. Die Folgen sind furchterregend: Unmerklich kapselt ihn der empfindliche Beamtenorganismus ab, um ihn endlich abzustoßen. Aller Würden ledig und dabei womöglich auch noch kreuzfidel, ein Schicksal von beschämender Lächerlichkeit.

Trotzdem kann nicht geleugnet werden, dass der homo offizialis als höchstentwickelte Spezies seiner Gattung heutzutage eminenten Gefahren ausgesetzt ist. Allzu viele Beamte vergessen den Hoheitsakt, der ihre Entstehung bestimmte, werden der Staatsgewalt nicht genügend gewahr, die alle ihre Verrichtungen zu durchdringen hätte. Auch gelingt es nicht, selbst bei fortschrittlichster Betrachtungsweise, das vermehrte Auftreten von weiblichen Beamten, auch in gehobenen und höchsten Positionen, undifferenziert gutzuheißen. Ist es des männlichen Beamten heiligste Pflicht, das Leben in einen vernünftigen, also staatstragenden Raster zu fügen, kann jemand, der mit diesem Thema in kreatürlicher Vertrautheit umgeht, nur stören. Auch die typisch weibliche Auffassung, Verordnungen und Regeln seien sinnlos, wenn sie keinen Inhalt hätten, ist ein bedauerliches Beispiel mangelnden Ordnungssinnes, und die Beamten können sich als Kavaliere vom guten alten Schlage nicht einmal wehren.

Es wird also immer weniger Hüter jenes reinen Prinzips geben, das sich zwar vom Staate herleitet, doch letztlich sich selbst genügt. Zwischen den Ruinen wehrhafter Amtlichkeit wird die Subkultur anbiedernder Dienstleistung, vordergründigen Spezialistentums und langweiliger Effizienz wuchern. Dann wird die Staatsgewalt schon sehen, wo sie hinkommt, mit ihrem Hoheitsakt.

Ordnungs-Wüter – die Chaoten

Ordnung ist Willkür. Erhebt man Ordnung dreist in den Rang einer Tugend, wird dieses rigide Regelwerk auch noch zum Prinzip.

Chaos hingegen, die ungeordnete Masse, das völlige Durcheinander, atmet urtümliche Freiheit. Davon darf menschliche Beschränktheit zwar träumen, aber es gehört sich nicht. Im Denkgebäude der griechischen Philosophen war für das Chaos durchaus Platz, doch die Christen sperrten es eilig vor die Tür und ließen höchstens ein fades Nichts ins Vorzimmer der Schöpfung. Weil aber auch die Schöpfung nicht unfassbar sein sollte, sondern für biedere Gemüter begreiflich, gab man ihr gezählte sieben Tage Zeit und schickte den Baumeister am Sonntag pünktlich aufs Kanapee. Der Mensch, eitel seine Disziplinierung bespiegelnd, schmückte sich mit dem blöden Attribut „sapiens" und wird seitdem nicht müde, sich und den Rest der Welt zur Ordnung zu rufen.

Zwischenrufe gibt es aber doch. Freunde! Pflegen dann die Verfechter jeglicher Ordnung mahnend und besänftigend auszurufen, auch wir fühlen tiefe Sehnsucht nach ungezügelter Wirrnis in uns, aber wir organisieren, kanalisieren und sublimieren sie eben, letztlich zum Wohle aller. Die Chaoten, solchermaßen als asozial entlarvt, kehren ohne zu erröten in ihre unaufgeräumte Welt zurück, spüren, dass sie überall fehl am Platze sind und dass dieser Umstand den tieferen Wert ihrer Existenz ausmacht. Während der ordentliche Mensch versucht, mit einer Welt, die er nicht begreift und nicht beherrscht, zurechtzukommen, indem er sie zuordnet, einordnet, parzelliert und katalogisiert, geben sich Chaoten angsterfüllt und kühn dem Sturmwind umfassender Zufälligkeit preis. Ihre uferlose Sicht der Dinge erlaubt es natürlich nicht, den eigenen Status zu definieren, nicht einmal die Formulierung allgemeiner Wesenszüge scheint möglich. Zudem trägt der Umstand, dass auch der penibelste Mensch einen Funken Chaos in sich birgt und auch der hemmungsloseste Chaot nicht ganz ohne Ordnung durchkommt, kaum zur Klärung bei.

Weil man das Thema Chaoten aber ordentlich angehen sollte, seien einfach jene dieser furchterregenden Spezies zugeordnet, in deren Leben das Chaos zumindest überwiegt. Die blassen Typen von der ordentlichen Seite dürfen auf chaotisches Mitgefühl hoffen. Mit hämischer Verachtung haben allerdings jene zu rechnen, die ihre kleinkarierte Existenz mit chaotischem Design zu tarnen versuchen. Solche meist berufsbedingte Erscheinungen von Mimikry sind häufig dazu da, kreative Impotenz zu tarnen. Regisseure, die nicht einmal genügend Phantasie zum Stehlen von Regieeinfällen haben, lieben es, unfrisiert zu erscheinen, nach Alkohol zu riechen, und vergessen kaum je zu erwähnen, dass sie, damals in Berlin, mit dem heute zu Unrecht berühmteren N. die Nächte durchdiskutiert und die Weiber durchprobiert hätten, weiß der Teufel, auch einen Mann zwischendurch. Dann kratzt sich der Meister am Dreitagebart und bringt die Pension Schüller über die Bühne.

Manch einer, der lauthals verkündet, man müsse dies und jenes „aus dem Bauch“ machen, tut dies in Ermangelung eines Kopfes, und wer lodernden Blickes als pragmatisiertes Genie durch die Lande eilt, verfolgt in klarer, ordentlicher Konsequenz das Konzept, alle anderen zu verwirren.

In höchster Führungsposition ist eine Tarnung als Chaot nicht mehr so angebracht. Man begnügt sich mit Andeutungen, die als „liebenswerte Schwächen“ der Humanisierung des Monströsen dienen.

Wohl aber macht sich auch für sehr ordentliche Menschen gut, den Umgang mit prominenten und daher anerkannten Chaoten zu pflegen. Das signalisiert ein weites Herz, einen offenen Sinn und einen witzigen Intellekt. Gerät dieser Umgang allerdings unter gesellschaftliche Ächtung, weil sich der Chaot allen Ernstes so benimmt, wie man es an ihm immer so spaßig gefunden hat, ist es höchste Zeit, die Krawatte wieder fester zu binden und sich am Abend mit Familie in gutbürgerlichen Restaurants zu zeigen. Solche Nutznießer am Rande des Chaos sind eigentlich kaum der Erwähnung wert.

Demnach ist es höchste Zeit, sich den wahren Chaoten zu widmen, von denen es, ihrem Wesen gemäß, unzählige Spielarten gibt. Das Gegenstück zum falschen Chaoten stellt der echte, aber getarnte Chaot dar. Es handelt sich häufig um janusköpfige Existenzen, die von Berufs wegen zwischen zwei Welten stehen: Gehört die Liebe und das Verständnis eines Galeristen einer Gruppe auserlesen chaotischer Künstler und unternimmt er es, ihre Werke an glattgebügelte und frisch geputzte Geldsäcke zu verkaufen, wird er sich wohl einen Terminkalender halten müssen und seine Erscheinungsform irgendwo zwischen Zirkusdirektor,

Versicherungsvertreter und Anlageberater ansiedeln. So gehen chaotische Verleger ordentlich einher, wenn die Bank oder der Buchhandel herschaut, rücken chaotische Redakteure die Zeilen gerade, wenn der Drucktermin vor der Tür steht und die Leser schon ungeduldig scharren, weil sie ihr Futter wollen. Eine besondere Spielart der getarnten Chaoten stellen jene dar, die ihre Tarnung auch vor sich selbst aufrechterhalten. In der unerschütterlichen Überzeugung, die ordentlichsten Menschen der Welt zu sein, lieben sie es, Ziele klar zu definieren, an deren Erreichung sie keinerlei Interesse haben, Termine exakt zu fixieren, die sie ganz bestimmt nicht einhalten werden. Die Tatsache, dass sie ihre prägnanten Zusagen nie erfüllen, wird dadurch wettgemacht, dass sie unaufgefordert Leistungen erbringen, die nie zugesagt wurden.

Manchmal fährt der Blitz der Erkenntnis in die Nacht dieser Selbsttäuschung. Dann kann es geschehen, dass sich der nunmehr Erleuchtete zu seinem chaotischen Dasein bekennt, aber gleichzeitig die früher vorgetäuschte Ordnungsliebe zur echten, wenn auch unerfüllten Zuneigung wird. Ordnungsliebende Chaoten sind in ihren kurzen Phasen der Ordnungssuche Rauchern ähnlich, die wieder einmal Nichtraucher werden wollen. Mit fanatischer Konsequenz verfolgen sie jegliche Ordnungswidrigkeit, heften Papiere, die jahrelang in wüsten Haufen den Fußboden bedeckten, in penibel beschriftete Ordner, kaufen sich einen Blutdruckmesser, belegen ein Time-Management-Seminar und heiraten ihre langjährige Freundin. Das Ende einer solchen Phase signalisiert meist eine lächerliche Kleinigkeit: Aus einem verschobenen Zahnarzt-Termin wird ein Kaffeehausbesuch, aus diesem ein längerer Spaziergang durch die Stadt, der zum Zusammenprall mit N. führt. Dieser ist eben dabei, eine Zeitschrift zu gründen, und der Chaot, wieder in sich zuhause, wird Herausgeber, verschuldet sich, bekommt Sodbrennen und einen Preis für beispielhafte Publizistik, den er vergisst entgegenzunehmen.

Andere Chaoten haben ihren inneren Zwiespalt geregelt, indem sie Chaos und Ordnung zeitlich trennen. Solche Teilzeitchaoten bringen es manchmal fertig, jeder Phase ihres Lebens die besten Seiten abzugewinnen. Dichter zerren mit schamloser Gebärde grell geschminkte Musen ins ungemachte Bett, versinken wollüstig in zeitloser Umnachtung und aus dem trägen Sumpf ihres selbstvergessenen Daseins steigen die Bilder. Irgendwann schauen sie dann tapfer in den Spiegel, schaben sich das

Chaos aus dem Gesicht und gehen mit seltsam abgezirkelten Schritten zur Schreibmaschine. Dort sitzen sie dann, Stunde um Stunde, ordnen die Ebenen ihrer Gedanken und Gefühle, verbinden und verflechten sie akkurat, wählen die Wörter sensibel und exakt, bauen Sätze, die vielleicht das Chaos beschreiben, doch auf eine sehr präzise Art.

Alle, die einen Weg gefunden haben, mit dem Chaos zu hantieren, leben recht ordentlich damit. Schlimm sind jene dran, die sich selbst hilflos gegenüberstehen, etwa weil sie zu naiv sind, die eigenen Gesetzmäßigkeiten oder deren Gegenteil zu erkennen. Naive Chaoten sind nicht weniger gefährlich als naive Ordnungshüter. Natürlich haben sie als Spaltpilze oder Katalysatoren auch eine nützliche Funktion im gesellschaftlichen und politischen Leben, aber sie brauchen Freunde, die auf sie aufpassen, wenn sie wieder einmal darangehen, gordische Knoten in ihre Gedanken zu knüpfen, ihre eigenen Ideale anzunagen und sich vor jenen zu entblößen, die sie gar nicht nackt sehen wollen.

Nicht minder schwer haben es Chaoten, die lange Zeit in Frieden mit sich leben durften, weil sie einen entsprechend chaotischen Beruf ausübten, unvermutet aber vom Schicksal auf eine neue Ebene gehievt werden. Clowns leiden unsäglich, wenn sie zu Abteilungsleitern mutieren, Schauspieler haben als Intendanten ein nicht enden wollendes Kastrationserlebnis, und gehen Künstler in die Politik oder fallen sie ihr in die Arme, drücken falsche Gewichte, beleidigen schlechte Reime und kränken seelenlose Mechanismen.

Trotzdem wird ein gediegener Chaot auch unter dem Zwang von Ordnung immer jenseits messbarer Dimensionen stehen. Seine Pläne funktionieren nur dann, wenn er sie fallen lässt, seinen Grundsätze bleibt er treu, indem er sie verrät. Das Scheitern eines Chaoten wird von erschütternder Größe sein, weil er einfach nicht aufhören kann mit dem Scheitern. Sein geradezu unerträglich glänzender Sieg wird rasch verblassen, weil er nicht müde wird, ihn zunichte zu machen.

Chaoten haben es mit sich selbst nicht allzu einfach, das steht fest und legt den Gedanken nahe, dass auch die Beziehung zu ihren Mitmenschen ziemlich kompliziert ist. Die Errichter und Verfechter der Ordnung haben es beneidenswert einfach: Was nicht in ihren Raster passt, dürfen sie je nach Laune als ungehörig, unerlaubt, ungesund oder störend ablehnen, sie dürfen es als Unkraut außerhalb ihres gepflegten Gartens naserümpfend betrachten oder als Spielart menschlicher Schwäche und Verirrung belächeln. Chaoten leiden hingegen unter ordentlichen Menschen. Gleichzeitig bedauern sie diese eingezäunten, abgeschnürten und begrenzten Figuren. Das befähigt sie zu einer zwar konfliktbeladenen, doch letztlich herzlichen Hinwendung, auch wenn diese nicht adäquat erwidert wird.

Treffen allerdings zwei Chaoten aufeinander, ist das Ergebnis Konfrontation oder Verschmelzung, oder beides, wie auch immer: ein Naturereignis. Ein echter Chaot ist aber ohnedies zu durcheinander, um etwas davon zu bemerken.

Vogelfänger – die Verleger

Lexika definieren das Wort „Verlegen“ mit dem Vorgang des Zurechtlegens von Nistmaterial als Instinkthandlung der Vögel beim Nestbau. Das mag wohl stimmen, doch legen wir den Sonderfall eines verlegenden Verlegers zu Grunde, dann muss zumindest die Instinkthandlung entschieden in Abrede gestellt werden. Ob Verleger hochherzig, dumm, weitblickend, tollkühn, elitär oder heimtückisch verlegen: Sie tun es mit Absicht. Sie bauen ihre Nester auch nicht als trautes Heim für das eigene Fleisch und Blut, sondern als Spekulationsobjekt. Im Biotop der freien Marktwirtschaft bieten sie bunten Vögeln aller Art fertige Nistplätze an, Hilfe beim Eierlegen und Unterstützung bei der Aufzucht. Sind die Ergebnisse kreativer Fruchtbarkeit dann endlich flügge, werden sie vom Verleger aus dem Nest geklaubt und vermarktet. Das tut den geflügelten Müttern und Vätern natürlich weh. Andererseits: Es steht im Vertrag. Ganz abgesehen davon braucht die notwendigerweise doppelte Moral einer Leistungsgesellschaft, die kulturellen Werten ebenso bewundernd wie ratlos gegenübersteht, den Verleger. Er besorgt die fachgerechte Erniedrigung des angebeteten Werkes zur Handelsware. Die Unschuld des Künstlers bleibt bewahrt, auch wenn er nicht unschuldig sein sollte und schon gar kein Künstler.

Trotzdem gäbe es keine Verleger, hätten nicht jene, die Werke in die Welt setzen, den dunklen Drang ans Licht der Öffentlichkeit. Ihm blindlings zu folgen, wirkt allerdings ordinär. Man benötigt also einen Erfüllungsgehilfen. Natürlich gibt es die rührende Ausnahme des sich selbst verlegenden Kreativen. Während andere rufen: Kauft Simmel! Kauft Handke! Kauft Muliar! Ruft er: Kauft mich! Das klingt nicht gut. Es bleibt nun einmal den Hühnern vorbehalten, durch lautes Gackern auf die jüngste Hinterlassenschaft hinzuweisen.

Bevor es allerdings zu einer Beziehung zwischen Verleger und Verlegtem kommt, findet das peinliche Schauspiel gegenseitiger Annäherung statt. Unauffällig betritt der Verleger das Haus käuflicher Kreativität und mustert mit als Interesse getarnter Schamlosigkeit, was sich hier so räkelt, rar macht oder verklemmt herumdrückt. Die vielen, die sich jedem an den Hals werfen würden, auch zum Nulltarif, oder notfalls sogar geöffneten Sparstrumpfes, will keiner. Jene, mit denen eine Liaison reizvoll, doch riskant wäre, leistet man sich vernünftigerweise nur, wenn schon ein paar verlässlich einträgliche Pferdchen im Stall stehen, und die wenigen endlich, die das Herz jedes Verlegers höher schlagen lassen, sind entweder in festen Händen oder treiben es mit jedem.

Lassen wir die große, aber wenig reizvolle Gruppe jener Verleger beiseite, die einfach marktgerechte Produzenten für den von ihnen bearbeiteten Sektor suchen, zeichnen sich schon im Vorfeld der Beziehung bemerkenswerte Strukturen ab. Zwanglos gruppiert, Artgenossen mit Herzlichkeit oder gar Freundschaft begegnend, machen jene Verleger auf sich aufmerksam, deren herzerwärmend gewinnendes Wesen verbunden mit Esprit, Sachverstand und heiterem Kunstsinn eine Beziehung von beglückender Intensität verspricht. Dass Geld in einer solchen Verbindung nur eine verzichtbare Nebenrolle spielen kann, wird jedem einleuchten.

Abseits der Gruppe schreiten hageren Gemütes und mit gefurchtem Intellekt ehrfurchtgebietende Gestalten ihres edlen Weges, stets bereit, erhobenen Hauptes zu dienen, vorausgesetzt, der erwählte Partner ist sich der Ehre bewusst, solcher Selbstlosigkeit teilhaftig zu werden. Andere sitzen wie Säulenheilige auf den Gipfeln ihres elitären Kunstverständnisses, ihres selektiven Programms oder ihrer eigenwilligen Persönlichkeit und beobachten mit höflichem Bedauern vergebliche Kletterversuche wenig schwindelfreier Autoren, Ausrutscher und Abstürze. Gelingt aber dann doch einmal der Gipfelsieg, ist die Umarmung triumphal und von verzehrender Heftigkeit.

Zwischendurch schlendern ein paar Neureiche herum und blättern anzüglich in ihren Scheckbüchern. Geld machen sie mit mittelmäßigen Massenprodukten. Jetzt hätten sie noch gerne ein paar Namen zum Herzeigen.

Um den Stammtisch sitzen die etablierten Verleger: Der Schatz ihrer Erfahrung ist von so betäubender Größe, dass es sich erübrigt, sie zu erweitern oder gar zu erneuern, der Grad ihrer Professionalität ist von so staunenswerter Höhe, dass selbst undenkbare Herausforderungen a priori als gemeistert gelten müssen, und die Wucht ihrer Urteilskraft ist dermaßen profund, dass sie das Jüngste Gericht achselzuckend zur Kenntnis nehmen werden müssen. Geht einer dieser Verleger irgendwann doch vor die Hunde, dann nur, weil sich die Welt wieder einmal nicht an seine Gesetze gehalten hat.

Bleiben noch jene mildtätigen Gestalten zu erwähnen, die, selbst zerlumpt und darbend, behutsam einhergehen, Schwache an ihre knöcherne Brust drücken, Unverstandenen ihr Ohr leihen und Stummen ihr brüchiges Stimmchen geben.

So sieht's also aus im Hause der begierigen Produzenten und käuflichen Kreativen. Alles ist möglich, sehr moralisch ist das alles nicht, doch kaum sind sich zwei einig geworden, bedeckt bürgerliche Ordnung den Vollzug der Paarung. Man schreitet zu Vertrage: Der geliebte Partner, im Folgenden kurz Autor genannt, verpflichtet sich zur Kindesweglegung. Der Verleger verpflichtet sich zur Fürsorge und Verwertung. Sollte sich ein Kind dieser Verwertung hartnäckig widersetzen, wird es verbilligt oder in Streifen geschnitten.

Da nun Recht und Ordnung herrschen, werden es sich die Partner unverzüglich gönnen, ihre wahren Gesichter zu zeigen. Die Autoren sind so, wie man es von ihnen erwarten musste, und die Verleger ändern sich getreu ihrem ursprünglichen Erscheinungsbild: Die Charmanten werden zu Hallodris, die Heiligen zu Fanatikern, die Neureichen zu Scheckfälschern, die Etablierten ziehen sich in ihre Filzpantoffeln zurück und die Mildtätigen halten die Hand auf.

Natürlich verändert sich nicht alles und oft behält der Grundsatz vieler praxistauglicher Beziehungen seine Gültigkeit: Besser so einer als gar keiner. Auch gilt es für das tiefere Verständnis eines Verlegers unabdingbar zu bedenken, dass er ja nicht nur mit jenen zusammenlebt, die ihn mit Zeilen, Noten oder Bildern beliefern, sondern auch mit seinen Kunden. Schreit ihm sein Schützling (oder Objekt der Ausbeutung) in wilder Verzweiflung entgegen, es sei ihm aber schon wirklich ganz und gar völlig egal, was das blöde Volk da draußen lesen wolle, fragt eben derselbe nach der Drucklegung zwischen zwei launigen Bemerkungen verdächtig beiläufig und mit seltsam spröder Stimme, wie das nun sei mit dem Verkauf.

Verleger, die tapfer genug sind, das janusköpfige Wesen ihres Berufes von Zeit zu Zeit zu hinterfragen, werden sich allzu oft in der lächerlichen Rolle eines Predigers wiederfinden, der inmitten einer Sprachverwirrung babylonischen Ausmaßes zu gegenseitigem Verstehen aufruft. Auch wird ihn die Macht, die er ausübt, beunruhigen: Nur durch und durch gefestigte Persönlichkeiten werden sich seiner Lenkung entziehen. So muss er es dann etwa verantworten, einen reinen Jünger der Kunst zu einem zynischen Rattenfänger verformt zu haben, nur weil er ihn lehrte, wie Erfolg funktioniert; oder am Unglück eines vordem Glücklichen schuld zu sein. Der Autor musste seine Inferiorität in jenem Augenblick erkennen, in dem ihn der Verleger großzügig in die Reihe seiner Besten stellte. Nicht weniger problematisch ist der Einfluss des Verlegers auf seine Kunden: Er wird schuldig, wenn er schlechten Geschmack mit Junk Food sättigt, er muss sich den Vorwurf der Hochnäsigkeit gefallen lassen, wenn er meint, mit seinem Stil auch die Erwartungshaltung seiner Kunden prägen zu müssen. Noch mehr zu bedauern sind allerdings jene Verleger, die längst nur mehr leere Hüllen ihrer selbst sind, deren Namen amorphes Konzerngetöse mit individuellen Klängen schmücken sollen – ein Bild von erhabener Lächerlichkeit.

Doch auch Verleger, die an ihrem Schicksal selbst schuld sein dürfen, werden von einer besonders naheliegenden Abhängigkeit unbarmherzig in die Pflicht genommen: der vom Verlag – und dieser Verlag ist nun einmal ein Unternehmen, dazu verhalten, sich zu erhalten. Ein Verleger, der ausschließlich kaufmännische Interessen verfolgt und kongeniale Lieferanten findet, kann sehr viel verdienen, die Bezeichnung Verleger verdient er nicht. Einer, der seine Ideale und die seiner Lieben fernab jeder Realität umsetzt, wird zwar veröffentlichen, doch unter Ausschluss der Öffentlichkeit. Es können also gar nicht genug Seelen in der Brust des Verlegers wohnen: Ihr diffiziler Widerspruch, ihr inniges Aufeinanderprallen, ihre schmerzhafte Verflechtung lassen endlich jenen Lockruf erschallen, dem Autoren und Leser gleichermaßen folgen. Der spannungsgeladenen Innenwelt des Verlegers sollte demnach auch die Konstruktion des Verlages entsprechen: eine sinnreiche Vermengung von Visionären und Buchhaltern, Hasardeuren und Tüftlern, Wortklaubern und Stilisten.

So ganz am Rande und gewollt beiläufig sei auch noch die Beziehung des Verlegers zu seinen Händlern gestreift. Letztere sind einander darin einig, dass es genialer Fähigkeiten bedürfe, jene Makulatur, die Verleger produzierten, auch zu verkaufen, während Verleger einhellig meinen, es bedürfe schon genialer Produkte, um sie trotz der Bemühungen der Händler an ihr Publikum zu bringen. Aber beide, Händler und Verleger, haben einander sehr lieb und streiten höchstens darüber, wer die Rechnung für das Geschäftsessen übernehmen darf. Ist auch egal: Es zahlen ja doch die Autoren.

AUSTRIACA

Autoritär

Die Autorität des Staates wackelt, der Himmel ist auch nicht mehr so hoch oben, aber noch gibt es Mächtige, zu denen man aufblicken darf, scheu, natürlich. Die Fähigkeit, als Untertan zu herrschen, mit dämonischer Servilität und doppelbödigem Biedersinn, gehört nämlich zu jenen Begabungen hierzulande, die, aus der Bedrängnis geboren, heute nur noch gepflegt werden, weil man nichts verkommen lassen will. Allerdings haben auch Meister und Meisterinnen dieser Kunst Probleme, ihren hohen Standard an allmächtiger Unterwürfigkeit zu halten: Es fehlt an Übungsobjekten, an Autoritäten, denen zu dienen eine Herausforderung sein könnte. Kaffeehausober zum Beispiel, an sich der Inbegriff stets bejahenden Widerspruchs, immer dienstbaren Unwillens und allerhöflichster Unverfrorenheit, finden kaum noch Gäste, an denen sie sich messen könnten, Hotelportiers, dereinst eine ehrfurchtgebietende Existenzform zwischen Höllenhund, Paradieswächter und Ermittlungsbeamtem, vermissen Persönlichkeiten, die ausreichend hochgestellt für eine fachgerechte Erniedrigung wären, und sogar Hausmeister, einst die wahren Herrscher des Landes, sehen sich immer mehr jener vielschichtigen und gnadenlosen Konfrontation beraubt, die individuell geprägte, leidenschaftliche Wohnungsinhaber braucht und keine angepassten Benutzer.

Was in den bedeutenden Bereichen des Lebens nicht mehr so richtig funktioniert, liegt auch anderswo im Argen. Dass Präsident, Kanzler und Minister für den regiert sein wollenden Bürger keine allzu ernstzunehmenden Autoritäten darstellen, ist nicht neu, aber der Umstand, dass die Säulen jeglicher Hierarchie, die Beamten, mehr und mehr ihre aktenstaubumwölkte Hoheit mit entwaffnender Dienstbereitschaft vertauschen, muss einen engagierten Untertanen doch sehr nachdenklich stimmen. Papst und Bischöfe waren seit jeher ätherisch leichte Autoritäten hoch über den Wolken, die solchermaßen nicht wirklich ins Gewicht fielen, aber seit es sogar Dorfpfarrer gibt, die bei der Sonntagspredigt argumentieren statt zu säuseln, zu grollen und zu donnern, macht auch den frömmsten Schäfchen das Senken ihrer Häupter nicht mehr die rechte Freude.

Auf der Suche nach Autorität stößt man auf wenige achtunggebietende Reste, einsame Felsbrocken in der öden Ebene. Eine gute Chance, fündig zu werden, bietet immer noch das Ansinnen an die Post, einen Brief amtlich entgegenzunehmen und nach Maßgabe der Möglichkeiten zu befördern. Man tritt also ein – Hunde bleiben draußen – und nähert sich den Schaltern. Der Blick fällt erst auf einen, der, wie andere auch, geöffnet zu sein scheint, mittels eines kleinen Schildes aber für „geschlossen" erklärt wird. Schon weht ein kalter Hauch Macht durch den Raum: Wer, ohne an der Wirklichkeit etwas zu verändern, diese zu einer anderen Wirklichkeit erklären darf, herrscht absolut. Der Schalter daneben schaut so aus wie jener, der „geschlossen" ist, muss aber geöffnet sein, weil das bewusste Schild fehlt; allerdings fehlt auch der Schalterbeamte. Es handelt sich also um die Spielart des wohl geöffneten, aber nicht besetzten Schalters. Ehrfurcht keimt auf: Es muss wohl ein großer, für das Erdengewürm undurchschaubarer Plan sein, nach dem Erscheinungen von Schalterbeamten stattfinden. Der nicht geschlossene Schalter mag zwar den Glauben nähren und die Hoffnung stärken, dass da, jenseits der unüberwindlichen Barriere, höhere Wesen existieren, doch zeigen sie sich nicht jedem und auch jenen, die ihre Huld erringen, nicht zu oft. Es könnte natürlich sein, dass sich am Ende einer beachtlichen Reihe geduldig wartender Postpilger ein Schalter der dritten Art befindet, nicht einer, der offen, aber geschlossen ist, auch keiner, der offen, aber nicht besetzt ist, sondern einer, der die Ratlosen tröstet, die Verzagten aufrichtet und die Schwachen bestärkt: einer, in dem die Erscheinung des Postbeamten soeben stattfindet. Offenbar waltet er auch seines Amtes, denn langsam, doch stetig, Schritt für Schritt, kommt der geduldig Harrende dem Ziel seiner Wünsche näher. Es ist schon einzusehen, dass eine gut bemessene Spanne Zeit der Besinnung auf jenen Moment des persönlichen Kontaktes, jenen wundersamen Augenblick, in dem sich ein bürgerliches Ansinnen in einen amtlichen Vorgang verklärt, zur Vertiefung des Erlebnisses dient. Endlich ist das Ziel vor Augen, das Herz schlägt schneller, die Wangen sind gerötet, der Mund wird trocken, die Hand mit dem Brief reckt sich flehentlich dem Schalter entgegen, doch gemach: Der Beamte füllt eine Liste aus.

An dieser Stelle sollte man einflechten, dass auch oder gerade im Zeitalter der elektronischen Datenverarbeitung das Ausfüllen von Listen eine der letzten Handlungen im Dasein eines Beamten darstellt, die seiner inneren Würde auch äußerlich gerecht werden. So wie es in keinem Falle vorstellbar ist, dass Petrus vor dem Himmelstor Daten in ein Computerterminal tippt (schon eher wäre dem Teufel eine Umstellung auf EDV zuzutrauen), so wenig ist es denkbar, dass ein getreuer Vollstrecker des Erbes derer von Thurn und Taxis auf das Ausfüllen von Listen verzichten oder dieses womöglich verschieben könnte, nur weil jemand einen Brief aufgeben will. Alles klar, die kleine Wartezeit bietet ja auch die seltene Gelegenheit, die postamtliche Erscheinung bei ihrer Tätigkeit zu beobachten, wie sie schreibt, kontrolliert, unterschreibt, ablegt. Ein kaum merklicher Seufzer entringt sich dem Beamten, nun ist seine Seele leicht und sein Sinn beflügelt, er tauscht mit einem unsichtbaren Kollegen ein paar Scherzworte, beißt von einem Brot ab, vermutlich ist es Manna, dann hebt sich sein Blick und erfasst gütig fragend diesen Menschen da draußen, wie er dasteht, mit seinem Brief in der Hand, den Mund halb geöffnet. Rührung erfasst den Beamten, er macht eine aufmunternde Geste. Offenbar bereit, antragsgemäß zu obwalten, nennt er die Gebühr. Im gleichen Augenblick umwölkt sich die helle Stirn und er fragt mit mildem Tadel in der Stimme, ob es der Brieftransportheischende, der frech mit einem Fünfziger wedelt, nicht „kleiner" habe. Wahre Größe verlangt nach kleiner Münze, wer herausgibt, vergibt sich etwas.

Wenig später ist alles vorbei. Ungläubig schaut der vom Briefe befreite Mensch auf seine leere Hand, Jubel erfüllt ihn und süße Bosheit: Es war ein Beschwerdebrief an die Postdirektion.

Wie schon gesagt: Die Möglichkeiten, sich selbst auf das Untertänigste zu verwirklichen, sind rar; selbst Handwerker, die es mühelos fertigbrachten, Einwände von mehrfach graduierten Auftraggebern vom Tisch zu fegen, indem sie den Daumen in den Träger ihrer Latzhose einhakten, bierduftend rülpsten und vielsagend schwiegen, weichen immer mehr terminverplanten Servicekräften. Sogar Mechaniker, die kostenbewusste, eiskalt kalkulierende Manager mit einem langen, nachdenklichen Blick unter die Motorhaube dazu brachten, erleichtert aufzuseufzen, weil die genannte Summe dann doch nicht so hoch war wie befürchtet, werden durch weißbemäntelte Empfangslakaien ersetzt, glatt und langweilig. Vorgesetzte aller Größenordnungen verhalten sich nach irgendwelchen Managementmodellen und Organisationsformen, statt rüde regierend den Aufruhr zu schüren, Ehemänner proben die Partnerschaft, statt patriarchalisch zu herrschen und matriarchalisch zur Vernunft gebracht zu werden.

Am ehesten funktioniert das Prinzip maßloser Überhöhung und unverschämter Unterordnung als winziges Modell einer vergangenen Wirklichkeit, begrenzt auf kurze Zeit. Dafür gibt es sogar ein sehr österreichisches Beispiel: jenen Gott, der in der Sauna aufgießt. In anderen Ländern erledigt das irgendwer, hier nicht. Eben noch ein Nackter unter Nackten, beginnt der Aufgießer seine Überhöhung, indem er das gemeine Volk meidet, einige Schritte zurückbleibt, geheimnisvollen Riten nachgeht, die keiner zu beobachten hat. Weiß man denn wirklich, woher er das Wasser nimmt, wie er das Handtuch auswählt? Bevor er in die Mitte des Volkes tritt, verharrt er noch kurz vor der geschlossenen Tür, ein Ausdruck grausamer Würde überzieht sein Antlitz. Dann tritt er ein, stellt die Gerätschaft mit feierlicher Achtlosigkeit neben sich, als würde ein König seinen Reichsapfel beiseitelegen. Das Volk zollt leisen Beifall. Kaum hebt er den Schöpfer, beidhändig, wie ein Richtschwert, verstummt das Gemurmel, es wallet und siedet und brauset und zischt, er steht als Herr des Feuers und der heißen Winde inmitten, nur er kann es sein, der irgendwann dem Toben Einhalt gebietet und die Tür nach außen freigibt. Noch tost des rauschenden Beifalls Huldigung in den Ohren des Herrschers, da nähert sich schon ein Untertan: Naja! Sagt er und wiederholt, nun ohne Rufzeichen: Naja. Ohne zu murren dankt der Herrscher ab, ein neues Spiel kann beginnen.

Womit, zu guter Letzt und ein wenig zufällig, sogar ein wesentliches Wort gefallen ist: Spiel. Der spielerische Umgang mit Leuten und Institutionen, die nicht mit sich spielen lassen, ist eine ernstzunehmende Methode, so halbwegs heiter durchs Leben zu kommen. Zum Teufel mit den Spielverderbern.

Weichgespült

Rot-weiß-rote Gefühle sind weder unecht noch heuchlerisch noch übertrieben. Vom Gegenteil kann natürlich auch keine Rede sein. Weil Ausländer, wenn sie sich mit unsereinem abgeben müssen oder wollen, ja doch eher bemüht sind, Positives anzumerken, lautet ihr Urteil über das österreichische Wesen meist: charmant. Hinterfragt man dieses Kompliment, tritt Leichtfertigkeit zu Tage, Unsachlichkeit, Promiskuität, Unaufrichtigkeit, Hinterlist, weinerliche Sentimentalität und zuckersüße Bosheit. Aber das alles nimmt man uns nicht krumm, weil wir ja so charmant sind. Diese irrationale Leichtigkeit ist eben typisch für Menschen, die als heitere Spielbälle ihrer Gefühle durchs Leben geworfen werden. Genialität jeglicher Spielart widerfährt uns irrlichternden Existenzen natürlich viel eher als jenen, die sich die Mühe machen, ungeachtet emotionaler Mäander geradeaus zu leben. Auch das Genießen fällt uns leichter, weil Gefühl und Sinnlichkeit nicht weit auseinander sind und die Freuden des Lebens jenen auf das Schamloseste zuteil werden, die sich ihnen hemmungslos öffnen, statt sie sorgfältig zu prüfen und den verbleibenden kargen Rest dankbar entgegenzunehmen.

Dass wir im Laufe eines rauschhaften Lebens auch ziemlich häufig dazu neigen, uns umzubringen, ist ebenfalls erklärlich: Wer dermaßen schlampig mit Unwägbarem umgeht, sich seiner erfreut, statt es wegzusperren, fordert Pannen geradezu heraus.

Aber es ist ja alles ganz anders. Denken, Wollen und Fühlen machen das Grundvermögen der Seele aus, so lehrt man häufig, und wir weigern uns ganz einfach, gefühlsarm und mit kastriertem Innenleben umherzulaufen. Charmant sind wir nicht, es sei denn, wir wollen jemandem den Gefallen tun, so zu sein, wie er glaubt, dass wir sind. Liebenswert sind wir aber schon, das wissen wir am besten, weil wir uns selbst auch recht gut leiden können.

Nachdem hiermit das Vorurteil von außen durch ein Vorurteil von innen hinreichend neutralisiert scheint, ist schonungslose Subjektivität an der Reihe. Glaubt man Arthur Schnitzler, und das gehört sich wohl, ist Charakterstärke oft nur ein Zeichen von Gefühlsschwäche. Umkehrschluss: Wer sich von Gefühlen leiten lässt, ist als Charakter zumindest unberechenbar. Das färbt natürlich auf die Verlässlichkeit von Beziehungen ab. Ich kenne einen Ehemann, der durchschnittlich einmal pro Jahr von rasender Leidenschaft und anschließend von abgrundtiefer Zuneigung befallen wird, und zwar natürlich nicht hinsichtlich seiner Ehefrau. In diesen Zeiten inneren Aufruhrs ist er rückhaltlos und ehrlich dazu bereit, Weib und Kind zu verlassen, Hab und Gut zu verspielen und mit der Angebeteten auf der dritten Wolke von links zu leben. Gerade noch rechtzeitig pflegen seine Gefühle wieder auf Normalwerte zu schrumpfen, höflich, aber bestimmt entlässt er die Geliebte und kehrt schulterzuckend zu seiner Frau zurück. Gefühle sind eben Naturereignisse.

Auch ist jener geschäftlich durchaus erfolgreiche Herr bestimmt nicht nur mir vertraut, dessen überbordende Gefühle in seinem beruflichen Instrumentarium die Funktion von Leimruten erfüllen. Er ist ausschließlich von Menschen umgeben, die er liebt und denen er eben deshalb manchmal wehtun muss, was ihm auch jedes Mal schier das Herz bricht. Weigert er sich, Rechnungen zu bezahlen, dann doch nur, um die soziale Wohlfahrt seiner Mitarbeiter zu sichern, deren Gehaltserhöhungen er nur deshalb hinauszögert, weil er das Leiden seiner Gläubiger nicht mitansehen kann. Seine geliebte Familie lässt er an seiner beruflichen Aufopferung teilhaben, seine berufliche Umwelt rechnet es sich zur Ehre an, seine familiären Lasten mitzutragen. Käme einer auf die absurde Idee, ihm emotional verbrämte Rücksichtslosigkeit zu unterstellen, er bräche in Tränen aus.

Seltsamerweise fällt mir bei jenem Geschlecht, dem das Gefühl seit jeher als schmuseweicher Ersatz für kantigen Intellekt zugeordnet wird, kein prägnantes Beispiel für emotionalen Exhibitionismus ein, entweder ein klarer Beweis für weibliche Hinterlist oder die für Männer peinliche Tatsache, dass starke Gefühle es nicht nötig haben, zur Schau gestellt zu werden, zu wertvoll und zu verletzlich sind, um mit ihnen argumentieren zu können. Männer sehen das offensichtlich anders, und so zeichnet sich zum Beispiel eine „sehr emotionell geführte Debatte“ weniger durch Tiefgang und persönliche Anteilnahme aus als durch den Wegfall guter Manieren. Ohne die Existenz echter Männergefühle leugnen zu wollen: Jene Aufwallungen, die das Bild vordergründig prägen, gehören nicht dazu. Kein Wunder, wenn man uns das Theater nicht recht abnimmt und uns gleichzeitig um die unverschämte Lust am Spiel beneidet. Es ist ja auch in der Tat ein sehr reizvolles Spiel, reich an Varianten, so ziemlich alles ist erlaubt. Virtuose Grenzgänger zwischen Affekt, Stimmung und Gefühl, zwischen Lust und Unlust, Erregung und Beruhigung, Spannung und Lösung haben ein unerschöpfliches Repertoire zur Verfügung, wenn es darum geht, die Umwelt zu rühren, zu erschüttern, zu verführen oder auch nur abzulenken. Ist so ein Gefühlsakrobat überdies ein schneller, witziger Kopf, womöglich auch noch ein Wortäquilibrist von hohen Graden, bleibt der Welt gar nichts anderes übrig, als ihm zu Füßen zu liegen. Ein so atemberaubend begnadeter Mensch ist natürlich frei erfunden und jede Ähnlichkeit mit André Heller ist zufällig und so gut wie nicht erwünscht.

Sieht man von der vordergründigen Inszenierung fast oder kaum oder gar nicht echter Gefühle ab, bleibt jedem ein Wundergarten in seinem Inneren und die Frage, wo es vielleicht doch angebracht wäre, ihn zu stutzen und zu disziplinieren, und wo man ihn wuchern lassen sollte. Kein Problem in den Bereichen der Unverbindlichkeit, hier dürfen Gefühle sogar mit der Mode gehen, auch den meisten verbindlichen Gefühlen darf jeder nach seiner Art gerecht werden, nur – wie ist das mit den absoluten Größen? Liebe zum Beispiel ist ein Wort, mit dem ich Schwierigkeiten habe. Nimmt man es so unabänderlich, wie man es wohl nehmen sollte, ist weder eine Steigerung noch eine Abschwächung möglich. Liebe ich demnach meinen Nächsten, als bemühter Christ, dann darf sich jeder des gleichen Grades meiner Zuneigung wenn schon nicht immer erfreuen, so doch sicher sein. Vielleicht ist es aber gestattet, die Liebe mit Ergänzungen zu versehen; dann dürfte ich das schleimige Scheusal T. wenigstens widerwillig lieben, den räudigen Hund N. voller Ingrimm, das Fräulein P. mit engagierter Verzweiflung und das fürchterliche Kind K. mit herzlicher Anerkennung. Dann bliebe es mir vorbehalten, andere liebend gerne zu lieben, manche mit Ernst und Verantwortung, wenige, ganz wenige mit aller Kraft und so weiter.

Ich weiß nicht, ob derlei Differenzierungen gestattet sind. Ich weiß auch nicht, ob es gut ist, über Liebe Worte zu verlieren. Es wird ohnedies zu viel geliebt. Mein Bürgermeister liebt mich, sonst dürfte er ja nicht mein Meister sein, meine Partei liebt mich, sonst hätte ich ja die falsche gewählt, mein Staat liebt mich, das ist aktenkundig, und der Himmel liebt mich, sonst wäre er mir längst auf den Kopf gefallen. Mein Lieber, hat neulich jemand zu mir gesagt, ich habe das Gefühl … Eigentlich würde ich es vorziehen, nicht als Geliebter Gegenstand seiner Gefühle zu sein. Aber schließlich bin ich ein charmanter Österreicher.

Gefühle haben allzu oft etwas Klebriges an sich. Man fängt an zuzuhören und ist auch schon halb erschlagen von verbalem Gerümpel, duldet Nähe und wird umklammert, öffnet sich und wird besetzt. Wehrt sich dann einer, hat er Berührungsängste, wird aggressiv und hat dann die Stirn, womöglich nicht mehr charmant zu sein.

So weit darf es in diesem Lande nicht kommen, das sind wir unserem Ansehen in der Welt schuldig. Irgendwann wird es ohnedies einen internationalen Einheitsmenschen geben, natürlich in verschiedenen, dem Verwendungszweck angepassten Ausführungen, selbstverständlich auch mit einer ausgewogenen Gefühlskompetenz versehen, damit ihn irgendetwas vom Computer unterscheidet. Dann wird es am österreichischen Wesen gelegen sein, jenen Hauch an unbeherrschter Unvernunft zu atmen, der uns wenigstens lächelnd erfrieren lässt.

Wir sind das Chaos. Das ist schon in Ordnung so.

Ein Fest, ein wahres Fest

Oft ist unsere Art zu feiern wirklich nicht mehr feierlich. Doch manchmal fallen die Feste in aller Unschuld. Wenn aber von Unschuld die Rede ist, von überaus lustbetonter, versteht sich, liegt es nahe, mit der Schilderung einer geradezu exemplarischen Ausschweifung zu beginnen. Die Inszenierung dieses Festes ist ein frühreifes Werk des nie spätreif gewordenen Knaben K. Die Budgetierung erfolgte aus den Mitteln des Taschengeldes, für das die Tasche nie klein genug sein konnte. So abgesichert, durfte alles seinen Lauf nehmen. Das unverzüglich gegründete Festkomitee beschloss die Entsendung eines Beschaffungsausschusses, dessen Obmann, der Knabe K., auch gleich eine Expedition ausrüstete. Es regnete in Strömen, ein warmer, freundlicher Sommerregen zwar, aber doch sehr nass, alles in allem. Außerdem führte der Weg zum Zuckerlgeschäft am Schlangenfluss und am Krötenwald vorbei und an der alten Frau Ilse, die zwar nur einen Zahn hatte, den aber dermaßen furchterregend blecken konnte, dass auch verbriefte Helden ans Aufgeben dachten.

Trotzdem: Es gelang, eine Tafel Schokolade zu erwerben, preiswert und dennoch süß, eine Flasche Mineralwasser, weil die Kohlensäure, trank man mit männlichwilden Schlucken, in der Kehle brannte wie feinster schottischer Whisky. Das nächste Ziel war eine Tabaktrafik, ein nach verbotenem Kraut und Druckerschwärze duftender Dschungel aus Papier, dort galt es Rolf Torring zu kaufen, den wohlfeilen Globetrotter im Taschenformat. Das war's denn auch. Die Expedition kehrte heim, erschöpft, aber glücklich, dann bat man den Hauptdarsteller der Festlichkeiten, auf dem Fußboden Platz zu nehmen, und die Ränke eines verschlagenen und verbrecherischen, überdies nicht echten Mönches schmeckten betörend nach Schokolade, wie auch das Ende seiner finsteren Machenschaften.

Übrigens bekam auch der Vater des Knaben K., der hinzugetreten war, ein Stück, freute sich und genierte sich nicht mitzufeiern: so von Mann zu Mann …

Auch Unschuld wird erwachsen, dann schrumpft ihr inneres Maß, der äußere Aufwand wird dafür größer. Liebenswert sind sie aber doch, unsere Wald- und Wiesenfeste. Buden, Zelte und Vergnügungsgerät wachsen als buntschillernde Unkräuter aus noch so kargem Boden, und vor dem Bierzelttor steht breit und behaglich der Bierzeltwirt: 's wird ein gutes Jahr, wenn nicht der Regen dreinfährt, oder gar das Finanzamt. Bevor das Fest beginnt, wird fahrendes Volk in aller Eile sesshaft, ohnedies nur für ein paar Tage, packt aus, stellt auf, was es zu bieten hat, und macht Landurlaub.

Dann steht der allgemeinen Lustbarkeit nichts mehr im Wege. Alles dreht sich, alles bewegt sich, Prokurist M. erlegt beherzt eine Plastikblume, Fräulein H. beschließt, sich mangels besserer Gelegenheit erst einmal der Spielleidenschaft hinzugeben, und der Knabe K. (auch nicht mehr der Jüngste) ist schon dreimal mit allem durch. Um den Rest seines Vermögens erwirbt er eine hellrote Gummischlange, zäh, süß und giftig. So sind die Weiber eben, soviel weiß er schon.

Im Bierzelt hat sich das sesshafte Vergnügen etabliert. Die hier tätigen Künstler haben sich in strammer Zahl Frau Musica in die drallen Arme geworfen, blähen die Backen und bemühen des Basses Urgewalt. Andere treten zwischendurch ins Rampenlicht, lederbehoste Showgiganten, witzeschleudernde Verbrüderer zwischen Bühne und Publikum, und schaute nur zufällig einer vom Fernsehen zu, dieser Moik hätte ausgedient. Es wird sehr laut, von Gelächter halb zugedeckt flackert Streit auf, fast brüderlich verpufft Gewalt, hier rüstet keiner für den Krieg, weil er den Frieden will.

Auch solche Feste haben ihren späten, leiseren Abend, dunkle Bühne für alles, was jetzt unsicher leuchtet und blinkt, Versteck zur gefälligen Verwendung, und, wenn man sehr lange sucht, bratwurstduftende, musikflüsternde Stille. Zwei haben sich darin ein Haus gebaut, aus ihren Worten und ihren Händen: schlüsselfertig.

Es bleibt nicht bei dieser festlichen Idylle, wie jedermann ahnt. Heutzutage ist Unschuld letztlich dafür da, verkauft zu werden, und manchmal geht sie dabei nicht einmal gänzlich verloren: Ein Unternehmen, festlich gestimmt an Haupt und Gliedern, hat sich entschlossen, dieser Stimmung auch den entsprechenden außerbetrieblichen Rahmen zu geben. Im Waldgasthaus Zur trunkenen Eule umweben feine Schatten die verdienten Mitarbeiter, manch einen setzt ein Sonnenstrahl ins rechte Licht – nur kurz und vorübergehend –, man weiß ja, was man aneinander hat, heute wenigstens. Natürlich trägt die Kleidung dem Anlass Rechnung.

Frau Lohnverrechnerin, die gute Seele, gleicht einer kaum verblühten Dotterblume, die kaufmännische Leitung gefällt sich in schlichtem, aber konsequentem Jagdgrün und die Werbeabteilung, bestehend aus Herrn K. (schon wieder älter geworden), hat ein geradezu verwegen gepunktetes Tuch um den kreativen Hals geschlungen. Die Sitzordnung ist ein Wunder an angewandter Diplomatie: Der Vertreter T. etwa, ein Ausbund an Charme und Eloquenz, hat einen weiblichen Stockfisch undefinierbaren Alters zu betreuen und als Lohn der guten Tat den Blick ins Dekolleté der Rubens-Dame gegenüber. Zucker? Fragt sie und beugt sich vor. Ja doch. Dreißig Stück bitte.

Unmerklich beginnen die Strukturen des Unternehmens zu verschwimmen. Die Lohnverrechnung fusioniert sich mit dem Einkauf, während der Vertrieb das technische Büro inhaliert. Die Chefsekretärin hat sich in der Werbeabteilung verfangen und das Schreibbüro ist mit fast schon peinlicher Eindeutigkeit exportorientiert. Nur die Herren der Geschäftsleitung bleiben, wie sie meinen, sein zu müssen: seltsame Säulenheilige in ihrer einsamen Höhe und ein wenig eifersüchtig auf das Durcheinander da unten.

Endlich erhebt sich der Senior des Unternehmens knarrend von seinem Thron, blickt mildtrübe in die Runde und beginnt wie immer. Es sei nicht leicht gewesen, damals, als er anfing, mit einem rostigen Nagel und etwas Schwarzgeld. Es war auch nicht leicht damals in der Krise und es werde in der Zukunft nicht leichter werden. Dann blickt er auf den Junior und denkt bekümmert: mit diesem arroganten Technokraten schon gar nicht.

Somit ergreift Letzterer das Wort, er tut es elastisch, dynamisch, erfolgsbewusst und exekutiv, positiv natürlich auch, initiativ und kreativ. Er stutzt und denkt ans letzte Seminar für Führungskräfte: War da nicht noch etwas?

Irgendwann ist Schluss. Ein letztes Prost, ein Sesselscharren, leicht taumelig strebt man dem Ausgang zu, und manche Hand zuckt vor – nach einer imaginären Stechuhr. Aber die Zeit zählt erst morgen wieder.

So richtig bedeutend bleiben jedoch die Feste mit wenigen Teilnehmern, sparsam ausgestattet, ein Baum genügt, eine Bank und ein Tisch darunter. Sitzen dann zwei da, bereden behaglich die Welt, ausführlich und wortkarg, halten die kleinen, kühlen Gläser gegen das Licht, kosten Erinnerung und schmecken Vorfreude, kann es geschehen, dass unvermutet ein Fest von sanfter Zügellosigkeit ausbricht. Dann springen bocksfüßige Faune herbei und laben sich bukolisch trällernd an scheu glühenden Elfen, der Wind, schon etwas angetrunken, improvisiert auf der Äolsharfe, und der große böse Wolf öffnet den Reißverschluss, um dem Rotkäppchen weiszumachen, dass er ein Schaf im Wolfspelz sei.

Schön haben wir es hier, sagt der Nachbar und macht eine Handbewegung in Cinemascope. Dann steht er auf. Ende der Orgie. Die Frau wartet mit dem Essen. Und er lässt sie nicht gerne warten.

Es gibt aber auch, sei angemerkt zu guter Letzt, ganz leise Feste, solche, die man allein feiern sollte, doch nicht einsam. Schön, dem Wind zuzuhören und dem eigenen Atem, Gedanken zu verflechten und zu verwirren, bis sie den Träumen ähnlich sind.

Dann tritt die Zeit über die Ufer der Uhren, dehnt sich sanft, bewegt und ohne Grenze, ein Meer für glückliche Schiffe.

Zwei, drei Ewigkeiten später versickert die Sonne im Feld, die Schatten wachsen in die Dämmerung, es wird kühl. Jetzt hat die Freude in der hohlen Hand Platz und lässt sich mitnehmen in die Nacht.

Feste … Den Opernball gibt es natürlich auch.

Eine Reise zum Wein

Wer hierzulande nach jener Wahrheit sucht, die manchmal ja doch im Weine wohnt, sollte nicht den Sommelier befragen, sondern das Fass im Keller – und wer wissen will, ob er am Ziel ist, nehme die Nase zur Hand: Die schneidend kalte Winterluft riecht nach Rauch, Rauch wie aus Bubenträumen, von Buchenholzscheiten. Es gibt auch Schnee, für Fußstapfen, nicht für Pistenraupen. Die weichen, weißen Hügel verlieren sich im weichen, weißen Himmel, Luzifer und Gabriel berühren einander fröstelnd mit den Flügelspitzen: Engel bleibt Engel. Die Dörfer im Tal entlang der Grenze leben in behaglicher Einsamkeit nach innen. Jetzt lässt sich's in Ruhe zusammenräumen, reparieren und Kinder zeugen. Oder man geht zur Raiffeisenkasse, um zu sehen, wie das mit dem Geld ist, oder mit dem Gegenteil, vielleicht wäre noch ein Besuch beim Wirten angebracht, wo doch das Kränzchen des Kameradschaftsbundes unaufhaltsam näherrückt und so alle paar Wochen eine Krisensitzung des Organisationskomitees die andere jagt.

Die Landschaft gibt sich keine Mühe, einladend zu wirken, die Dörfer lassen einen schweigend wissen, dass man fremd ist. Und was Fremde so treiben, weiß man nie genau, Fremdenverkehr ist jedenfalls ein hässliches Wort, klingt nach seichter Lust und bezahlter Begegnung. Kommt allerdings einer, der nicht verkehren will, sondern so sein, wie er ist, mag er's versuchen. Er hört sich an der Stille satt, er füllt die Augen mit Schwarz-Weiß, ganz vorsichtig handkoloriert. Er lernt es, zielstrebig herumzuirren, zu suchen, was er nie gedacht hätte zu finden, was andere liegenlassen. Fast jedes Dorf im Pulkautal hat seine Kellergasse. Grinzing liegt auf dem Mars, die Erde findet hier statt. Kein Theater, keine große Inszenierung, nicht einmal ein Kitsch-Komödchen. Presshäuser, weiß und kalt, innen wie außen, lebendig, weil sie tot sind, solange sie keiner braucht.

Im Herbst, zur Weinlese, ziemlich spät im letzten Jahr, waren die Türen weit offen und der Traubensaft rann in die Bottiche, als gäbe er sich Mühe, lieben Lesebuchbildern gerecht zu werden. Endlich im Fass, hat er seine gärgasige Pubertät hinter sich gebracht, als sanfter Mörder für jene, die's wussten, aber nicht glauben wollten, bis sie daran glauben mussten. Später war es an der Zeit, dem heiligen Martin vernünftigere

Dinge nachzutragen als das Zerschneiden von Mänteln, das Zerteilen von Gänsen etwa und das „Loben" des Weines, der hiermit sich selbst gerecht werden durfte und seines Namens würdig, staubig zwar, aber das hat in Österreich nur Gutes zu bedeuten.

Es gibt Banausen, die, wenn sie nicht gerade dabei sind, Gott und die Welt mit selektiver Zunge zu degustieren, nichts Dümmeres zu tun haben, als mit schlecht verhohlener Begierde nach dem „neuen" Wein zu lechzen. Um dem Gesabber ein Ende zu machen, greifen ein paar arglistige Bäuerlein nach dem Weine, würgen, knebeln und balsamieren ihn, auf dass schon im Dezember der kretinöse Kenner jubelnd ums Goldene Kalb schlürfen möge.

Wer aber den Wein nicht als Sklaven hält, sondern als Bruder bei sich wohnen lässt, der gibt ihm Zeit. Weihnachten? Na und! Kann sein, ein Engel begibt sich im Tiefflug in den Keller, weil ihm das Fest zu nüchtern geworden ist. Dann kommt das neue Jahr, eins von vielen, die meisten Keller bergen mehr als zweihundert Jahre Vergangenheit in der stillen kühlen Dunkelheit. Ja, und dann kommt der Bauer, sperrt die Kellertür auf, als sei's die von Fort Knox, nur: Gold kann man nicht trinken.

Er steigt hinunter, die Stufen sind ihm vertraut, jede von ihnen ein guter Freund, der nicht zu viel redet, aber verlässlich Halt gibt, wenn man ihn braucht. Unten liegen die Fässer, beruhigend dick, aus Holz, weil der Wein ja auch gewachsen ist, und der Mann im Keller, der Kellermann, geht mit Sorgfalt, Liebe und stillem Vergnügen daran, seinem Freund beim Werden zu helfen. Alles braucht seine Zeit, alles braucht seine Mühe. Sorgfalt und Geduld haben ihren Lohn, wenn auch nicht immer in klingender Münze. Der Wein reift und es mangelt nicht an Sonne, die hat er ja mitgenommen ins Fass. Irgendwann hebt dann der Anton Kastenhofer, der Josef Himmelbauer oder der Karl Weinwurm das Glas gegen das Licht, schaut, riecht, schmeckt und sagt etwas, das die bedeutend sein wollenden Bemerkungen von Cäsar, Diogenes, Kreisky & Co ins verbale Gerümpel verweist, nämlich: Hm.

Zurück ins Tageslicht. Die Kellergassen sind seltsam reduziert in der kalten Zeit, weiße Flächen, dunkle Linien, Schatten. Sie sind auch unbelebt, schaut man nicht ganz genau hin. Die Alten fügen sich ins Bild, würdige, schwarze Vögel im konturlosen Weiß, das Fliegen haben sie vorsichtshalber vergessen, und ihre kleinen Schritte tasten vorsichtig dem

Keller entgegen, in dem sie eine Stunde oder zwei verbringen wollen, ein Glas zu trinken, bei ihren Gedanken zu wohnen. Aber sie sind nicht die einzigen, die hier in die Tiefe tauchen. Schließlich ist es an der Zeit, den Wein zu kosten. Erst einmal allein, weil ja nicht jeder alles wissen muss, und dann mit Leuten, Nachbarn, denen man glauben kann, dass sie schmecken, was sie trinken, dass sie sagen, was sie reden, und dass sie glauben, was sie meinen. Dass man – so unter sich – bei dieser Gelegenheit auch Töchter verheiraten, Bürgermeister wählen und die Weltwirtschaftskrise beurteilen kann, ist doch wohl klar. Bedeutende Ereignisse, nehmt das zur Kenntnis, ihr unbedeutenden Oberflächenbewohner, finden im Keller statt. Auch weniger bedeutende, natürlich. Der Besuch irgendeines Prominenten vielleicht, der meint, dass sein Gesicht, bekannt von Film, Funk und Fernsehen, auch unterirdisch genügend Strahlkraft besäße, ihm beim Weinkauf günstige Preise zu sichern. Oder die Feste jener Städter, die wenigstens begriffen haben, dass vor der Haustür ein unterirdisches Paradies liegt, ein unendliches Jagdrevier für Zunge und Gaumen.

Es soll ja Weinkenner geben, die Keller mit den Regalen von Supermärkten verwechseln. Auch gibt es solche, und die sind um keinen Deut besser, die den Preis für den Maßstab der Qualität halten und elitäres Gehopse für Kennertum. Wein, sofern man ihn am Leben lässt, hält nichts von Kategorien, geschmäcklerischer Akrobatik und zungenfertiger Auslese. Er ist scheu, sensibel, schwierig und ein Kumpel, den man sich nur wünschen kann.

Aber kommen wir zu den bedeutenden Dingen im Keller: Da wäre erst einmal das militärische Gleichgewicht. Fernab jeder Abrüstungsverhandlung werden die Messer gezückt: ein Jagdmesser, scharf und aggressiv, wie Statussymbole eben sind, ein Schweizer Armeetaschenmesser von geheimnisvoller Vielseitigkeit, jedenfalls auch zum Aufspießen von Extrawurstblättern geeignet, ein taiwangeschärfter Harakiridolch, Geschenk der Bank an den Sparverein, und ein Taschenfeitel, stumpf, ehrlich und nützlich, er würde die anderen Schneidegeräte als lachhaft empfinden, wäre nicht sein grundsolider Charakter dagegen.

Oder: das soziale Gleichgewicht. Ein Bürgermeister, der sich in den Keller begibt, weiß wohl, dass er sein amtliches Visier zu öffnen hat, warum auch nicht, fährt ihm der Wind noch so kellerfrisch ins Gesicht, verlieren wird er es hier unten nie. Im Keller herrscht jene Männergesellschaft, die in britischen Clubs längst ausgestorben ist. Auch fühlt man sich als Mensch zwischen Fässern stark genug, Gäste einzulassen.

Es ist schon seltsam, in der Kellergasse vor Anker zu gehen wie Vasco da Gama an unbekannten Gestaden. Da hat man den Winter in allen Knochen, den Kopf voll mit Bildern aus einer Welt, in der man so etwas wie schöne Angst empfindet, ratlose Vertrautheit. Irgendwo steht eine Kellertür eine Handbreit offen. Wer will, der wird verstehen: Du darfst.

Schritt für Schritt wird's wärmer: So ein Keller schert sich wenig um die Außenwelt und hat auch im tiefsten Winter seine zwölf Grad, ungefähr. Vielleicht findet man nur einen Kellerbewohner, mit dem es sich unendlich lange zu zweit sein lässt, vielleicht füllt eine ganze Runde die Unterwelt mit Leben und nimmt den Gast als Freund. Haugsdorf, Alberndorf, Untermarkersdorf, Hadres, Obritz … ich tausche jederzeit gegen Wien, Paris, New York.

Es wundert mich auch nicht, dass die Wiener ihren Wein beißen, vermutlich tun sie's aus Verzweiflung. Ich gönne auch allen Pistenhirschen ihren Jagatee und ihren Gips mit Autogramm. Aber es ist schon ein Winter der ganz besonderen Art, wenn man, dem Grünen Veltliner und dem Blauen Portugieser tiefinnerst verbunden, die Kellertreppe hinaufsteigt, fachmännisch mit dem Fuß die Tür aufstößt, weil sie um diese Jahreszeit vor Feuchtigkeit trieft, und die Kälte draußen den Kopf klar macht, aber ein wenig unterirdische Beschwingtheit übriglässt.

Der Abend kommt früh, redet wenig und hat viel zu sagen.

Dann gibt die Dunkelheit des Kellers einer spröden Nacht die Hand. Der Wein da drunten, verdammt noch einmal, müsste eigentlich ein Vermögen kosten.

Himmelwärts

Meine Zuneigung zu den irdischen Niederlassungen himmlischer Mächte ist erst einmal sentimental, weil sich das für einen Österreicher so gehört. Geborgenheit, auch irrationaler Natur, ist wichtig, Zugehörigkeit, auch wenn sie nach und nach ein wenig unverbindlich gerät, beruhigt ja doch. Ohne jede Bescheidenheit muss ich eine verbriefte Eignung zum Taufpaten erwähnen, noch nie ist mir ein Säugling entglitten, nie hat einer länger geweint, als dramaturgisch notwendig war. Dass einer von ihnen neben den frommen Gaben auch eine Brauerei-Aktie zum Geschenk bekam, ist keineswegs einem dunklen Drange zur Blasphemie zuzuschreiben, ich möchte nur dereinst als mürber Greis einem heiteren Manne gegenüberstehen, der da sagt: Gar nicht so blöd gewesen, der Alte.

Auch als Firmpate bin ich nicht uneben, meine seltsame Art, das Leben zu fristen, bietet pubertärem Aufbegehren wenig Angriffsfläche, meine Zugehörigkeit zur Deutschen Organisation nichtkommerzieller Anhänger des lauteren Donaldismus (D. O. N. A. L. D.) belegt eine gewisse intellektuelle Tauglichkeit, und eine profunde Vertrautheit mit den Möglichkeiten des Wiener Wurstelpraters rundet das Bild beruhigend ab. Ich habe Probleme damit, mir eine Hochzeit ohne Kirchenglocken vorzustellen, und ich fürchte, das Leben auf dem Lande hätte ohne kirchliches Begräbnis noch weniger Unterhaltungswert.

Das nächste Kapitel Sentimentalität betrifft das Dekor unseres Landes. Noch gibt es das Bild des Dorfes, in dem sich die Häuser wie glückliche Hühner um die behäbig aufgeplusterte Kirche scharen, noch gibt es Landschaften, die nur aus Feld, Himmel und einem frommen steinernen Zeigefinger bestehen. Manche Städte nehmen in ungebrochenem Bürgerstolz Aufstellung um ihre Kirchen, sauber gereiht, in wohlgefälliger Ordnung, und Wien, der in wundersamer Weise noch immer nicht gänzlich amorphe Koloss, umkreist den Dom in seiner Mitte mit Vorstädten und Ringstraße und öffnet ihm zärtlich das alte Herz. Die Kirchen, Kapellen, Bildstöcke und Wegkreuze stehen als Denkmäler des Glaubens eindrucksvoll still neben den Denkmälern der Tüchtigkeit oder der Habgier.

Auch müssen sogar jene, für die „Himmel" nur ein anderes Wort für „oben" ist und die Kirche ein besserer Verein, für die kluge und menschengerechte Strukturierung der Zeit dankbar sein. Es hat schon viel für sich, am siebenten Tage zu ruhen, und der Kalender des Papstes Gregor XIII. hat jenen des weniger frommen Julius Cäsar immerhin so weit präzisiert, dass nur alle dreitausend Jahre ein unpassender Tag zusammenkommt. Kirchliche Feste, wenn auch sich selbst entfremdet, erwärmen sogar die nicht vorhandenen Herzen kältester Kapitalisten, und so mancher Agnostiker zündet einmal im Jahr ja doch ein Lichtlein an und lässt die Stille Nacht dem Fest zuliebe ausnahmsweise ein wenig heilig sein. Der sanfte Wechsel von Heiterkeit und Besinnung, von Trauer und Freude, von Entbehrung und Überfluss schafft ein sehr taugliches und durchaus zeitgemäßes Lebensmodell.

Das alles geht nicht sehr tief, man bedient sich der Kirche, wo sie nützlich oder erfreulich ist, holt sich wie im Supermarkt aus ihren Regalen, was man so brauchen kann, und lässt den Rest einfach liegen. Bestünde eine sehr persönliche Beziehung, wäre das alles nicht so einfach. Der unverbindliche Umgang mit der Kirche bekommt zum Beispiel unvermutet Tiefe, wenn einem die Institution als Mensch entgegentritt, und Pfarrer sind Menschen, wer wollte das bezweifeln. Man muss sie nicht alle mögen, sie sind ja auch nicht alle gleich, gottlob, aber jene, ob fortschrittlich, ob konservativ, die unerschrocken und überzeugt ihrer unfassbaren und nie zu bewältigenden Arbeit nachgehen, verdienen Achtung, auch herzliche Zuneigung. Sie müssen ja ein überaus diffiziles Produkt verkaufen, zwar zeitlos als Prinzip, doch im Design nicht allzu marktgerecht, sie müssen die Entscheidungen des Managements vertreten, entstanden in hierarchischen Strukturen unter einem unfehlbaren Generaldirektor. Die Pfarrer sind es, denen Gleichgültigkeit, Enttäuschung oder Wut ins Gesicht fährt, erstaunlich, wie viele dabei heiter und gelassen bleiben. So kommt zu meiner sentimentalen Hinwendung auch noch Respekt und manchmal Sympathie für das himmlische Fußvolk, für die Handlungsreisenden in Gott und Sohn, wie es ein witziger Mensch einmal formuliert hat.

Versucht man allerdings, über den Menschen die Institution liebzugewinnen, wird die Sache problematisch. Aber vielleicht will die Institution ja gar nicht geliebt, sondern ehrfurchtsvoll respektiert und gefürchtet werden. Die Ehrfurcht vor Institutionen, noch dazu vor solchen, deren Entscheidungsfindung ein Geheimnis bleiben soll, ist eine sehr riskante

Angelegenheit, eigentlich auch von gestern. Respekt erfordert Hochachtung, und die fällt gegenüber einer Autorität, die jene, auf deren Schultern sie ruht, zwar ernst, aber nicht wichtig nimmt, einigermaßen schwer. Angst, zu schlechter Letzt, ist schon als Lehrerin untauglich, echtes Miteinander schließt sie aus.

Das mit der Angst könnte natürlich auch eine Unterstellung sein, womöglich liebt mich die Institution mit unermesslicher Sanftmut, fragt sich dann nur, woher die blauen Flecken kommen. Die Entfremdung ist da, als verzogener Demokrat muss ich meinen, dass sie zwei Seiten hat. Auch wenn es mir an wahrer Innerlichkeit recht häufig mangelt, lasse ich mir die Missachtung wesentlicher Werte, die oberflächliche Verhöhnung von Glaubenswahrheiten nicht in die Schuhe schieben. Es wird wohl auch an den Verwaltern der Lehre liegen. Gäbe es Wahlen im rot-weiß-roten Kirchenland, ich meine solche, bei denen die Wähler urteilen und nicht jene, die die Wähler beurteilen, prognostizierte ich eine glorreiche Führungskrise. Nachdem die Führer aber nicht gewählt, sondern auserwählt sind, bleibt es ihrer höheren Einsicht vorbehalten, je nach Einstellung zu jubilieren oder zu seufzen, das Volk aber jedenfalls zu verständnisvollem Schweigen und demütiger Hoffnung zu mahnen.

Das alles läge daran, hört man und liest man, dass der wahre Souverän der Kirche eben nicht zu ebener Erde wohnt, sondern ein Stockwerk höher. Das sollte man nicht bestreiten, nur scheint mir die Annahme etwas willkürlich, dass die Erleuchtung von oben auf jene beschränkt bleiben muss, die eine kirchliche Empfangsbewilligung besitzen und eine genehmigte Antenne. Wäre es denn gar so unheilig anzunehmen, dass der Himmel auch durch die Schüler zu den Lehrern spricht? Es sind ja nicht immer die großen Brüder die Gescheiteren. Aber wie sagt man solches einer Institution, die ein dermaßen geneigtes Ohr hat, dass ihr Unbequemes gleich wieder entfällt, die so sehr auf mich zugeht, dass sie gar nicht merkt, wenn sie mich über den Haufen rennt? Gut, die Institution passt nicht in die Zeit, weil sie in keine Zeit passen darf, sie kann sich nicht jeder Veränderung stellen, weil sie zu bewahren hat. Das gefällt mir recht gut, solange – dem höheren Prinzip gehorchend – der Mensch das Maß der Dinge ist und nicht die Institution, solange das Wesen bewahrt wird und nicht die Form. Ich frage mich, ob jene Menschen, die sich heftig oder sachte abwenden, wirklich den verbleibenden

Rest stärken; vielleicht bleiben nur die Hartnäckigen, die Unkritischen, die blind Ergebenen, die lebendige Substanz ist dahin, und die Schäfer haben es bequemer.

Bliebe für ein entfremdetes Schaf also nur der Weg, sich aufsässig blökend von der Herde zu entfernen. So geht das aber nicht. Solange man meint, da sende einer und man empfange, wenn auch ohne Bewilligung und mit nicht genehmigter Antenne, trägt man Verantwortung für die Herde, auch wenn das die Hirten nicht allzu sehr interessiert. Ein ziemlich unbequemes Verbleiben also, es reicht wohl nicht, ein resignierendes Liedel zu trällern, etwa in der Art: Ganz ohne Sonne blüht die Rose nicht, ganz ohne Kirche geht die Chose nicht. Es müsste schon dazu kommen, dass, im mutigen Widerspruch zu einer lammfrommen Tradition, ein paar Schafe ein paar Hirten beißen, liebevoll, versteht sich. Das könnte auch dem Himmel gefallen.

Käufliche Unschuld

Er, der feinsinnigste von allen, hatte, wie immer in Vollmondnächten, der Göttin Décadence gehuldigt. Nun lag er hingestreckt auf dem Fauteuil, nippte von einem zierlichen Glase, gefüllt mit violettem Liqueur, in welchem eine feuerrote Kirsche verhalten glomm. Süßes Behagen ließ seinen schönen Körper unmerklich beben, zündete leise Lieder der Lust in seinem Inneren an, bis das Feuer zu einem mächtigen Wohlklang emporloderte. Grelle Begierde ließ seine blauen Träume glühen, er konnte nicht länger ruhen, er war die hellgespannte Saite am Instrument seiner Sinne, bereit zu klingen.

Mit bebender Hand öffnete er die weiße, golden geschnörkelte Tür zu jenem Gemach, das sein geheimstes war.

Hier war es zu monumentaler Köstlichkeit geballt, Kunsthandwerk aus Österreich, hier gab sich die Heimat unzählige unschuldige Blößen. Kein frecher Intellekt, kein kalter Kunstverstand, nicht eine rigide Regel guten Geschmacks hatten der monströsen Macht des Lieblichen Einhalt gebieten können.

Er nahm in einer Plastikkutsche Platz, um seinen Hochzeitsabend mit einer Mozartkugel zu begehen.

Als er erwachte, war aus ihm ein schneeweißer Lipizzaner geworden, mit eingebautem Radio, einem Schweif, der sich mit der Luftfeuchtigkeit verfärbte, und einer halbnackten Zigeunerin auf dem Rücken, die soeben von einem Schwan bedrängt wurde, der nicht Zeus, sondern Helmut Zilk war.

Strebt der Mensch rot-weiß-roten Herzens nach Schönheit, findet er sie in ihrer reinsten Form, von keines Künstlers Hand geschändet: als Kitsch. Kitsch ist viel zu schön, als dass man ihn Banausen überlassen könnte. Er raubt jenen den Atem, die in den Museen gähnen, weil Kunst, womöglich auch noch mit Unsterblichkeit gepaart, etwas Penetrantes hat.

Kitsch ist aufregend käuflich, beruhigend hemmungslos und begehrenswert banal.

Kitsch ist, als schenkte Senta Berger Arnold Schwarzenegger einen Sängerknaben.

Wer nämlich meint, der Besitz solch zierlicher Ungestalt sei nichts anderes als die Bestätigung für ein verkommenes Kunstempfinden, irrt. Kitsch ist sinnlich.

Welch beglückend unverfälschte Instinkte werden wach, sieht man vordem spröde Kunst zu williger Massenware gebeugt, vulgäres Material unter dem billigen Make-up, erhöht durch die Hingabe an alle. Der kribbelnde Reiz, ein Objekt von schamloser Abscheulichkeit zu kaufen, es vor allen Leuten mit fester Stimme zu verlangen, hat etwas von jener trotzig niedergekämpften Scheu an sich, mit der man vor undenklichen Zeiten und heftig pubertierend das „Wiener Magazin" (eine bis in die Siebzigerjahre wegen zu großer Freizügigkeit verrufene Zeitschrift, Anm. d. Hrsg.) zu begehren pflegte.

Ungewöhnlich ist heutzutage schon jeder. Was zählt, ist der Mut zum Gewöhnlichen. Banale Schaustücke sind Gummibären für die Augen. Es gibt ja immer noch Snobs, die einem die echten, unverfälschten Erlebnisse vermiesen wollen, indem sie es einfallslos finden, in Tirol eine Wurzelschnitzerei zu kaufen, in Wien einen Kunststein-Straußkopf und in Mayerling ein Kronprinzenhäferl. Ein wirklich elitärer Wicht wird sich wie weiland Harun al Raschid unter das gemeine Volk mengen, allerdings nicht, um Gerechtigkeit zu üben, sondern um von derben Freuden zu kosten. Die betörende Essenz einer solchen Unternehmung ist es, die holde, hehre Kunst schamlos mit ihrer käuflichen Schwester zu betrügen. Sich ihr mit herausfordernd gezückten Scheinen zu nähern, ist ein Akt von gewalttätiger Zärtlichkeit, die Geldgier des Anbieters wird mit der Habgier des Käufers eins. Letzterer ist natürlich ein Kenner, wohlvertraut mit den gar nicht feinen Nuancen des Angebotes.

Orte, denen Künstler die Ehre antaten, hier zu leben, zu wirken, zu sterben, oder wenigstens eines von dreien, würden es nie wagen, auf die Gelegenheit zu verzichten, die hehren Häupter posthum als Gipsköpfe oder Siebdrucke zu profilieren und deren Namen als Bezeichnung für bodenständige Gaumenkitzeleien auch der oralen Befriedigung zu weihen. Ähnlich einfach ist es auch an Plätzen, die eine gut funktionierende Geschäftsbeziehung zum lieben Gott unterhalten. Lieb ist er bestimmt, sonst hätte er die Händler ja längst zum zweiten Mal aus dem Tempel geworfen.

Kitsch als käufliche Humorigkeit ist auch nicht schlecht. Besonders, wenn man jene Skala zarter Empfindungen bedenkt, die eine sensible

Tochter Taiwans beim Malen bierbauchgefüllter Lederhosen und rosiger Damenschinken durchrieselt hat. Es gibt auch kaum einen Gebrauchsgegenstand, der nicht von der Kitschkunstindustrie auf das Anmutigste umfunktioniert würde. Der wahre Kenner, hiermit sei's enthüllt, löffelt seine Malossol-Eierchen aus einem Schüsserl, in dem „Gruß aus Velden" steht, und mit einem Löfferl, das „Andenken an MZ." eingraviert hat, MZ., weil Mariazell so ein langes Wort ist.

Besonders reizvoll garstig wird das Spiel an Orten, an denen sich Kitsch mit großer, aber ordinärer Geste zur Kunst erklärt, in jenen Galerien etwa, wo man Gemälde allerfeinster Art zur Tapete passend auswählt, nicht ohne auf das rechte Maß zu achten: Zwei Laufmeter Sonnenuntergang gereichen jedem kultivierten Heim zur Zierde, und eine unschuldsvoll entblößte Schäferin im Hochformat bürgt bieder für possierliche Erotik. Ich habe einen gekannt, Playboy von Berufung, ambulanter Galerist, weil er Geld verdienen musste, und Maler, weil es seine Galerie zu füllen galt. Da er nicht malen konnte, spezialisierte er sich auf die rasante Herstellung abstoßend hässlicher Dachstein-Gemälde, mit denen er gnadenlos den Markt sättigte. Als die Untat vollbracht war, fuhr er in schrecklicher Konsequenz mit Matterhörnern fort, bis er endlich reich heiratete und sich zur Ruhe begab. Doch überall in Österreich, in Wirtsstuben und Fremdenzimmern, leuchten die Früchte seines unwilligen Fleißes als tröstliche Zeichen der Beständigkeit des Wertlosen von den Wänden. Wer, solches erblickend, dann auch noch das rechte Stück trivialer Literatur zur Hand hat, weiß, hier darf er getrost verweilen.

Wohl ist Kitsch international, doch wie so vieles hat er in Österreich andere Dimensionen, wurzelt tief in unseren verschnörkelten Seelen. Kunst macht schaudern, Kitsch wärmt. Man sollte sich seiner wirklich nicht genieren. Jedenfalls gibt es sehr attraktive Motive für das Sammeln von Kitsch und die Besänftigung kulturellen Gewissens. Gepflegte Dekadenz ist eins davon, das trägt man heute wieder. Aber auch die pralle Freude an doppelbödiger Naivität und biederem Kunst- und Geschäftssinn belebt.

Den Kunstbeflissenen mag das unkeusche Spiel mit Gegenständen reizen, die so herrlich pfui sind, und der wenig emotionelle Intellektuelle gönnt sich einen lustig lästerlichen Ausflug ins Land der puren Unvernunft.

Als er, der feinsinnigste von allen, wieder zu sich selbst gekommen war, nahm er einen Schuhlöffel, dessen anderes Ende mit einer kleinen Hand versehen war, und berührte damit den geschmückten Nabel seiner Gefährtin. Als sie gurrend lachte, flogen weiße Marmortauben auf, ein abwaschbarer Gott streckte seinen eloxierten Finger aus den Wattewolken. Wartet! Rief er in Stereo. Ich will euch eine Freude bereiten! Und er nahm ihr Haus, das einen Plastikboden besaß und eine halbkugelige Plastikkuppel darüber, drehte es um und wieder um und siehe – weiße Flocken fielen aus dem blauen Himmel auf die beiden, bedeckten sie sanft und dicht.

Die gleiche Kuppel, sagte der Verkäufer beflissen, gibt es natürlich auch mit Riesenrad, Stephansdom oder Heiligenblut.

Wien, zukünftig

Es könnte natürlich sein, dass Wiens Zukunft in der Vergangenheit liegt: Glanz als Abglanz, Leben als Wiederholung. Oder die Zukunft verleugnet ihre Wurzeln. Am wahrscheinlichsten ist der faule Kompromiss.

Also gut, ein paar Jahre später und immer noch Wien. Sehe ich die Stadt als Summe der Teile, als Gesamtheit der Mitwirkenden, als Ergebnis der Entwicklung, bleibt, wie bei anderen Städten auch, ein wenig kulinarischer Eintopf, der sich von anderen Eintöpfen nur darin unterscheidet, dass einige Zutaten stärker vorschmecken. Nimmt man aber an, dass das Leben in einer Stadt für eine Stadt wesentlich ist, unterstellt man ferner, dass der Pan-Wiener ein ähnlich weißer Elefant wie der Pan-Europäer ist, bleibt das vitale Interesse auf jene kleine Bereiche begrenzt, in denen man wohnt, arbeitet oder seine Freizeit verbringt: Dann zerbricht das amorphe Wien in so viele scharf konturierte Splitter, wie es Benützer hat.

Mir geht es um den einen Splitter, der zwar nicht mir gehört, aber zu mir gehört. Wesentlich für ihn, meine ich wenigstens, ist sein Schatz an Wertlosem – Wert, gemessen an offiziell genormten Wertmaßstäben. Wesentlich ist der Freiraum, den die Bedeutungslosigkeit behält, die Möglichkeit, nicht jede Unvernunft maßregelnd ordnen zu müssen. Die Angst vor objektiven Maßstäben ist durchaus am Platze.

Man ist ja längst dabei, der Phantasie ihre Spielwiesen zuzuordnen, der Verrücktheit ihren Abenteuerspielplatz zu gewähren, dem Unsinn ein Forum zu bieten, die Skurrilität zu kultivieren und die Schlamperei zu inszenieren. Wenig von dem, was Wien sich wünschen könnte, wird übermorgen fehlen. Doch alles wird einen unsäglich richtigen Platz haben, und sollte etwas fehl am Platze sein, hat man's als feinsinnigen Widerspruch dort platziert.

Dann gibt es keine Splitter mehr, dann gibt es ein festgefügtes Mosaik, und will ich zum Greißler, wird es sicher einen geben, den man im Rahmen der gesicherten Nahversorgung, im Hinblick auf die Kommunikation und Erhaltung des Typischen in meine Nähe gepflanzt hat. Meiner ist es nicht. Meiner hat zu.

Bald werde ich das, was ich kaufe, konsumiere oder verwende, nicht mehr kennen. Schon gar nicht persönlich, wie den Honig oder das halbe

Schwein, noch vor einem Jahr vom Bauern in die Stadt gebracht, aus der Gegend um Poysdorf. Er öffnete den Rollladen seines hässlichen Geschäftes und verkaufte: von SEINEM Gemüse, von SEINEM Honig, von SEINEM Schwein. Oder der Gärtner, der immer noch kommt, in einem Hinterhof einen Nadelwald wachsen lässt, in dessen Schatten Äpfel und Birnen reifen, dazwischen, mitten unter seinen Kindern, sitzt er, ein grüner, alter Gnom, schon halb im Gehen.

Der alte Mann, der wunderliche Liköre hergestellt hat, geheimnisvolle Brände und sagenhafte Säfte, will nicht mehr, der mit den Maßschuhen ohne Snob-Appeal findet keinen mehr, der Stil hat, ohne anzugeben, und der Bäcker rennt sich mit seinen alten Rezepten an neuen Mehlmixturen wund, denen Handwerk zu ungenau ist und Backtechnologie gerade recht.

Soweit die persönlichen Bekannten. Blieben noch jene, die man wenigstens vom Namen her kennt, von denen man glaubt zu wissen, woher sie kommen. Sortenvielfalt macht sich immer gut, aber sie ist unrationell, wenn sie von vielen Erzeugern kommt, die getrennt agieren.

Also werden meine Schaufenster bald Waren mit leeren Etiketten zeigen, auf denen wohl Vertrautes steht, nur hat es nichts mehr zu bedeuten. Also werden die Handwerksbetriebe, Geschäfte, Lokale leere Aufschriften tragen, vertraut, aber bedeutungslos. Ich glaube nicht, dass mein Splitter Stadt weniger bunt sein wird, er wird bunter sein als heute. Aber die Farbe kommt nicht mehr von innen.

Ich bestreite nicht, dass Nutzlosigkeit auch traurig stimmt. Natürlich ruft Schäbiges nach Verschönerung. Lücken erfüllen keinen Selbstzweck, windstille Ecken sind selten sauber, Ärmlichkeit ist nicht romantisch. Wien hat Moder genug. Eine konservierende Käseglocke darüber stülpen zu wollen, wäre ein anrüchiges Unterfangen.

Wien ist ausreichend chaotisch; die Notwendigkeit der Planung zu leugnen, wäre ein weiterer Schritt zur städtischen Clownerie.

Der Splitter der Stadt, von dem ich rede, hat seine Möglichkeiten, sich zu entwickeln, unterliegt Notwendigkeiten, braucht dies und jenes, das wissen Fachleute besser.

Mir ist das alles recht; was mir Angst macht, ist die Ausschließlichkeit der Veränderung. Oder die digitale Perfektionierung eines Vorgehens, dessen Motive nicht perfekt sein können, weil sie ja immer noch von Menschen kommen. Mit anderen Worten: Noch herrscht zwischen Wunsch und Wirklichkeit eine lebendige Wechselbeziehung, noch verändert eines das andere. Ich nehme an, dass die Formulierung, Koordinierung und Exekutierung von städtischen Wunschvorstellungen immer besser funktionieren wird. Gut so, einerseits.

Andererseits werden die Freiräume kleiner. Die Atempausen zwischen Zusperren und Aufsperren, zwischen Abbruch und Neubau verschwinden. Die Nutzung meines Splitters Stadt wird optimiert, warum auch nicht. Aber man könnte meinen, als sentimentaler Depp: Leere Räume sollten auf Menschen warten, die in sie hineinwachsen, leere Flächen sollten auf Ideen warten, die hier ihre Wurzeln haben und nicht in der Kosten-Nutzen-Rechnung, leere Wirtshäuser sollten besser kochen, statt sich das neue Design einer neuen Gastronomiekette zuzulegen.

Von der Stadt, die lebt und ein wenig funktioniert, weil man ja irgendwie miteinander auskommen muss, zur Stadt, die funktioniert und ein wenig lebt, weil der Mensch um sein nicht viereckiges und schwer berechenbares Wesen eben nicht herumkommt, sind es nicht allzu viele Schritte. Es ist nicht weit vom Profil zum Dekor, von der Substanz zur Kulisse, von der Gestalt zur Gestaltung.

Vieles von dem, was mein Stück Stadt bescheiden, schön und erfreulich liebenswert macht, ist übriggeblieben. Häuser, die versehentlich noch stehen, Geschäfte, die auch ohne Geschäft offenhalten, Wirtshäuser, Kaffeehäuser, die ihre Identität bewahren dürfen, weil der Eigentümer kein Geld zum Renovieren hat, noch keine Lust zu verkaufen, oder zu alt und zu müde ist, irgendetwas zu verändern. Vieles von dem, was meinem Stück Atmosphäre gibt und Leben, mit dem man gerne mitlebt, ist Zufall.

Irgendwann haben ein paar heitere Narren beschlossen, sich hier zusammenzurotten, sie sind das Salz in der Suppe, und weil die Suppe so gut schmeckt, kommen sogar Besucher von draußen und löffeln mit, oder solche, die einmal hier gewohnt haben und mit ihrem neuen Stück Wien nicht zurechtkommen.

Reste und Zufälle haben es an sich, in einer mehr und mehr ordentlichen Welt mehr und mehr zu verschwinden. Mag ich mein Stück Stadt nur, weil es diese Reste und Zufälle gibt, werde ich es bald nicht mehr mögen. Hoffe ich auf neue Reste, auf jene, die heute für morgen und übermorgen liegenbleiben, werde ich enttäuscht sein: Anonymes hat auch als Rest keinen Charakter.

Bliebe also nur noch die Möglichkeit, rückwärts gewandten Blickes, immer schärfer äugend, immer genauer suchend, immer verbissener stöbernd und doch zunehmend verarmt in eine nicht weiter sehenswerte Zukunft zu stolpern. So geht das aber nicht.

Es wäre billig, sich auf die Lebenskraft der Spontaneität zu verlassen, auf das Ungestüm des Kreativen, auf die Beständigkeit des Skurrilen. Schon eher glaube ich an die Kraft zwischen den Menschen. Im gleichen Maße, in dem sich die Außenwelt diszipliniert, könnte das Bedürfnis der Innenwelt nach undisziplinierten Beziehungen wachsen. Schon möglich, dass die neue Stadt mit ihrer kühlen Glätte und den gefälligen Unebenheiten Gefühl und Sinnlichkeit weckt. Dann bückt sich einer, hebt auf, was einer weggeworfen hat, prüft es mit den Händen, schnuppert daran, und sein Interesse weckt neues Interesse.

Dann liest einer, was einer hingeschrieben hat, nur so, nimmt es in seine Gedanken auf, investiert Zorn oder Freude oder Belustigung, und jene, die hinter ihm stehen, lesen mit.

Schon möglich, dass die Städter so zusammenwachsen. Dann haben sie Spaß daran, miteinander zu reden, auch wenn sie einander nichts Besonderes mitzuteilen haben, dann haben sie Interesse aneinander, im eigenen Interesse.

Geschieht das, entsteht zur neuen Ordnung eine neue Gegenordnung, die mit den Machtmitteln der Ordnung vertraut sein müsste, die dem Diktat der Diktierer das Diktat des Schweigenden entgegensetzte, den Machern des Machbaren als Bewahrer des Unverzichtbaren begegnete und sich den Zahlenspielen mit verspielten Zahlen widersetzte.

Sehr wenig konkret, ich weiß. Es müsste auch alles mehr Spaß machen, ein wenig Sherwood Forest in der grausamen Stadttyrannei. Das Schlimme ist: Sie wird nicht grausam sein, sie wird es gut mit uns meinen.

Nach diesem so tapferen Blick vorwärts keiner zurück, doch einer zur Seite. Es wird ja wohl noch gestattet sein, wehmütig die letzten Dinosaurier ins Auge zu fassen, die Fossilien von morgen, wenn ich längst auch schon zu den Resten zählen werde, vielleicht zufällig noch existent.

Einer düsteren Ahnung folgend, rotten sich die Urgestalten, Bürger einer Stadt, die es nicht mehr gibt, in Höhlen zusammen, in kaum benutzten Wirtshaushinterzimmern, und spüren, was sie verbindet: das Wissen um das Aussterben ihrer Gattung. Befragt, welche Gattung denn das sei, werden sie keine Antwort haben. Mich betrachten sie mit vorsichtigem Wohlwollen, weil sie sich verstanden fühlen, doch nicht verstehen, warum einer, der sie versteht, nicht einer der ihren ist, wenigstens ein wenig.

Ich ertappe mich dabei, Tag für Tag irgendetwas zu vermissen, oder gar irgendjemanden. Ich habe Spaß daran, Tag für Tag Neues zu entdecken, Dinge wachsen zu sehen, die sich ihre Eigenart nicht nehmen lassen, Leute zu treffen, die frohgemut älter werden, wohl auch, weil sie unter zwanzig sind. Ich rede mir ein, dass diese Zukunft, schon gar was diesen Splitter Stadt betrifft, der ohnedies nicht ist wie die anderen, nicht die Kraft hat, Wesentliches zu verändern.

Dann denke ich an vernetzte Systeme, künstliche Intelligenz und Stadtväter, die so etwas dringend brauchen, an Sachzwänge und zwingende Logistik, denke an den letzten Pflasterstein, den letzten Narren, die letzte Baulücke und das letzte Provisorium.

Ich denke schon wieder rückwärts. Vermutlich sind die Dinosaurier schuld daran.

Vereint

Ein Österreicher, der sich in Österreich womöglich nicht mehr ganz zuhause fühlt, hat immer noch seinen Verein. Darum neige ich mehr und mehr dazu, Vereinen beizutreten. Ein Mensch, der Mitglied in Vereinen ist, mag noch so viele beunruhigende Merkmale haben, er verhält sich in klar definierten Bereichen statutengemäß. Ein Wüstling hat als Mitglied des Sparvereins „Biene" bürgerliche Dimensionen, eine wunschlos windige Existenz wird durch ihr Engagement im Dorfverschönerungsverein Wurzeln im satten Boden banaler Begreifbarkeit schlagen, ein bitterer Anarchist, der das strenge Reglement des Kleintierzüchterverbandes duldet, lässt die grimmigsten Law & Order-Typen heimlich hoffen.

Kleinkarierte Verbindlichkeit macht Vereine zu Bezugssystemen von unerschöpflicher Vielfalt und befreiend begrenzter Bedeutung. Kein Versprechen der Politiker, keine Verheißung der Religion kann es an Verlässlichkeit mit dem Termin aufnehmen, zu welchem mein Sparverein sein Füllhorn neigt, aus dem nicht nur ordinäres Geld quillt, sondern auch ein Schnitzel mit Beilagen und ein Flaschenöffner, von der Bank verständnisvoll gespendet. Schriftführer, Kassier, Obmann, Präsident und ihre Stellvertreter werden diesen Orgasmus an Bedeutsamkeit ohne falsche Scham und Prüderie erleben, dann wohlig entspannt in ihre alltägliche Untadeligkeit zurückgleiten und schon wieder leise Erregung verspüren: die Generalversammlung naht und mit ihr die Neuverteilung der Ämter, die Umverteilung der Verantwortung. Es ist ja ein offenes Geheimnis, dass der Wirt als Obmann, Quartiergeber und Verantwortlicher für das Schnitzel eine bedenkliche Machtfülle in sich vereinigt, dass der Präsident, persönlich von unantastbarer Integrität, mit einem Sohn behaftet ist, der mit seinem Taschengeld ganz offensichtlich nicht umgehen kann, und dass der Kassier eine Frau ist, was man im Lichte neuerer Tendenzen zwar begrüßen könnte, andererseits völlig emotionslos und pragmatisch als einen gewissen Mangel an Würde und Gewicht betrachten sollte.

Als einfaches Mitglied stünde es mir schlecht an, mein Recht zur Teilnahme an der Generalversammlung wahrzunehmen, eine beiläufige Präsenz in erreichbarer Nähe ist aber schon anzuraten, man weiß ja nie, ob einen der Ruf ereilt.

Für diesen Fall habe ich seit Jahren eine Rede vorbereitet. Im Zitatenhandbuch von Eberhard Puntsch steht auf Seite 412 der Anfang: „Dieser Erdenkreis gewährt noch Raum zu großen Taten." Faust II, im Hochgebirg. „Für meinen Teil", werde ich mit falscher Bescheidenheit fortfahren, „sollen die kleinen, redlichen Taten genügen, nützlich will ich sein, mehr nicht." Kleine Pause für kleinen Applaus. „Doch wer Verantwortung trägt, muss auch den Mut haben, die Dinge zu sehen, wie sie sind. Das haben die verehrten Funktionäre unseres Vereines immer wieder bewiesen." An dieser Stelle folgt eine gnadenlose Analyse der Weltwirtschaftspolitik, eine ausgewogene, doch pointiert formulierte Beurteilung der Situation im eigenen Lande und die provokante Frage, ob der Flaschenöffner wirklich die angemessene Anerkennung für unerschrockenen Sparwillen sei. Dann stelle ich noch die Frage in den Raum, ob wir es nicht vergessen haben, der breiten Basis unserer Mitglieder ein ausreichend geöffnetes Ohr zu schenken, und bin auch schon am Ende, schlage im Geiste Markus M. Ronner auf, „Neue, treffende Pointen", und zitiere: „Die meisten Reden sind nicht der Rede wert." Heiteres Geklatsche, nicht schlecht für den Anfang.

Noch hat mich der Ruf nicht ereilt. Aber die Chancen sind nicht schlecht, vorausgesetzt, man durchmisst die österreichische Vereinslandschaft als unermüdlicher Wanderer, wohl wissend, dass weit über 70.000 Vereine nach Funktionären rufen, nach wuchtigen Obmännern, hungrigen Stellvertretern, aktenkundigen Schriftführern, kapitalträchtigen Kassenwarten und unbarmherzigen Rechnungsprüfern. Ganz abgesehen davon ist auch ein unbeamtetes Mitglied einem, der sich mit beiläufigen Zugehörigkeiten – Österreicher, Mensch etc. – begnügen muss, in seiner klar definierten Vereinsexistenz überlegen.

Es wäre also höchst unklug, sich vom Vereinsleben auszuschließen, das tut auch kaum einer hierzulande: Im Durchschnitt ist der österreichische Mensch Mitglied in vier Vereinen. Damit hat er auch die Möglichkeit, seine Persönlichkeit differenziert und farbig zu illustrieren. Schließlich schreibt einem ja keiner vor, in welcher, so die geläufige Definition, „freiwilligen, für die Dauer bestimmten, organisierten Verbindung mehrerer Personen zu gemeinschaftlichen Zwecken mittels fortgesetzter gemeinschaftlicher Tätigkeit" man Mitglied wird. Es ist ja auch nicht so, dass nur biederer Herdentrieb und der dunkle Drang zum Lichte der Bedeutsamkeit das Wesen eines Mitgliedes auszeichnen müssten. Bei Durchsicht des vereinten Angebotes findet man durchaus die Möglichkeit, sich zum Beispiel mit dem Beitritt zur „Gesellschaft der Freunde der Fußwaschung" zu profilieren, dem demütigen Ernst dieser Verbindung mit der „Gesellschaft zur Förderung der Interessen der spät aufstehenden Bevölkerung Österreichs, Morgenmuffel" versöhnlich-heitere Glanzlichter aufzusetzen, mit dem „Vienna Toastmasters Club" verbale Brillanz perlen zu lassen, um endlich all diese Wichtigkeiten mit einer Mitgliedschaft im „Verein der Mitglieder" zu relativieren, ein Akzent von furioser Banalität. Als lebenspraller Gegensatz dieser einigermaßen ätherischen Kombination wäre ein Mitglied des „Alpinen Vereins Wilde Bergknappen" denkbar, mit ungebrochener Zuversicht in der „Gesellschaft zur Förderung der österreichischen Hochseeschifffahrt-Marine" tätig zu sein, dürstend im „Ersten österreichischen Bierdosensammelverein" und augenzwinkernd leidend im „Kalahari-Club der Toupetträger".

Für so gut wie jeden Lebensbereich, sofern er den Rahmen der Gesetze nicht sprengt, gibt es Vereine, die Möglichkeiten sind berauschend. Meist geht es aber doch um Sport, Sparen, Kultur oder Geselligkeit. Immer bestrebt, an eine ganz spezifisch österreichische Prägung im rot-weiß-roten Universum zu glauben, muss man sich an dieser Stelle allerdings fragen, was die Vereinsmeier in deutschen Landen von den österreichischen Gschaftlhubern im Wesen unterscheidet. Erst einmal kann es hierzulande nicht die Lust an der Ordnung sein, die zu Vereinsgründungen führt; schon eher ist es das Vergnügen an wohlorganisierter Anarchie. Auch scheint nicht das Bestreben, sich wichtig zu machen, im Vordergrund zu stehen, wir sind nämlich alle wichtig, sondern das Bemühen, der eigenen Bedeutung den ihr entsprechenden, unübersehbaren öffentlichen Stellenwert zu geben. Österreichs Vereine entsprechen nicht der Tendenz, sich gruppenweise in Reih und Glied ordentlich zu präsentieren, sondern spiegeln die ungenierte Freude an der Zusammenrottung. Der Vereinszweck ist bloß Anreiz, man dient ihm freudig, doch nicht sklavisch, das strenge Reglement ist nie Selbstzweck, sondern Voraussetzung für das Spielvergnügen.

Vereine sind auch weit davon entfernt, heile Welten zu sein. Was am Staate stört und schmerzt und ärgert, kommt auch im Verein vor, allerdings in possierlichen Dimensionen, auch dann, wenn es die Dramatik beibehält. Es geht einfach nicht ganz ohne Neid, Intrige und Korruption; und wenn ganz, ganz edle Vereine sich darob entrüsten: Den nicht immer neidlosen Wettbewerb der Nächstenliebe, die nicht völlig unschuldige Aufopferung der Selbstlosen und den dezenten Chic der Bescheidenheit kennen sie schon. Auch der Kampf der Geschlechter findet im Vereinsleben ungenierter statt, weil er den Ausnahmefall betrifft. Männer, die nicht müde werden zu betonen, dass Frauen schon auch Menschen seien, durchaus berechtigt, ihren Mann zu stellen, es wenigstens zu versuchen, sind der erfrischend klaren Meinung, dass Frauen mit ihnen gemeinsam eine Welt benutzen dürften, aber nicht einen Verein. Letzterer bildet offensichtlich einen schützenswerten Bereich männlicher Intimsphäre, ein Extrazimmer des Privatlebens, in dem der Mann etwas tut, was er nicht täte, oder nur ungern, schauten oder hörten Frauen zu. Selbst wenn er es nicht tut, er könnte, und dieses Gefühl mag er nicht missen. Dass er damit Argwohn und Neugier erregt, genießt der rüde Racker natürlich erst recht. Erzwingen die Frauen den Zutritt, ist man gekränkt und lässt das spüren, gründen sie einen Konkurrenzverein, dann werden sie schon sehen, wo sie hinkomment, vor allem, wenn der Vereinszweck dem maskulinen Garten der Lüste zuzuordnen ist. Kein Mensch wird etwa daran zweifeln, dass in einer Weinbrüderschaft bedächtige Kenner sensibel schlürfen, in der konträren Weinschwesternschaft jedoch eher ein entartetes Kaffeekränzchen zu orten ist.

Andererseits: Es ist ja wirklich gemein, das Mysterium von Männervereinen lüften zu wollen, nur um zu beweisen, dass es nie ein Mysterium gegeben hat. Frauen sind schrecklich lebensnah, das vertragen Vereine nur schlecht. In Vereinen, in denen auch Frauen das Sagen haben, wird womöglich wirklich etwas geleistet und macht das schöne Spiel mit großen Worten und gewaltigen Gesten nicht mehr den rechten Spaß. Ihnen und allen anderen, die glauben, wider den wahren Ernst des Vereinslebens sündigen zu dürfen, sei ein Wort der Mahnung gesagt: Verachtet mir die Vereine nicht, die putzigen Ersatzwelten für die garstige Welt.

Ich mag Vereine. Und will eines Tages kein Mensch mehr etwas von mir lesen, trete ich dem Verein unverstandener Schreiber bei. Und lese mitleidlos vor.

FORTBEWEGT

Autonom

Mein erstes Auto war ein 2 CV, eine glänzend himmelblau lackierte Ente. Der Autohändler, die unehrwürdige Tradition der Rosstäuscher hochhaltend, hatte mit dieser fröhlichen Schutzschicht darüber hinweggetäuscht, dass der Rahmen nach einem Unfall verzogen, gerissen und recht halbherzig geschweißt war. Der Ölkühler leckte, doch das fiel kaum ins Gewicht, weil der Umgang des Motors mit dem schwarzen Gold insgesamt von verschwenderischer Natur war. Doch auch diese mechanische Bresthaftigkeit konnte mich vorerst nicht betrüben. Das Auto tröpfelte in einer wohlfeilen Garage idyllisch vor sich hin und blieb vom Ansinnen, für Mobilität zu sorgen, vorerst verschont.

Am Vortag der Führerscheinprüfung hatte ich mit kaum verhohlener Gier das blaue Wunder erworben, und tags darauf fand ich mich als Versager wieder, allenfalls für den ruhenden Verkehr geeignet.

Aber nie habe ich genussreichere Autofahrten unternommen als in den folgenden Wochen.

Die Reise begann mit dem Studium der Papiere. Der Typenschein mit den Insignien seiner sieben Vorbesitzer, mit Stempeln, Stempelmarken und Unterschriften, lag als Respekt einflößendes Zeugnis eines bewegten Autolebens vor mir. Ja und dann: Im Gegensatz zu mir war mein Auto sehr wohl für den Verkehr zugelassen, so stand es bescheinigt. Der Steuerpflicht war ich penibel pünktlich und mit einem gewissen Lustempfinden nachgekommen, und über die Stempelmarken zog sich lässig und generös meine damals noch leserliche Unterschrift.

Dem Studium dieser Unterlagen folgte die tägliche Lesung aus der Gebrauchsanleitung. Schon ein edles Stück Technik, dieses Fahrzeug!

Andere Autos mussten sich mit Keilriemen behelfen. Mein Ventilator war ohne lächerliche Umwege ans Ende der Kurbelwelle geschraubt. Andere Autos bedienten zum Antrieb der Scheibenwischer Strom verzehrender Elektromotoren, meine Scheibenwischer nutzten die Dynamik der Tachowelle. Reichte diese einmal bei einer Ausfahrt in den Tropen zur Regenzeit oder bei Schneesturm in arktischen Gebieten nicht aus, griff ein Fahrer wie ich eben kraftvoll und entschlossen zum unterstützenden Handrad. Generell war dieses Auto kein Fall für degenerierte Lenkraddreher. Erwies sich zum Beispiel eine Steigung als zu steil, empfahl die Gebrauchsanweisung uns kurz entschlossenen Raubeinen einfach die Höhenfahrt im Rückwärtsgang.

Ja, ich hatte mit meiner klugen und kühnen Kaufentscheidung tausendundeine automobile Abenteuerreise gebucht und keine breitärschige Kreuzfahrt.

Also wie beiläufig zum Zündschlüssel gegriffen und auf ins Ungewisse. Unterwegs zur Garage vielleicht noch ein Espresso – schließlich war am Steuer wache Konzentration gefordert. Die Garage roch nach Stirling Moss, nach Boxenstopp und Leberkässemmel (was an der einseitigen kulinarischen Orientierung des Dienst habenden Garagenwärters lag), und dann stand es da, mir zur Verfügung: mein Auto. Ohne großes Tamtam die Tür geöffnet, mich beiläufig hinters Volant geklemmt, prüfend am Schalthebel geruckelt, den Choke gezogen. Startschlüssel ins Schloss, ohne ihn zu drehen, Augen zu.

So bin ich über den Riederberg und, schon einmal unterwegs, nach Paris gefahren, oder auch hinter den nächsten sich bietenden Busch, weil das Fräulein neben mir solches irgendwie zu erwarten schien. Mein himmelblaues Auto glitt geöffneten Daches unter einem autoblauen Himmel dahin, das nicht minder blaue Meer räkelte sich nebenan und die Fingerspitzen meiner linken Hand kraulten den weichen Sommerwind, der nach Salz und Thymian roch.

Oder ich bin vom 15. in den 8. Wiener Bezirk gefahren, habe gekonnt eingeparkt, zu einem gelb leuchtenden Fenster im vierten Stock hinaufgeschaut und nach einem samtigen Seufzer die Rückreise ins Land der Stolzen, Einsamen angetreten.

Und nach dem Ziel ein hübscher Höhepunkt: Den Startschlüssel gedreht, mit Genugtuung das Anspringen des Motors registriert, kurz mit dem Gaspedal gespielt und die Fahrt beendet. Handbremse anziehen, man weiß ja nie, das Türschloss, ein kurzer Blick über die Schulter zurück auf das Vehikel künftiger Erfahrungen ungeahnten Ausmaßes.

Übrigens hat mich meine Phantasie damals nicht betrogen und die Ente hatte, wie alle chronisch Kranken, noch ein erstaunlich langes und erfülltes Leben.

Der seltsam statische und gleichzeitig grenzenlos bewegte Beginn meines Lebens mit Autos blieb nicht ohne Folgen. Alle Versuche und

Versuchungen, das Autofahren zur bestenfalls prestigefördernden Selbstverständlichkeit zu machen, zur omnipräsenten mechanischen Verstärkung eines Männerdaseins, sind gescheitert. Mein Verhältnis zu Autos blieb und bleibt im erfreulichsten Sinne des Wortes kompliziert. Das prägt, so nebenbei erwähnt, auch meine Romanhelden, die natürlich alles andere als Helden sind. Der friedfertige Gendarm Simon Polt zieht privat ein altes Waffenrad dem Auto vor, und wenn er schon einmal vierrädrig unterwegs ist, schaut er, gemächlich gleitend, lieber in die Landschaft als auf den Tacho. Daniel Käfer lebte viele Jahre ohne Auto, und erst als er sich frei von beruflichen Zwängen und gesellschaftlichen Konventionen fühlt, nimmt er behutsam die Zweisamkeit mit seinem ehemaligen Studentenauto wieder auf.

In diesem Sinne schreite ich unverhohlen in der Durchleuchtung meines jugendlichen Larvenstadiums fort. Heftig pubertierend und an allem interessiert, was auch nur annähernd mit Sex und Erotik in Verbindung zu bringen war, bin ich auf eine merkwürdige Liebestechnik namens Carezza gestoßen. Der lateinische Fachausdruck ist bestürzend deutlich: Coitus reservatus. Es findet zwar statt, worauf sich beide freuen, doch endlich vereinigt, bleiben die Liebenden reglos. Statt in banalen Orgasmen zu erbeben, verschmelzen sie auch noch geistig und seelisch miteinander. Also, wie überhaupt, kommt mir das auch aufs Auto bezogen ebenso verklemmt wie abgehoben vor. Drin sein, aber nicht fahren, mag angesichts eines fehlenden Führerscheins noch angehen, aber dann …

Als ich mich später, so einigermaßen erwachsen geworden, auch für üble Tricks und hinterhältige Klugheit zu interessieren begann, habe ich einen Satz gefunden, der sich auf Beziehungen jeglicher Art anwenden lässt und dessen im Duett tätige Urheber ein gerüttelt Maß an einschlägiger Erfahrung vermuten lassen: Balthasar Gracian, ein spanischer Jesuit, als Autor, und Arthur Schopenhauer als Übersetzer. Entsprechend schlicht und facettenreich ist auch der Ratschlag dieser beiden, Nr. 200 im „Handorakel und Kunst der Weltklugheit“: Etwas zu wünschen übrig haben.

Dazu könnte die reizvolle Nachbarschaft von Orgie und Enthaltsamkeit beitragen. So bin ich im Vorjahr völlig enthemmt von Wien ins schweizerische Wallis gebrettert, um dort das Auto für zwei Wochen unberührt zu lassen – im wohligen Bewusstsein, dass es ja bald wieder über die Alpenpässe geht. Oder Vernunft und Unvernunft flechten sich begehrlich ineinander. Luft? Schiene? Straße? Man prüfe Distanzen und Argumente, wäge ab und entscheide. Oder ich nehme hüpfenden Herzens die dümmste Variante. Es lebe das Lustprinzip.

Meist weigere ich mich, in Wien als Parklückenbüßer sinnentleert im Konvoi von Ampel zu Ampel zu rollen. Doch hin und wieder sehe ich mich vierrädrig ohne ersichtlichen Grund und befreiend ziellos durch die Stadt schnüren, schau mir die Welt hinter dem Zentralfriedhof an, versickere in urbanen Niemandsländern oder möchte wissen, ob es den burgenländischen Wirt in der Sechshausener Straße noch gibt, bei dem ich als Student den ersten Kuss mit pickigem Gewürztraminer gefeiert habe. Den Wirt gibt es übrigens nicht mehr, aber meine Trinkgewohnheiten sind ja auch nicht mehr die alten.

Auch bei der Wahl meiner blechernen Fortbewegungsgefährten bin ich bis heute nicht frei von sentimentalen, skurrilen oder überhaupt nicht nachvollziehbaren Einflüssen. Die Nachfolgerin meines letzten Audi war zum Beispiel meine vierte Ente, von weiß auf froschgrün umlackiert. Kommentar von Gottfried Lehninger, damals Hardcore-Autohändler und Freistil-Mechaniker in Eggenburg: Jetzt bist mir nimmer wurscht.

Aber vielleicht liegt ja alles an meinem Großvater mütterlicherseits: Der hat sich mit 94 ein kariertes Sakko und einen Opel Kadett Sport gekauft. Das Infantil-Gen ist offensichtlich nicht auszurotten in der Familie. Hoffentlich.

Radlos

Einer der dümmsten Entschlüsse, die Mensch oder Vorfahr je fassten, ist zweifellos der, sich aufzurichten. Statt sicher und dynamisch auf allen vieren die Welt zu durchmessen, durchstakst er sie zweibeinig im ewigen Streit mit seinem unaussprechlichen Schwerpunkt. Indem er aber denkt, weil er das bitter nötig hat, als Ersatz für verlorengegangene Instinkte und stumpfe Sinne, ersinnt er die kuriosesten Krücken für seine senkrechte Existenz, knickt er den langen Leib zur sonderbaren Sitzgestalt und fährt als solche Auto, und das Auto fährt gottlob auf allen vieren.

Allerdings ist dem Zweibeiner auch eine Erfindung gelungen, die seine affektierte Art der Fortbewegung auf erstaunliche Weise harmonisiert. Statt mühsam Hinterfuß vor Hinterfuß zu setzen und mit den Vorderfüßen schwitzige Händedrucke zu verteilen, tritt er stetig kreisend ins Pedal und gestattet es den restlichen Extremitäten zu lenken.

Das Fahrrad gibt dem Zweibeiner mit zwei Rädern die Ehre, deren Kreiselwirkung sein hilfsbedürftiges Gleichgewicht wohltuend stabilisiert. So ist das Zweirad ein dem Menschen würdiges Fortbewegungsmittel, das gewöhnliche Imponiergehäuse Auto leichthin in den Schatten stellend, an Sinnentsprechung allenfalls noch vom Sarge übertroffen, in dem es endlich gestattet ist zu tun, was schon immer mehr Spaß gemacht hätte, nämlich zu liegen.

Die Fortbewegung mit dem Fahrrad entbindet nicht von der Leistung, verbessert aber das Ergebnis. Solches, dermaßen rund und wohlgelungen, lässt den rastlosen Geist allerdings nicht ruhen, mit dem Ergebnis, dass auch das Fahrrad der Verderbtheit des Designs, der Hoffart der Technik und der Säure des Ehrgeizes ausgesetzt wird. So wird die gerade Linie von Forstmeister Drais über den Veloziped-Ersinner Michaux, den Kettenrad-Erfinder Lawson bis zum luftbereiften Dunlop und zum freiläufigen Sachs auf fragwürdige Weise weitergeführt: Das Fahrrad wird nach und nach vom bunten Gerümpel der Bikes verschüttet. Ein weltweit betriebenes Puzzlespiel mit austauschbaren Elementen setzt formaler und nationaler Identität ein Ende. Mit Ausnahmen.

Womit, ohne jede Umschweife, das Thema umzingelt wäre: das Steyr-Waffenrad. Vor nahezu hundert Jahren hielt Österreichs Waffenindustrie durchaus ihren heutigen Standard: Es gab zu wenig Arbeit für zu viele Arbeitskräfte. Damals allerdings suchte man friedfertige Lösungen, so halbwegs wenigstens, und erkannte, dass die präzise Fertigungsmaschinerie einer Waffenfabrik eigentlich die Erzeugung exzellenter Fahrräder gewährleisten müsste. Die Militärs unter den Industriestrategen waren von diesem Gedanken durchaus angetan, weil ein Fahrrad an der Front nichts fraß, nicht stank, nicht lärmte und dennoch funktionierte – radfahrende Kuriere hatten sich schon bei großangelegten Versuchen in der französischen Armee überlegen gezeigt. Der Urahn aller Waffenfahrräder war also wirklich ein militärisches Gerät, trug den flotten Namen Swift und wurde sogar in einer Klapprad-Ausführung geliefert.

Gute altösterreichische Wertarbeit, alles in allem: der Rahmen aus bestem gewalztem Mannesmannrohr mit Innenlötung, die Vordergabel aus nahtlosen, kaltgezogenen Weldless-Stahlrohren. Die Kugellager staubfrei, die Lagerschale aus Mangan, abnehmbare Kurbeln, Freilaufnabe mit Rücktrittbremse, Patentfelgen, tiefschwarz oder grau emailliert mit Mittelstrich in Grün. Alle blanken Teile wurden nach vorhergehender Verkupferung vernickelt, die übrigen Teile unter höchster Temperatur dreimalig emailliert. Mit einem solchen Rad ließ es sich nicht nur im Felde vorwärtskommen. Als der Erste Weltkrieg trotz dreimaliger Emaillierung nicht ganz so erfreulich endete, besannen sich Österreichs Zivilisten des geduldigen, zähen, eigentlich unzerstörbaren Vehikels. Gewehre waren nicht aktuell, Fahrräder notwendig. Als es wieder Krieg gab, blieb es den Rädern erspart, von militärischer Bedeutung zu sein.

Gezählte sechshundert Bomben zerstörten die Waffenfabrik in Steyr, doch die inzwischen längst friedliche Idee des Waffenrades lebte bei der Steyr-Daimler-Puch AG weiter – Waffenräder aus Graz halfen waffenlosen Österreichern über die Nachkriegsdistanz. Es ist nicht allzu lange her, da wurde das Steyr-Waffenrad noch erzeugt, nicht aus sentimentalen Gründen, sondern als Antwort auf eine durchaus rege Nachfrage. Dann stellte Puch die Zweiradproduktion ein, smarte Italiener kauften den Markennamen und der tiefschwarze Dinosaurier unter Österreichs Fahrrädern ging daran auszusterben, nicht ohne kuriose Begleiterscheinungen: Aus Italien kommen schon wieder Waffenräder, ob sie wirklich welche sind? Wir Hinterbliebenen dürfen in stolzer Trauer des teuren Verblichenen gedenken, denn billig war das Rad ja wirklich nie, in keiner Hinsicht.

Kam ein neues Waffenrad ins Bauernhaus, weil ein ererbtes nun doch unübersehbare Merkmale ehrwürdiger Vergreisung zeigte, dann ging es ja darum, angemessen beschleunigte Fortbewegung für die nächsten Jahrzehnte zu sichern; da fragt man nicht nach dem Preis. Es wäre auch unschön, darüber nachzudenken, ob nicht irgendein anderes Fahrrad mehr nützen könnte. Wo Vertrautheit und Vertrauen walten, ist Flatterhaftigkeit nicht am Platz. So ist die Beziehung zum Waffenrad keine spielerische, rasch entflammte, sie hat schon eher mit erprobter Freundschaft zu tun.

Das gilt nicht nur auf dem Lande. Wer sich mit diesem Gefährt verbindet, tut das mit Ernst und dem festen Willen, treu zu bleiben, dem Rad wie sich selbst. Nur wer es versteht, die Fortbewegung in sich ruhend zu vollziehen, ist dieser raren Art des Ans-Ziel-Kommens würdig; das eint Landvolk und Städter. Kommt dann einer, unschlüssig in unzähligen Gängen wühlend, einhergekeucht, fragt er womöglich, was man denn heutzutage an diesem schweren, schlichten und gestrigen Fahrrad finden könne.

Die Gegenfrage müsste lauten: Ist es nicht doch ein wenig unter der Menschenwürde, sich, der Erde tief entgegengekrümmt, dem Wind in möglichst schlüpfriger Weise darzubieten? Muss es die Bauersfrau, den Beamten, die Kommilitonin, den rüstig ruhenden Greis nicht kränken, sich irgendeinem dahergelaufenen Fahrrad zuliebe der angestammten Kleidung zu entledigen und als Radfahrer kostümiert wehmütig verlorener textiler Identität zu gedenken?

Die Beziehung zum Waffenrad kann keine zufällige sein. Das beginnt einmal mit der Gebrauchsanweisung, die ihrem Namen alle Ehre gibt. Schlicht und nur dem Fachmann verständlich, weist sie zum fahrradgerechten Verhalten an. Kein Werbetexter hat diese Zeilen je erblickt und hätte er, er ginge seitdem in Sack und Asche. Das setzt sich mit dem Gewicht des Rades fort: Stabilität, verstärkte Felgen, gemuffter Tourenrahmen mit Tourengabel – das alles schlägt sich zu Buche, nicht allerdings, wenn sich die Räder erst einmal drehen, nicht zu schnell, dafür ist die Übersetzung kaum geeignet, doch stetig.

Wer, um dem genussreichen Gleiten dennoch Einhalt zu gebieten, beschließt, ein Bremsmanöver einzuleiten, begibt sich erst einmal in die unbeschwerte Zwischenphase des Leerlaufs. Kein nervöses Ticken zerhackt Zeit und Meter, nur der Tourensattel ächzt im besinnlichen Dialog zwischen der Straße und des Menschen ruhendem Pol. Die Rechte greift nach dem akkurat verchromten Gestänge der Vorderbremse, etwa so, als übe sie einen freundlichen, kräftigen Händedruck, ein schwarzer Gummistoppel senkt sich unter dem schwarzen Kotflügel auf den schwarzen Pneu, ein nachdrücklich sanftes Reiben, keine stählerne, zangenartige Umklammerung der Felgen. Gleichzeitig begibt sich ein Fuß aus der waagrechten Ruhelage nach unten und betätigt den Rücktritt. Neuere Räder erlauben ja auch den Rücktritt nicht mehr, jene ehrliche und konsequente Umkehr des Vorwärtstretens; nur noch der Vorwärtsdrang bleibt den Füßen überlassen, die Bremsmanöver geraten zu unverbindlichen Gesten, überaus effektvoll, aber das muss ja nichts bedeuten.

Bleibt die Haltung auf besagtem Rade: nahezu aufrecht, kaum gebeugt von wohldosierter Kraftanstrengung, das Haupt ist erhoben und blickt zuversichtlich in die Ferne.

Schnickschnack, könnte man sagen. Aber ich sehe die Bäurin Maria auf dem Weg zu ihrer Tante, auf dem Friedhof wohnhaft, ein silbriges Klapprad benützen, ein Bild von pietätloser Heiterkeit; ich sehe den würdigen Ingenieur N. auf dem Weg zu seinem Arbeitsplatz in Zukunft ein rotes Sportrad reiten, als hätte der gute alte Kaiser eine Gämse bestiegen; und ich wage kaum hinzudenken, wenn jenes Fräulein, ein fröhliches Gesamtkunstwerk, sich treu, außen wie innen, ihr altes Fahrrad weglegt und irgendein Dutzendgestell zwischen die Beine nimmt.

Aber das Schicksal vollzieht sich langsam. Waffenräder leben ja lange, und sie sterben auch nie richtig, weil sich keiner, der mit ihnen zusammengelebt hat, getraut, sie wirklich und endgültig wegzuwerfen.

Außerdem tritt eine zutiefst österreichische Wesenheit zutage: Hat man sich endlich einer Institution entledigt, beginnt man sie herzlich zu lieben, ihr Angedenken zu ehren und ihre Reste sorgfältig zu konservieren.

Dennoch: Es geht zu Ende. Ein Leerlauf mit Stil gibt seinen Rücktritt bekannt.

Das zwischenmenschliche Auto. Ein erotischer Versuch

Dialog zwischen zwei Autos:
Auch abgestellt?
Mitnichten. In den Dienst gestellt.
Passagiere?
Zwei. Oder warten Sie: drei.

Bevor der Mensch im Auto intim werden konnte, musste er mit dem Auto intim werden. Pioniere des Kraftfahrzeugwesens, die mit kühner Entschlossenheit ihre kantigen Vehikel bestiegen, sie die harte Hand des Herren spüren ließen und mit rauer Zärtlichkeit ins Innerste griffen, wenn es mit der gemeinsamen Fortbewegung nicht klappen wollte, waren ihrem Auto durchaus persönlich und mit Leidenschaft verbunden – nur hatte in dieser Beziehung kein zweiter Mensch Platz und schon gar kein Frauenzimmer. Allenfalls durfte so ein Wesen ein abenteuerliches Stück des Weges mitfahren, wurde mit einem energischen Griff ans Fischbein für das Verkehrsgeschehen zurechtgerückt und bekam nach dem geglückten abschließenden Bremsmanöver vielleicht auch noch einen staubigen Triumphkuss, der besagte: Ich und mein Auto! Aufregend, wie?

Dieser heroischen Phase folgte eine der Verinnerlichung: Man stieg nicht mehr auf das Auto, sondern begab sich in das Auto hinein, in ein sehr kleines Zimmer, das aufregend nach Leder und Benzin roch. Außerdem funktionierten diese Autos zusehends besser und es war im Normalfall kein elitäres Abenteuer mehr, sie zu pilotieren. Damit war eine Spaltung im vordem so homogenen Club männlicher Automobilisten nicht mehr zu verhindern: Die einen überließen den nicht mehr wirklich aufregenden, doch immer noch anstrengenden Platz am Volant dem subalternen Chauffeur und die anderen lenkten weiter, doch wählten sie möglichst enge, laute, zugige und vor allem schnelle Autos, um die Sinnlichkeit der Fortbewegung in die Zukunft zu retten. Damit waren Letztere so beschäftigt, dass die Damen an ihrer Seite weiterhin Dekor blieben. Bestenfalls wetterleuchtete zwischendurch ein herb angedeutetes Lächeln im karstigen Antlitz des Sportfahrers, wenn er versehentlich versucht hatte, mit dem Knie seiner Begleiterin zu schalten, und geschah es einmal, dass er, die Fahrt unwillig unterbrechend, ein williges Weib auf die erhitzte Motorhaube legte, dann nur, um seine Lust am Auto eben auch noch auf diese Weise auszudrücken. Darum sitzen ja heutzutage bei allen Automobilausstellungen weitgehenden bloßgelegte Models auf dem Lack herum und erzählen in leicht verständlicher Körpersprache die eine Hälfte der Geschichte.

Jene Autofahrer hingegen, die es sich im Fond ihres Wagens bequem machten, hatten nunmehr Augen, Gedanken und Hände frei, um ihrer Begleitung die gebührende Aufmerksamkeit in jedem erwünschten Ausmaß zu widmen, und ihre Chauffeure hatten jede Menge Gelegenheit, sich in der Kunst zu üben, von den rückwärtigen Vorgängen nichts zu sehen, nichts zu hören und doch mit einiger Anteilnahme dabeizusein. Schließlich konnte es ja zwischendurch auch durchaus vorkommen, dass die Dame im Fond in Ermangelung eines offiziellen Begleiters den Herrn Franz zu sich nach hinten bat, um seine Dienste einigermaßen exzessiv in Anspruch zu nehmen.

Diese im Ansatz galante und in der Folge romantische Phase ambulanter Naheverhältnisse fiel relativ rasch dem technischen Fortschritt zum Opfer: Aus dem auf wundersame Weise durch die Landschaft bewegten intimen Salon wurde ein modernes Blechgehäuse, mit dem man spielen, angeben, rasen und Duelle ausfechten konnte. Damit waren die Männer vorerst ausreichend beschäftigt und zwischenmenschliche Ereignisse im Auto gerieten mehr und mehr beiläufig. In den Fünfzigerjahren tat sich dann eine schmerzliche Kluft zwischen nicht genutzten Möglichkeiten und unerfüllten Begehrlichkeiten auf. Jene Männer im Trenchcoat und in den angeblich besten Jahren, die brustschwache Motoren gnadenlos hochjagten und schmale Reifen kühn das Kreischen lehrten, sagten längst Mama zu ihrer Frau, und deren pitralonumwölkten Söhne, die ein Auto durchaus auch im Stehen bewegt hätten, mussten sich mit dem Konsum amerikanischer Filme zufriedengeben, in denen sich immer dann das elektrisch bewegte Dach des Kabrios schloss, wenn die Sünde dazu ansetzte, besonders hingebungsvoll zu züngeln.

Aber es geschah ein Wirtschaftswunder, wie wir wissen, und irgendwann gingen doch noch ausreichend junge Menschen beiderlei Geschlechts mangels eigener vier Wände dazu über, die Verkehrstauglichkeit von Käfer,

Puch 500 und Konsorten sehr engagiert zu überprüfen. Immerhin war mit dem Verschwinden des Pettycoats auch die Notwendigkeit weggefallen, sich durch ein Labyrinth von Unterröcken zum Kern der Unterhaltung durchzuwühlen, und noch gab es diese lästigen Strumpfhosen kaum, die eher als Keilriemenersatz tauglich waren denn als lustbetontes Dekor für die finale Enthüllung. Seit es auch immer mehr Reißverschlüsse gab, war es kaum noch notwendig, einander umständlich aufzuknöpfen, und den Jeans merkte nachher keine noch so scharfäugige Mutter an, dass sie vordem nicht ordentlich über die Sitzlehne gehangen waren.

Es war also um vieles leichter geworden, sich aufeinander und ineinander zu verlustieren, es sei denn, dass mittendrin ein exponierter Körperteil das Autoradio betätigte: Dann war es eine Frage der Programmwahl, ob das Liebespiel musikalisch umrahmt seine Fortsetzung nahm oder in leicht hysterischem Gelächter endete. So manche, die heute erwachsen sind, verdanken der wachsenden Mobilität der Gesellschaft und dem kreativ-dynamischen Bewegungstalent ihrer Eltern die Existenz. Die Automobilindustrie stellte sich entschlossen der Verantwortung für die Befriedigung ihrer Kunden und konstruierte den lustbetonten Liegesitz, selbstverständlich nur für den ermatteten Langstreckenfahrer. Es stellte sich bald heraus, dass eine unfruchtbare Fehlentwicklung vorlag. So lange noch Sportlichkeit, unverzagte Leidenschaft und wohl auch herzhafter Humor vonnöten waren, wenn man im Auto einander näher kommen wollte, machte die Sache Spaß und man konnte auch noch im Playboy nachlesen, ob wirklich alle Möglichkeiten von Raum und Anatomie unter besonderer Berücksichtigung von Lenkrad, Schalthebel und Halteschlaufen ausgeschöpft worden waren.

Sobald es bequemer war, es sich miteinander bequem zu machen, waren viele zu bequem, es in der erforderlichen Konsequenz zu tun, und beließen es bei einleitenden Zärtlichkeiten, für deren Fortsetzung sich längst eine herrlich neue Welt aus Betonfertigteilen anbot. Andererseits hatten die Amerikaner neben Nylons und Kaugummi auch die lässige Überlegung mitgebracht, dass es ja nicht unbedingt und immer nötig sei, im Auto aufs Ganze zu gehen, und sie schenkten uns mit „Petting“ ein Wort, das allzu handgreifliche deutsche Umschreibungen modisch auf den Punkt brachte. Als Ort hitziger Vorspiele oder Zwischenspiele taugte das Auto demnach mehr denn je, als heimliche Ersatzwohnung hatte es so ziemlich ausgedient. Allenfalls erwähnte die eine oder andere etablierte Gefährtin anlässlich der turnusmäßigen Debatte über historisch gewordene Momente hitziger Leidenschaft auch das Kleinauto von damals, wo seine feurigen und ihre haltlos hingebungsvollen Blicke im Rückspiegel (nicht abblendbar) verschmolzen waren.

Wenigstens für Teens, Twens, sportive Dreißiger, nimmermüde Vierziger und krisengeschüttelte Fünfziger wurde das Auto wieder zum Sündenpfuhl, als es sich als notwendig erwies, auf der Rückfahrt von der Disco die rhythmische Erregung nicht abreißen zu lassen. Immerhin blieb dem Fahrer eine Hand zur Intensivierung des Dialoges frei (die rechte, bei linksgesteuerten Autos – im Gegensatz dazu musste Erotik in angelsächsischen Ländern zweifellos linkischer ausfallen). Die Beifahrerin hatte gar deren zwei zur Verfügung, und mobile Machos waren schon immer davon überzeugt, dass es pure Zeitverschwendung sei, den Mund nur zum Reden zu gebrauchen. Aber auch Partner, die sich eben noch in gegenseitiger intellektueller und menschlicher Wertschätzung über Kierkegaard, Sartre und Henry Miller unterhalten hatten, konnten meuchlings vom Begehren überfallen werden, so schnell wie möglich ins Bett zu kommen, und was lag da näher, als sich auch diese hastige Reise gegenseitig zu verkürzen.

Leidenschaft im fließenden Verkehr ist allerdings ebenso spannend wie gefährlich, ein Umstand, den die Unfallstatistik zumindest offiziell nicht zur Kenntnis nimmt: Nur manchmal ist von Indizien zu lesen, die auf eine stürmische Vorgeschichte schließen lassen. Immerhin gibt es für sexuelle Aktivitäten in voller Fahrt inzwischen einen so halbwegs befriedigenden Ersatz: das Handy. Doch irgendwann wird sich das erigierte Ohr ja doch wieder als technischer Kunstgriff herausstellen, der auf die Dauer langweilig wird. Die nächtliche Discotour mit dem Auto ist indes auch schon in Verruf gekommen und das Autokino als leinwandanimierte Parkplatz-Großorgie ist längst schon ein alter Hut.

Stehen wir demnach am Ende einer wundersam unkeuschen Reise? Weit gefehlt. Vielmehr kann es für eine nimmermüde Menschheit nur darum gehen, am Ende eines Entwicklungsstranges einen Evolutionssprung zu vollführen. Das Auto ist nicht länger ein verschämter Zufluchtsort für inoffizielle Begegnungen, sondern künstlerisch wie erotisch essenzieller Bestandteil einer zwischenmenschlichen Installation von neuer Qualität, Ausdruck eines umfassenden mobilen Lustprinzips. Wo vordem tollpatschige Leidenschaft wütete, geht es um den Geschlechtsverkehr als Wille und Vorstellung. Dem Zueinanderfinden in Häusern und Wohnungen wohnt ja längst ein schier unerträgliches Trägheitsmoment inne. Jedes Mal schauen die gleichen Bilder durchs Fenster, jedes Mal dämpft vertraute Verfügbarkeit die Erregung, jedes Mal ist der Stil der Inszenierung noch ein wenig mehr von gestern. Es ist höchste Zeit, sich wieder den Variablen auszuliefern und sie mit virtuoser Hand zu dirigieren.

Wohin geht die Reise also wirklich? Auto-Cocooning? Durchaus denkbar. Nicht gänzlich auszuschließen ist aber auch eine Rückbesinnung auf das gute alte Liegen im Sitzen, eine Vollbremsung im tiefen Wald, ein wölfisches Begehren und ein behagliches Gewähren: Schon gut. Nur nimm bitte die große Zehe aus meinem Ohr.

Der Schalt-Griff

Da ist ein Mensch, dort ist ein Auto; dazwischen waltet beiläufiges Interesse, zweckdienliche Analyse, herzliche Zuwendung oder zärtliche Gier. Der Vollzug jeglicher Absicht, ob bieder, ob verrucht, erfolgt aber erst durch die Berührung. Zuvörderst wird das willige Gefährt geöffnet und dereinst, als die Autos noch Kutschen waren, folgte auch gleich in fröhlicher Direktheit die Besteigung. Der heutige Mensch schlüpft ins Auto, in dieses freundliche, starke Tier, das ihm Geborgenheit schenkt und ihn gebieten lässt.

Die nächste Berührung, unkompliziert, doch von großer emotioneller Bandbreite, obliegt dem Hinterteil, dann gleitet so nebenbei, doch unmissverständlich der Zündschlüssel ins Schloss, Fußsohlen sagen den Pedalen guten Tag, eine Hand umfasst, vorerst noch unverbindlich, das Lenkrad. Dann wacht das Auto auf, manchmal ein wenig widerwillig, doch immer noch ist die Beziehung zwischen Fahrer und Gefährt einigermaßen banal. Das ändert sich erst in jenem Augenblick, da der Griff zum Schalthebel die Motorkraft in die Räder zwingt, aus dem hektischen Auf und Ab der Kolben dynamisch fließende Bewegung werden lässt. Das Lenkrad mag ein wirksames dirigistisches Machtinstrument sein, das Kupplungspedal ein Beispiel angewandter Diplomatie im Reiche der Mechanik, das Gaspedal ein faszinierender Multiplikator der Kraft seines Gebieters und das Bremspedal ein radikaler Vollstrecker restriktiver Maßnahmen im Spiel der Kräfte – doch nur der Schalthebel überwindet den Stillstand, lässt das Auto von der Summe seiner Teile zum Ganzen werden. Dieser anfänglich prinzipiellen Bedeutung folgt während der Fahrt das leise Wirken einer grauen Eminenz: Mag geschehen, was will, der Schalthebel bestimmt im Einverständnis mit dem Fahrer, in welchen Bereichen es geschieht und innerhalb welcher Grenzen.

Der Schalthebel schafft also zwischen Mensch und Auto die Atmosphäre von Gipfeltreffen, in denen Entscheidendes bewegt wird und Wesentliches bestimmt. Kein Wunder, dass in einer Berührungszone von derartiger Bedeutung eine gewisse Vertrautheit besteht, auch Intimität. So gesehen, erzählt die Geschichte des Schalthebels viele diskrete Details aus dem Naheverhältnis von Fahrer und Gefährt.

Als das Wort „Design" noch nicht erfunden war und Technik in schöner Unschuld ihre Funktion herzeigte, waren Schalthebel ehrliche, grobschlächtige Partner für kräftige Männerhände. Weil es wirklich ein Abenteuer war, das Kutschenmobil zu bändigen, war es nicht notwendig, dieses Abenteuer zu simulieren: ein Hebel wie ein Freund. Doch die Ingenieure, in der irrigen Ansicht, das Abenteuer wegkonstruieren zu müssen, zähmten die Autos, und so wurden auch die Schalthebel zahm: korrekte Erfüllungsgehilfen, oft erbarmungslos hässlich. Nach und nach schien es auch bequemer zu sein, nicht mehr mit harter Hand im Reiche der Drehzahlen zu regieren, sondern lange, dünne Hebel mit nachlässiger Virtuosität durch ein Niemandsland zu bewegen, an dessen Peripherie sich irgendwelche Gänge finden ließen. Andererseits war das Auto nicht nur vom Kampfgefährten zum Nutzfahrzeug geworden, sondern auch zum Spielzeug, Sport inklusive. Also begannen die Schalthebel damit, sich nicht länger nur einfach so der gebietenden Hand entgegenzurecken, sondern ihr zu signalisieren: Du bist ein Held, mein Lieber, ein Haudegen, ein Draufgänger, greif mich nur an und du wirst es spüren. Oder sie schwiegen auch sanft und betulich: Man macht sich doch keine Mühe, heutzutage, man macht sich doch nicht die Hände schmutzig.

War die maskuline Stämmigkeit von Schalthebeln in den Rennautos technisch bedingt und vielleicht nur ein wenig übertrieben, degenerierten die Schalthebel in den bürgerlichen Gefährten. Der lässige Lenker im Nylonhemd fand es einfach vorgestrig, die Hand auf einen bedeutsam hochragenden Schaltknauf niederfallen zu lassen, er bediente mit sparsamer Geste ein Hebelchen am Lenkrad, das seine Wünsche weich und ein wenig unbestimmt weitergab. Modern lebte, wer es bequem hatte. Selbst im Mikrouniversum der Kabinenroller signalisierte manch putziges Schaltknöpflein nicht nur Platzmangel, sondern auch den beinahe vollkommenen Verzicht auf archaische Mechanik.

Irgendwann kamen aus Amerika, wo ohnedies alles automatisch war, die ersten Autos, denen der Schalthebel gänzlich fehlte. Dieser rüde Kastrationsakt fiel nicht allzu sehr ins Gewicht, weil es ja nicht mehr viel wegzulassen gab. Andere Autos, in genialer Konsequenz sparsamer Vernunft verschrieben, ließen das gute Stück weiterhin dünn und gerade aus dem Kardantunnel ragen, jeder Mode abhold. Inzwischen waren allerdings der Wunsch zu sparen und die Sehnsucht nach einem pflegeleichten Leben gleichermaßen merklich geringer geworden. Nachdem es allen besser ging, nachdem sich das Leben oft ziemlich langweilig glättete, begann die Suche nach Reibeflächen, nach Konturen, nach deutlichen Metaphern eines unverblümten Lebens. Die Beziehung zum Auto gewann an direkter Erotik und die Schalthebel gerieten in logischer Konsequenz immer kürzer und immer dicker – sogar im guten alten Käfer. Nur die Ente blieb bei einem Schalthebel, der eigentlich keiner war: eine Art Schürhaken, mit dem man Gänge aus dem Getriebe zieht.

So ist das also: Sieht man von den Nutzfahrzeugen ab, geht es kurz und unverhohlen zu, zwischen Mensch und Auto, einmal sportlich-spartanisch, einmal nobel verbrämt. Aber die Zeiten ändern sich ja schon wieder. Der Zeitgeist liebt die schnellen Kraftlackel nur noch widerwillig, das Swatch-Auto dräut am Horizont. Mit welchem Schalthebel, muss man fragen: Crazy? Postmodern? Schrill? Bescheiden? Oder überhaupt keine Hebel? Und wenn: Eine Sensorfläche wäre ja auch ganz schön sinnlich.

Rost

Am äußersten Rand der äußeren Hebriden liegt vor der Insel Harris das Inselchen Tarbert, dessen einziges Dorf konsequenterweise den Namen „Outend“ trägt. Dort parkt vor einem netten Fischerhäuschen ein Auto im allerletzten Stadium der Verrostung. Es sei vermutlich das rostigste Auto Schottlands, erklärte mir sein Eigentümer, und er sei wirklich sehr mit ihm zufrieden. Autos dienen auf Tarbert, wo es kaum zwei Meilen Straße gibt, nicht so sehr der Fortbewegung. Es genügt schon, wenn sie ein paar hundert Meter Weg hinter den nächsten Busch bewältigen: Dann verwandelt sich das treue Gefährt, bis auf den letzten Platz mit heiteren Schotten besetzt, nämlich in ein Pub, weil Pubs auf der Insel verboten sind; wenigstens die Ehefrauen und der Pfarrer sagen das und wer würde da widersprechen. So verwachsen das rostige Auto und die durstigen Outlaws zu einem wunschlos verlorenen Haufen, dem es ganz gut zu Gesicht steht, die edlen Züge des Verfalls zu tragen. Rost mag am Anfang stören, wenn alles noch glatt ist und glänzt. Geht es dem Ende zu, bringt er Leben ins Sterben, indem er immer neue Bilder schafft.

Bei den Menschen ist das nicht viel anders. Claudia Schiffer mit Lachfältchen um die Augen und Knitterfalten auf der Stirn ist eine ebenso befremdliche Vorstellung wie Mutter Theresa nach dem vierten Facelifting. Es gibt in jeder Existenz jene unbewusste Schwelle, nach der vermeintliche Mängel als Auszeichnung erkannt werden. Allerdings: Autos leben nicht, also vollzieht sich in ihrem Fall der Wandel eher banal oder er bleibt gänzlich aus, nämlich dann, wenn es um ein Auto geht, das nicht für das Altern gebaut ist, das sehr lange neu bleibt und dann fast übergangslos unbrauchbar wird. Andere, meist von eher konservativer Machart, wirken schon als ganz neue Autos ein distinguiertes bisschen alt und sie begleiten ihre Lenker lange und im Grunde genommen verlässlich, auch wenn sich erste Schwächen zeigen. Gelingt es einem solchen Auto, den Zeitpunkt zu überdauern, an dem es als Mittel zum Zweck unbrauchbar geworden ist, ändern sich die Dinge. Das Alter wird zum Vorzug, die Gebrechlichkeit zum wohlerworbenen Recht. Natürlich wird auch ein solches Auto dem Rost nicht einfach überlassen, aber er tritt auf wie eine jener chronischen Beschwerden, die, ständig behandelt, nicht wirklich wehtun und fast fehlen würden, blieben sie eines Tages aus. Anderen Autos gelingt es, dem immer rascheren Zyklus von Neuwertigkeit und Recycling zu entkommen; das sind dann jene, die irgendwo im Niemandsland als rostrote Gerippe nicht mehr schön und nicht mehr hässlich sind – längst haben sie sich ihrer Räder entledigt, die einzige Bewegung ist der langsame Zerfall.

Es liegt eine große Befreiung in einem solchen Ende, zu groß für eine leistungsorientierte Gesellschaft. Auch gehören letzte Dinge dieser Art zu den automobilistischen Tabus. Der Gedanke an Rostfreiheit hingegen wird immer wieder gern gedacht und auch mit Erfolg. Irgendwann werden Rost und Autos nichts mehr miteinander zu tun haben. Der große Zerstörer wird in ohnmächtiger Wut an Wellblechdächern und Gusseisen nagen und irgendwann in die Dritte Welt abgeschoben werden. Noch ein wenig später, wenn das Altern keine Notwendigkeit, sondern nur noch eine Frage des Marketings sein wird, wenn Mängel, weil programmiert, nicht mehr aufregend sind, werden Väter ihre Kinder ins Museum führen und ihnen diese seltsamen Autos zeigen, die noch ihren eigenen Geruch hatten, ihre Art zu rosten, Pannen zu haben und Lärm zu machen.

Dann kommt ein Urenkel Andy Warhols und entdeckt die erschreckend schöne Wunderwelt der Zerstörung, die beklemmend ästhetischen Bilder, die Rost in den Lack zeichnet, verkauft sie an die Inhaber rostfreier Autos und wird natürlich sehr reich und sehr berühmt damit.

Es ist an der Zeit, sich mit dem Rost zu versöhnen. Der machtvolle Zerstörer zeigt ohnehin schon Schwächen, also darf man das Gewalttätige seines Werkes zwischendurch auch vergessen und seine Spuren als Bilder einer würdigen Metamorphose sehen: vom Diktat der Nutzanwendung zum bedächtigen, völlig nutzlosen Spiel mit dem Ende. Wo gibt es denn solche Spiele noch, darf es sie geben? Wer lehrt sie uns denn?

Rost ist Vergänglichkeit. Es kann durchaus Spaß machen, sie nicht zu verlernen.

Trau keinem über 50

In diesen späten Herbsttagen, mit nebelfeuchten Engeln, graubunten Träumen, die zu Fuß gehen, und Leidenschaften mit Ablaufdatum, gerät Verzicht mitunter zur Lust. Es sollte aber schon ein herzzerreißend schmerzlicher Verzicht sein, einer, der Menschen wie dich und mich vereinsamt, verarmt und entblößt zurücklässt, ohne Auto zum Beispiel.

Also fahret denn hin, ihr wonnigen Wägen alle, gemieden sei fortan geile Rasanz, unkeusches Fahrverhalten und eitles Design. Noch kleiner, noch schwächer, noch leichter sei künftig die Devise, und am Ende des kargen Pilgerweges stehe ein Auto, das kein Auto ist, sondern ein Kleinmotorfahrzeug. Aixam heißt das Objekt mobiler Askese. 5,4 PS nehmen die Herausforderung an, 350 Kilo Polyäthylen und Aluminium zu bewegen, 72 Kilo Komarek und weit über hundert Kilo Peter Kumpa, weil er sich schon wieder mit einem stämmigen Stativ und vermutlich waffenscheinpflichtigen Objektiven abschleppt. Aber was soll's. Früher waren die besseren Leute sechsspännig auch ganz flott und nobel unterwegs.

Noch entbehrt die Szene allerdings jeder Dynamik. Der Aixam steht da wie ein Kleinauto, das in der Wäsche eingegangen ist, und schaut mit winzigen Knopfaugen aufmüpfig ins ziemlich graue Morgengrauen. Vorsichtig klappen wir ihn auf, man will dem vierrädrigen Weichtier ja nicht wehtun, noch dazu wo die Betriebsanleitung unter anderem davor warnt, ihn mit Nagellackentferner, Terpentin oder gar Naphthalin zu säubern, weil ihn das verformen könnte. Hinten verblüfft ein geradezu erwachsener Kofferraum, mittendrin beruhigen zwei menschenwürdige Sitze, und was da zwischen den Vorderrädern hängt, muss wohl unter anderem der Motor sein. Wir nehmen Platz, zur Demut gereift und zur Entbehrung bereit, obwohl wir in einer letzten Aufwallung automobilistischer Dekadenz das Spitzenmodell 400 SL gewählt haben. SL wie Superluxus, und ein paar Extras mussten es auch noch sein. Verhalten schimmerndes Wurzelholzimitat und feine Textilien vermitteln jene stilvolle Arroganz, ohne die echte Bescheidenheit nun einmal nicht auskommt. In transparentem Orange leuchten die Ziffern auf der edel mattierten Aluminiumoberfläche von Bordinstrumenten der Marke Jaeger, und getönte Scheiben filtern das Licht. Zigarettenanzünder, Radio, Zentralverriegelung mit

Fernbedienung und elektrische Fensterheber machen sich auch recht hübsch und die rechte Sonnenblende trägt sogar einen Make-up-Spiegel. Rechts sitzen nämlich selbstverliebte Frauenzimmer oder bekanntermaßen nicht minder eitle Fotografen.

Wer einen Aixam pilotiert, ist hingegen Manns genug, der Welt unreflektiert die Stirn zu bieten. So einem ist dann auch das unerschrockene Starten des Motors zuzutrauen. Da tut sich nämlich so allerhand. Zwei Zylinder teilen sich 276 cm^3 Hubraum, doch das tun sie nicht wirklich unauffällig. Der japanische Kubota-Dieselmotor, bewährt als stationäres Antriebsaggregat für Maschinen oder auch als Kraftquelle für Bonsai-Bagger, freundet sich mit seiner mobilen Existenz nur unwillig an, nagelt und poltert, rüttelt und bebt. Auch die Keilriemenautomatik seligen DAF-Angedenkens fügt sich vorerst nur jaulend, wimmernd und aufsässig singend ins Tagwerk. Doch haben sich Motor und Kraftübertragung erst einmal warmgelaufen, brabbeln sie zwar noch immer unüberhörbar, doch recht versöhnlich vor sich hin. Lässig wählt der Herrenfahrer für einen zünftigen Kavaliersstart die Position vorwärts, stellt den linken Fuß außer Dienst und gibt mit dem rechten Vollgas. Der Aixam stößt hinterwärts ein kokettes Dieselwölkchen aus, hoppelt unschlüssig und beschleunigt dann zügig bis zur Höchstgeschwindigkeit: in 15 Sekunden von 0 auf 45. Na bitte. Fröhlich traben seine fünfeinhalb Rösser im städtischen Verkehrsstrom, und alle anderen, die schneller unterwegs sind, werden schon sehen, wohin sie kommen mit ihrer gesetzesbrecherischen Raserei.

Aber der Stadtverkehr ist erst der Anfang. Wir haben ein ernsthaftes Reiseziel vor Augen: die Passhöhe der Semmeringstraße, gefürchtet schon in den Anfangstagen des Automobilismus und auch heute noch schaudernd respektiert, wenn im November Schnee fällt und die Sommerreifen Schlitten fahren. Doch zwischen Stadtgrenze und Semmering liegt ein weites Land, erst noch weinhügelig, dann aufdringlich eben und durchschnitten von einer lähmend geradlinigen Bundesstraße. Angesichts dieser wenig reizvollen Distanz beschleunigen jene Autofahrer, zu denen der Peter Kumpa und ich gestern noch gehörten. Nun aber fühlen wir uns bei 45 Stundenkilometern von einer unsichtbare Hand zurückgehalten, und nichts geht mehr. Das heißt: Es ginge schon. Der wackere Kubota-Dieselmotor brächte nämlich auch 10 PS zuwege und dann flöge uns die Welt bei atemberaubenden 75 Stundenkilometern um die Ohren. Aber dann wäre der Aixam ein Auto mit Führerscheinpflicht und all den anderen lästigen Begleiterscheinungen.

So fügt man sich eben fein drein, ganz rechts am Straßenrand. Nicht selten ist im Rückspiegel eine beachtlich lange Autokolonne wahrzunehmen, und über den Köpfen der Fahrerinnen und Fahrer sieht unsere ängstlich überreizte Phantasie prall gefüllte Denkblasen ätzenden Inhalts schweben. Doch das geht vorbei. Allmählich stellt sich Gelassenheit ein. Wer hat den Wettlauf gewonnen? Der Hase oder der Igel? Wer es eilig hat, soll sehen, dass er auf die Autobahn kommt, dort ist er überdies vor unsereinem sicher. Wir hingegen brauchen uns erst gar nicht damit abzugeben, die Langsamkeit zu entdecken, wir sind ihr ausgeliefert.

Außerdem ist uns vorher nie aufgefallen, was es da alles gibt, zwischen Wien und dem Semmering: Guntramsdorf und Traiskirchen, Oyenhausen, Günselsdorf, Sollenau, Felixdorf, Theresienfeld und Wiener Neustadt. Hier gehören wir wenigstens wieder zum Verkehrsstrom, und überholt uns einer frech, sieht man sich bei der nächsten Ampel wieder. Es ist ja auch nicht so, dass wir nicht doch recht zügig vorangekommen wären, doch im Aixam hat eben mehr Zeit in einer Stunde Platz, viel mehr. Und dann diese Neunkirchner Allee. Früher ist es hier noch abenteuerlich zugegangen. Ein charmanter Zwitter aus Bordell und Autobahnraststätte verführte zu rasanten Einparkmanövern, und irgendwo am Straßenrand stand prall und sündhaft die Rote …, na wie hieß sie doch gleich, und lehrte auch hartgesottene Fernfahrer das Fürchten.

Heute hat das dereinst längste schnurgerade Straßenstück Österreichs mit einem betulichen Kreisverkehr in der Mitte seinen Superlativ verspielt. Wir wappnen uns indes mit Gleichmut, der Aixam dieselt verhalten vor sich hin, und was da schemenhaft links an uns vorbeizischt, ist vermutlich Autoverkehr. Gloggnitz sagt irgendwann der Peter Kumpa, und es klingt so, als hätte Amundsen gesagt: Meine Herren, der Südpol. Mir hingegen ist solcher Pathos fremd und ich zitiere, um uns auf das unweigerlich Kommende vorzubereiten, aus frühen und entsprechend abenteuerlichen Reiseberichten. Schon Anfang des 17. Jahrhunderts schickte sich ein gewisser Martin Zeiller an, den Semmering zu bezwingen, und nahm vorerst Quartier im Gasthaus Zur Goldenen Krone in

Schottwien. Dort erzählte ihm der Wirt mit warnendem Unterton von einem, der „ein Tag zuvor daselbst bei seiner Magd geschlafen", anderntags aber von tätiger Reue ergriffen wurde und sich „die Testiculos mit seinen aignen Händen auseinandergerissen habe", und von einem anderen, der sich „auch wegen Hurerey" zerknirscht „das männlich Gliede abgeschnitten".

Dermaßen vor Unzucht gefeit, nahm Zeiller den Semmering, „allda die Ochsen das beste thun müssen", mit unverbrauchter Kraft und frischen Mutes in Angriff.

An die drei Jahrhunderte später, nämlich 1910, wählte dann der Österreichische Automobilklub die Strecke Gloggnitz–Semmering, um „das tüchtigste Bergautomobil" zu ermitteln. Damit begann die stolze Geschichte der Semmering-Rennen. 1910 jagte jedenfalls Ernst Jellinek seinen 24-PS-Daimler in 25 Minuten und 26 Sekunden auf die Passhöhe, während der Zweitplatzierte, Graf Gyulai – auch mit einem Daimler, aber mit 7 PS – 41 Minuten und 1 Sekunde brauchte. Eine gute Vorgabe für den Aixam. Wir nehmen aber keine Stoppzeit, weil uns die Autobahn zu einem frommen Umweg über Maria Schutz zwingt. Doch immerhin: Nie sinkt das Tempo unter 35 Stundenkilometer und die meiste Zeit über teufelt der Kleine mit forschen Vierzig bergwärts.

Auf der Passhöhe gibt es das Hotel Post, alt und liebenswürdig. Der Wirt, Bäcker von Berufung, zieht täglich die besten Salzstangerln Österreichs aus dem Ofen, außerdem gibt es Rindfleisch mit Kochsalat und Erbsen in urgroßmütterlicher Qualität. Während wir also an Lebendgewicht zulegen, steht der Aixam vor dem Fenster und scheint im steten Herbstregen zu einer blauen, possierlichen Nichtigkeit zu schrumpfen. Wir haben aber später, satt und schwer, noch immer darin Platz, jagen zügig zum Panhans hoch, um zu demonstrieren, wohin der Zeitgeist weht, und stürzen uns anschließend in die schauerlichen Abgründe der Adlitzgräben, gewillt, Wien in regengepeitschter Nonstopfahrt in denkwürdig kurzer Fahrzeit zu erreichen. Schneidig nehme ich die engen Kehren talwärts und mein Beifahrer freut sich über den Haltegriff – auch so ein Luxus-Zubehör. Außerdem fällt mir ein, dass unter dem Weichplastik noch eine Sicherheitszelle aus Aluminium steckt: Crash-Tests hat der Aixam mit Bravour bestanden. Wir wollen es trotzdem nicht darauf ankommen lassen.

Nach ein paar unterhaltsamen Kilometern dehnt und streckt sich dann hämisch die Bundesstraße. Peter Kumpa resümiert elegisch: Immerhin haben wir heute schon einen Sportkinderwagen, zwei Traktoren und einen Radfahrer überholt.

Ich nehme das schweigend und irgendwie mürrisch zur Kenntnis und betrachte die Tachonadel, die bei fünfzig festgelötet ist: eine unverschämte Übertreibung. Nach einer kleinen Ewigkeit gibt es ein Wiedersehen mit Wiener Neustadt, ein paar Äonen später spenden die ersten Weingärten Trost und endlich, zu alterslosen Greisen ergraut, erblicken wir stumm und ungläubig die Ortstafel von Wien. Doch wir waren nur lächerliche zwei Stunden und siebenundzwanzig Minuten unterwegs. Einer flotter Teufelskerl, der Aixam.

In Perchtoldsdorf wartet mein Twingo. Saalartige Weite umgibt mich in seinem Inneren, 55 rassige Pferdestärken scharren seidig summend mit metallenen Hufen: Kraftvergeudung, wahnwitzige Beschleunigung, ein nicht enden wollender Rausch der Geschwindigkeit.

Aber den Aixam werde ich trotzdem nie vergessen.

LUSTREISEN

My home is my Leuchtturm

So um zwei Uhr früh, der schlafende Mensch ist eben dabei, als Schwan verkleidet Lohengrins Stiefschwester ins Gefieder zu zerren, bebt plötzlich die Luft, bebt überhaupt alles, und ein gewaltiger Urschrei, dumpf und klagend, irrt übers düstere Meer. Der schlafende Mensch, nicht willens, wegen solcher Lappalien aufzuwachen, steckt dem Schwan ein Nebelhorn in den Schnabel und schon gehört er zu denen, denen alles ein wenig leichter fällt.

Nebelhörner brüllen ungeniert drauf los, das lässt sich besser träumen als ein tropfender Wasserhahn. Zwischendurch ein wenig wach geworden, macht dann der Gedanke an den guten alten Leuchtturmwärter wieder müde, der erst einmal in dicken Kesseln Luft komprimieren musste, um diese dann so alle halben Minuten mit einer nervigen Drehung am Handrad ins Horn zu stoßen.

Heutzutage wird elektronisch gesteuert gestoßen, ein bedauerlicher Verlust an Sinnlichkeit, doch das Ergebnis klingt immer noch eindrucksvoll. Auch der Leuchtturm leuchtet ferngesteuert, die Wohnung des Leuchtturmwärters, einst Hort hehrer Pflichterfüllung, darf gegen Entgelt auch von Leuten bewohnt werden, die nichts im Sinn haben, als nichts zu tun. Also wird weitergeschlafen, das Nebelhorn wird zur Schalmei erklärt und der Schläfer zum einsamen Wolf, der mit den Wikingern zur See fährt, wenn er nicht gerade Lord Nelson beißt.

Wie man mithin deutlich sieht, ist es eine ganz alltägliche, höchst vernünftige Angelegenheit, in einem Leuchtturm zu wohnen. Auch die Anreise ähnelt durchaus einer Fahrt auf den Kahlenberg: fast. Man fliegt erst einmal nach London um nachzuprüfen, ob es vormittags noch immer kein Bier in Heathrow gibt. Ätsch, es gibt eins, ein alkoholarmer Bastard, schmeckt wie flüssiges Hustenzuckerl mit einem Hauch Kernseife. Dann düst man Richtung Glasgow, schaut krampfhaft weg, weil es nun einmal keine Stadt zum Hinschauen ist, fährt mit dem Zug nach Inverness, wo sich Schottland mehrmals täglich aufs Karierteste inszeniert, und pirscht sich mit dem Autobus ans nette Ullapool heran, wo Caledonian MacBrynes dickbäuchige Fähre dümpelt.

Seefahrt tut not, das weiß man aus der Geschichte, außerdem sind Entfernungen dazu da, erfahren zu werden. Wäre man der Versuchung anheimgefallen, gleich mit dem Flugzeug nach Stornoway zu quirreln, wüsste man nicht, wie äußerst weit außen die Äußeren Hebriden sind. Stornoway ist dann auch eine Hafenstadt, die dem Wasser mit nicht viel weniger Whisky die Stirn bietet und mit Trawlers Rum, der den Seegang auch zu Lande garantiert. Tags darauf wird ein Bus bestiegen, mit Bedacht und Beharrlichkeit rührt der Driver im Getriebe, und hat er dann wirklich einen Gang gefunden, dieselt er los, durch die flache, wellige Insel Lewis hinüber auf die gebirgige Insel Harris, nach Tarbert, wo schon wieder Caledonian MacBryne anlegt, allerdings von der Insel Skye kommend. Irgendwie sollte man es dann schaffen, die paar Kilometer zum Anlegeplatz der nächsten Fähre, der zur Insel Scalpay, hinter sich zu bringen, vielleicht indem man einen der freundlichen Einwohner von Tarbert davon überzeugt, dass er im Grunde seines Herzens doch eigentlich Taxifahrer ist. Dann hört die Welt auf, eine zweite, kleinere, liegt in Sichtweite, Scalpay, jene Insel, von der der Taxifahrer in Stornoway behauptet hat, er kenne sie, und, näher befragt, zur umfassenden Antwort ausholte: Scalpay, das ist …, nun ja – eine Insel.

Nach ein paar Stunden kommt die Fähre, pünktlich, als sei sie die Zürcher Straßenbahn, nach ein paar Minuten ist Scalpay erreicht. Eine Straße, die einzige, führt ins Innere, in ein Dorf mit dem aufschlussreichen Namen Outend. Dort sitzt vermutlich seit Tagen Mr. Robert Ford-Sagers am Straßenrand und harrt seiner Gäste. Man darf sich mit seinem Geländewagen ins Gelände wagen, und wenn aus dem Gelände dann endgültig Sumpf geworden ist, steigen Bob und die Koffer in ein dickrädriges Amphibien-Fahrzeug um. Der kühne Reisende zückt den Wanderschuh oder die Wellingtons, die famosen Gummistiefel, und gedenkt watend des Dichters: Gar seltsam ist's, übers Moor zu gehen …

Nach einer erfrischenden Stunde legt Bob seinen mechanischen Moorkäfer lahm und zeigt triumphierend nach vorne: Dort ragt er nämlich, wie er nun einmal zu ragen hat, der Leuchtturm. Und, das war ja zu befürchten, er ragt in Rot-Weiß-Rot. Diese Farbgebung adelt ihn in der Hierarchie der Leuchttürme und es adelt ihn auch sein Alter. 1787 errichtete das Northern Lighthouse Board – „northern", um nicht „english" oder gar „scottish" sagen zu müssen – den ersten Leuchtturm: Kin naird Head. 1789 begann auf der sehr kleinen Halbinsel der kleinen Insel Scalpay, Elean Glas, ein Leuchtturm zu leuchten, ein bescheidenes Bauwerk aus Holz, die Lampen mit Walöl beschickt. Elean Glas ist der gälische Name für Glasinsel. Wer sein Gälisch auf die Spitze treiben möchte, schmücke sie noch mit dem Universalwort „slaint", nämlich Prost. Doch zurück zum Turm. Wenn die Stevensons nicht gerade Dampflokomotiven bauten oder Bestseller schrieben, pflanzten sie Leuchttürme in die Gegend. Elean Glas ist teilweise ein Werk des Großvaters von Robert Louis Stevenson, der seinen TV-gerechten Romanhelden David Balfour ganz bewusst in diesen heimtückischen Gewässern, im Little Minch nämlich, Schiffbruch erleiden ließ. Sein Bett war von da an das Bett des Moorhuhnes. Heutzutage sollte man allerdings literarische Verneigungen nicht mit sklavischer Nachahmung verwechseln. Die Betten im Leuchtturm wären selbst sehr degenerierten Moorhühnern zu clean. Auch die Gefahr zu verhungern oder zu verdursten ist gering. Robert, der britische Aussteiger, den es samt Brenda hierher verschlagen hat, oder Robert, den Brenda hierher verschlagen hat, beweist täglich, dass Self Catering nicht die letzte Möglichkeit einer unbefriedigten Katzendame ist. Sein Store, well stocked, versteht sich, ist eine handliche, verschrobene Schatzkammer, in der man Whisky und Lachs kaufen kann, Butter aus Neuseeland und Käse aus Dänemark. Natürlich gibt's auch Klopapier.

Es ist übrigens keineswegs nötig, den Leuchtturm als ultimativer Sonderling zu bewohnen. Erst ein paar Monate ist es her, da stapfte unverdrossen und heiteren Gemüts eine nette ältere Dame durchs Moor, ein Cello mit sich tragend, dessen Saiten sie in den folgenden Wochen mit leuchtturmgerechter Hingabe strich.

Nun denn, Elean Glas ist entdeckt, das Ölzeug hängt am Haken, der Eintopf schmurgelt auf dem sanften Treibholzfeuer, das Herz, das herzhafte, ruft zur Tat. Taten werden in besseren Kreisen zur Nacht begangen, und diese ganz Besondere trägt den Titel: Aus dem Terminkalender eines Menschen ohne Kalender und ohne Termine.

Abend … sieben Uhr. Der Sturm von gestern hat sich gelegt. Feiner Nieselregen stäubt durch die Reste von Wind, Nebel hängt in den Hügeln, die kleine Insel scheint unendlich groß zu sein. Nur eine schmale Landbrücke trennt Elean Glas von Scalpay, oft genug hat das Meer in boshafter Laune Schilfe drübergeworfen – niedlich ist hier nichts. Aber das Leben hat Freude am Leben. Die Schafe hier sind mehr als blökende Pullover, sie sind die wolliger Lords und Lairds, auch im Tode, wenn sich wieder einmal eins im Moor zu Ende gekämpft hat. Es ist, bei aller Grausamkeit, ein sanftes Ende, ein stilles Beginnen des langen Wegs zum Torf, der dann in den Häusern glost, die Kälte vor die Tür jagt und als feiner, würziger Rauch über den Dächern wohnt. Im Gras liegen dicke Büschel Schafwolle. Die Schafe auf Elean Glas werden kaum noch geschoren. Der alte Mann, dem sie gehören, ist krank, er freut sich, dass er sie hat, das ist sein Leben.

Acht Uhr … Ein Schiff ist angekommen, ein schöner Einmaster, die Penelee, die Skipper brauchen Nahrungsmittel, Whisky und so. Es ist sehr hell. Die Wolken lösen sich von den Nachbarinseln Lewis, Harris und Skye, das Meer ist ruhig, die sanften, grauen Wellen tun so, als hätten sie die Uferfelsen nie zerbrochen, zernagt, gezeichnet. Und die Uferfelsen tun das ihre: Wie müde, alte Hände reichen sie in grünen Wiesenärmeln dem Meer einen gelassenen Gruß.

Neun … Es ist taghell. Die Schafe liegen als majestätische Wollhaufen im nassen Gras, der Wind jagt spielerisch – kann sein, er meint es auch ernst – Wolken vor sich her, dazwischen ist der Himmel blau, fast versehentlich, aber nicht zu übersehen. Eine Ahnung von Sonnenschein berührt flüchtig die Felsen und die grasgrünen Hügel. Das Meer hat freundliche Sonnenstreifen.

Zehn … Der Himmel wird hell und bunt, beginnt mit der Inszenierung eines Feenspiels: Geflügelte Götter stürmen durch leuchtende Wolkengebirge, schießen Lichtpfeile auf düsteres Ungetier ab und sind ganz bestimmt nicht wirklich. Die Nachbarinseln liegen wie schöne, klare Kulissen da. Und die Schafe sind immer noch munter.

Elf … Die Welt ist nicht mehr ganz so freundlich, aber noch schweigt das Nebelhorn. Es ist hell, aber die Schafe sind weg, liegen wollig in ihren dunklen Torfbetten, in Gräben und Spalten. Das Meer leuchtet im Osten in sanften Bronzetönen, blaugrau im Westen, der Leuchtturm zündet die Lichter an, lautlos und verlässlich rotieren sie. Der Wind wird stärker. Es ist noch immer sehr hell, obwohl der Tag vorbei ist, es ist noch immer nicht dunkel, obwohl die Nacht kommt. Das Meer bewegt sich sanft und träge, es trägt Dunkelgrau. Die Möwen schreien noch, eine Robbe taucht auf, hier lebt sie auch ohne Greenpeace. Es hat aufgehört zu regnen. Zwei andere Signalfeuer werden sichtbar: auf den Shiant Islands und Sgeir Inoe –

dort wird vor Unterwasserfelsen gewarnt. Langsam verschwinden die Farben, Wiesen werden hellgrau, Felsen dunkelgrau.

Mitternacht … Recht dunkel, aber heller als in mondhellen Nächten. Der Mond ist unbekannten Aufenthalts, die Grenze zwischen Meer und Wolken verschwindet. Irgendwo, verborgen in den tiefschwarzen Schatten, schlafen die Schafe. Die Flut hat ihren Höhepunkt erreicht.

Ein Uhr früh … Es ist fast dunkel. Die Strahlen des Leuchtturmes sind schön zu sehen, drei Finger, die behutsame Schlaglichter auf das Meer werfen, auf die felsige Küste, auf das grasige Land. Es dauert etwa 20 Sekunden, bis der erste Strahl wiederkommt.

Schön, dass es Leuchttürme gibt, die mit Licht und Geräusch Botschaften zu versenden haben, für Schiffe, die noch nicht auf elektronischen Schienen unterwegs sind. Immer noch ist die Landschaft zu erkennen, hell-dunkel strukturiert. Das Meer ist unruhig geworden, die Penelee im kleinen Hafen schaukelt heftig. Die Vogelstimmen sind verstummt. Jetzt taucht der Sensor des Nebelhorns in den Dunst. Es wird eine laute Nacht.

Zwei Uhr früh … Nacht? Ja, doch, irgendetwas in dieser Art. Nicht ganz dunkel, auch ohne Mond sind die Gebäude klar zu erkennen. Der Wind ist ziemlich wütend geworden, ich bin aufs Nebelhorn geklettert, der besseren Aussicht wegen; sollte es blasen, werde ich als Yul Komarek nach Wien zurückkehren. Hinter den helleren Wolken ist Sonne zu erahnen, oder ein doch noch aufgewachter Mond.

Drei Uhr früh … Es wird merklich heller. Noch sind die Strahlen des Leuchtturms zu sehen, die Ufer haben ihr Gesicht wieder, die Nachbarinseln tauchen aus der Dämmerung. Schon möglich, dass es Sonne geben wird.

Vier Uhr früh … Es ist sehr hell, der Wind ist eingeschlafen. Grün ist nicht mehr grau, sanftes, schattenloses Licht malt das Meer silbern, bronzen, grau und grün, in einer blendend hellen Fläche schwimmt ein Fischerboot.

Fünf Uhr früh … Der Tag ist da. Die eine Himmelshälfte heiter, die andere dunkelgrau. Auch die Sonne ist da, brennt der schwarzen Wolkenbank über Shiant rote Ränder, reißt in den düsteren Vorhang über Harris zwei grelle Fenster, malt den Himmel bunt und stellt den Leuchtturm in ein heiter-kitschiges Szenarium, mit allen Regenbogenfarben.

Sechs Uhr früh … Das Meer ist aus Silber und aus Gold, gebündelte Sonnenstrahlen wecken die Inseln Harris und Lewis auf, ein Frühaufsteher unter den Schafen, ein geländegängiger, ist die Klippen hinunter zum Meer geturnt und schlägt sich den Wanst mit Algen voll. Licht tanzt auf der spielerisch bewegten Wasserfläche, helle Streifen strukturieren die Unendlichkeit, Licht bricht zwischen Wolken durch, macht Wolken durchsichtig, lässt sie leuchten. Der Leuchtturm ist eingeschlafen. Jetzt darf er träumen, von Inseln, die wie lichterfüllte Feenschlösser über dem Meer schweben, von Inseln, die träge wie dunkle, urweltliche Ungeheuer im Grau schwimmen, von Inseln, die errötend ihre Blößen zeigen. Lichtgarben zünden Farben an, die Träume beschämen, der Himmel ist ein zweites Meer, lebendig, bewegt und leuchtend, das Wolkengrau darüber ist ein zweites Land, dicht und scheinbar fest.

Sieben Uhr früh … Die Sonne ist weg. Nur helle Wolkenflecken lassen sie erahnen. Gleichmäßiges Grau liegt über den grünen Buckeln.

Acht Uhr früh … Ein frischer, klarer Tag, ein schöner Morgen, ohne Sonne, aber mit viel Licht. Das Nebelhorn schweigt. Der Leuchtturmwärter schweigt auch, weil er nämlich eine Pfeife im Mund hat und außerdem ein Bett im Kopf. Morgen oder heute, gleichviel, wo es doch kaum Tag oder Nacht gibt, wird er der Stille nachspüren, seine Schritte im nassen Torfgrund schmatzen hören, den Schafen alles Gute wünschen, weil sie's verdienen, mit den Möwen schwatzen oder mit Donald, dem schottischen Seebären, der nur zu gut weiß, dass die Welt nicht größer ist als Scalpay.

Husumer Nachrichten

Schön, so spät im Jahr wegzufahren. Die Straßen sind regennass, aber die Luft riecht nach Schnee. Der Flughafen liegt ein wenig verloren im schattenlosen Morgenlicht, Flugzeuge verlassen wie beiläufig den Boden, ertasten ihre Ziele, landen, als wären sie kaum geflogen. Der Hamburger Hauptbahnhof hat sein Gewicht an den Nebel verschenkt, die Züge sind Schiffe, die sich ihrer Räder schämen.

Der Zug nach Husum lässt ein paar Stunden auf sich warten, frühe Dämmerung verwischt die Bilder, kalt ist es und feucht, die Lichter haben unscharfe Ränder. Einsteigen, mit steifen Fingern den Mantel aufknöpfen, hinsetzen. Die Fingerspitzen berühren das kalte Glas der Fensterscheibe, die aufsteigende Warmluft der Heizung riecht noch immer nach jenen sehr vergangenen Tagen, da man als angehender Wüstling alleinreisende Mädchen in laszive Gespräche zu verwickeln versuchte. Diesmal sitzt ein dicker Herr gegenüber, verzehrt eine Wurstsemmel und liest dazu einen Ärzteroman. Hamburg-Altona schaut durchs Waggonfenster, Elmshorn, Itzehoe, Heide, dann Husum.

Schön, in der Nacht anzukommen, wenn die Stadt daliegt wie eine Freundin, zu der man im Dunkeln unter die Decke schlüpfen darf. Ein wenig kennenlernen möchte man sie ja doch noch, bevor der Schlaf und die Träume kommen. Die Straßen sind leer, es regnet kaum, die Häuser haben gelbe Augen. Da ist auch schon der Marktplatz, ein paar Schritte weiter der Hafen: eine Stadt für die hohle Hand. Man nimmt sie mit ins Bett und fragt, so vor dem Einschlafen, ein wenig eifersüchtig, wie das denn wirklich war mit diesem Theodor Storm. Hat er Husum geliebt, benutzt oder beides? Wer hat wen geprägt? Es kommt keine Antwort, wer sollte sie auch geben, Husum schläft.

Der Morgen kommt früh, weil er ein nordfriesischer Morgen ist, auch wenn es noch dunkel scheint, bricht der Tag an, es gibt eine Menge zu tun, und so gegen zehn sollte alles Wesentliche eigentlich erledigt sein. Dann bleibt genügend Zeit dafür, das Leben gemächlich und schweigend zu drehen und zu wenden, den inneren Menschen so einzurichten, dass er nicht in Gefahr kommt, je aus dem Gleichgewicht zu geraten. Ein paar Fremde treiben wie welke Blätter über den Marktplatz, eben erst einer langen, feuchten Nacht entronnen. Sie grölen nur verhalten, man weiß, was sich gehört, und erklettern zur Krönung ihrer Ausschweifungen den Brunnen, um Tine unter die Röcke zu schauen, jener strammen Halligfriesin, die seit 1902 in vorbildlicher Haltung und ohne das Ruder loszulassen nach ihrem Fischer Ausschau hält.

Der städtische Alltag bleibt davon unberührt. Husum fährt Rad: zur Schule, zum Supermarkt, zum Arbeitsplatz. Der Gast findet sich in einer Familie wieder, in der er zwar willkommen ist, doch niemand macht viel Aufhebens um ihn. Nach dem Frühstück geht jeder seiner Wege. Die Stadt bietet sich dar, bescheiden, selbstbewusst, spröd und verwirrend ehrlich. Um den Marktplatz stehen die Giebelhäuser wie Bürger, die Bankgeschäfte vorhaben: gediegen, doch nicht herausgeputzt. Das alte Rathaus zum Beispiel und das Herrenhaus, in dem der Gottorfer Herzog den seltenen Husumer Taler prägen ließ. Als die Herren bürgerlicher wurden, braute man hier Bier, doch auch damit ist es vorbei. Theodor Storms Geburtshaus steht da, 1817 kam der Dichter zur Welt, ziemlich genau um Mitternacht, Mutter Storm meinte, es sei noch der vierzehnte September gewesen, der Probst glaubte an den fünfzehnten, obwohl er doch gar nicht dabei war.

Unmerklich wird der Markt zur Straße, zur Großstraße, ehedem Husums noble Adresse mit den stolzen Häusern der Handelsherren, heute stehen nur noch ein paar alte Kaufmannshäuser, dazwischen macht sich die Gründerzeit breit und der Gegenwart blieb es vorbehalten, mit Plastikfensterrahmen aus dem Rahmen zu fallen. Aber es ist alles halb so schlimm, Husum hat Pickel, aber noch immer ein liebes Gesicht.

Die schmälere Krämerstraße führt zum Hafen. Die Stadt lässt diesen Hafen tief in sich eindringen, und er tut es sanft, im langsamen Rhythmus der Gezeiten. Die Verbindung von Stadt und Meer ist innig, ernsthaft und sinnlich. Die beiden leben miteinander. So ganz ohne Probleme geht das natürlich nicht. Der Binnenhafen ist bedeutungslos geworden, mit ihm sind es die alten Hafenanlagen und Speicher. Ein paar Fischlokale haben sich eingenistet und ein alternatives Veranstaltungszentrum, nicht allzu alternativ, das trägt man hier nicht. Auf der anderen Hafenseite steht der Neubau des Rathauses, dessen Architektur, so meinen manche Bürger, schlimmer sei als der dritte Weltkrieg. Das Geschäft hat der moderne Außenhafen an sich gezogen, hier liegen die meisten Fischkutter, wird Getreide ausgeführt und Kunstdünger eingeführt. Sogar eine Schiffswerft gibt es in Husum, schon seit Jahrhunderten, und seit es neue Hafenschleusen gibt, können auch dickere Pötte zu Wasser gelassen werden.

Zeit für ein Mittagsmahl nordischer Prägung. An der Hafenbrücke für die Eisenbahn liegt der kleine Fischmarkt, da stehen Bürger und Gäste unerschrocken im waagrechten Regen, führen, neidisch beäugt von dicken Seemöwen, Krabbensemmeln zum Munde und schauen auf den Hafen, der Ebbe hat, ein schmales Rinnsal quält sich durch den Schlick. Nach erfrischender Rast führt der Weg in die Altstadt, die sich an den Binnenhafen schmiegt. Krumme Gassen, krummes Pflaster, Storm-Gedenkstätten, kuriose Museen und in der Rosengasse die Rosenbar: Husum ist Hafenstadt und der Seemann soll nicht darben. Allerdings hat auch die Sünde bürgerliches Maß, wie man es in der Stadt des etablierten, geachteten Beamten und Poeten Theodor Storm erwarten darf: Amtsgerichtsrat, Gründer eines angesehenen Gesangsvereines. Allerdings auch Ehemann einer Constanze, deren erotisches Phlegma es zulassen wollte, die leidenschaftliche Dorothea als Dritte dem Ehebunde einzuordnen, dem Dichter mit kaum entfalteter Jugend gefällig, von schmiegsamer Hingabe und einer demütig abwartenden Treue. Husums Welt blieb dennoch heil, Dorothea entsagte, die Gattin, nunmehr auf das Innigste geliebt, entschlief, Dorothea hatte wieder Platz an seiner Seite, doch nun war es wirklich eine Ehe zu dritt: Constanze blieb allgegenwärtig.

In der Wasserreihe 31 steht das Haus, in dem der Dichter viele Jahre gelebt hat. Ein ordentliches Haus, behaglich, gediegen, ohne zu protzen. Knarrende Holzböden, die Bretterdecke als schlichtes Spiegelbild. Nur das „Poesiestübchen“ legt Wert auf geschnitztes Dekor, spiegelt das Selbstverständnis des Dichters. So, träumte das Nordseestadtkind Storm, wird der große alte Storm einmal sitzen, schreiben und unsterblich werden. Man ist versucht, an die Gartenlaubenidylle zu glauben, an den ordentlichen Bürger, der auch ein Querkopf war, ein antiklerikaler, ein politischer Feuergeist, vor allem aber ein Träumer.

„De ole Storm“, der tüchtige Vater von umfassender Humorlosigkeit, bar jeder Phantasie, hat allerdings nie begriffen, wen er da wirklich gezeugt hat, und die graue, enge Stadt Husum hat zwar ihren

Dichter geprägt, wurde durch ihn aber nicht verändert. Storms unermüdliche „Husumerei" – so Theodor Fontane – blieb ohne Folgen für die Heimat. Seine Bücher standen ungelesen in der städtischen Leihbücherei und selbst nach seinem Tode, da ihn alle Welt rühmte, wird von einem Husumer Buchhändler berichtet, der schlichtweg leugnete, dass Storm je Gedichte geschrieben habe. Er hat ja doch: „Der Jugend Zauber für und für / ruht lächelnd doch auf Dir, auf Dir / Du graue Stadt am Heer", reimt Storm entschuldigend. Hier hat er seine Wurzeln. Hier hat er die finsteren Geschichten von Erntekindern und Sargfischen gehört, von Luftgeistern und Klabautermännern, hier, in der seltsamen Zwischenwelt aus Land und Meer, mit ihrer unausweichlichen Verbindung, träge, leidenschaftlich und bedrohlich, wächst ein krauses, ernstes Behagen, unverwechselbare Stimmung. Ganz ohne Zweifel ist Husum eine Stadt für Kinder jeglichen Alters, eigenartig, heimelig, verschroben, abenteuerlich. In der dunkleren Zeit leuchtet sie noch intensiver von innen, kalter Wind und nasser Nebel lassen die kleinen Welten in den Häusern freundlich glühen.

In Husum gibt es auch immer noch Gestalten, die Kindern gefallen können, Helmut Schwermer etwa, ein kleiner, sonderlicher Mann, vor seinem Rollkragenpullover baumelt ein gewaltiger Bernsteinklumpen. Ein weitgereister Mann, mehrmals in Amerika gewesen – freiwillig, auch in Russland – unfreiwillig. Gehandelt hat er da wie dort, hauptsächlich mit Tabak und Rauchutensilien. 1973 ist er nach Husum gekommen, hat einen wunderlichen Flohmarkt eröffnet, ein Kaffeehaus voller Trödelwaren und Kunst. Später kam ein Tabakmuseum dazu und ein Kindermuseum. Der Sammler zeigt seine Schätze her, überfüllte Räume ohne erkennbare Ordnung. Wer hier zu stöbern beginnt, begibt sich gleichsam in das große Abenteuer, den wohlbestückten Dachboden eines uralten Hauses zu erobern. Da hängt der Klootstock, mit dem die Friesenkinder Wasserläufe, die ihren Schulweg kreuzten, übersprangen, steht in weiß emaillierter Unschuld das „Bidet für die weibliche Jugend um 1900", informiert eine Schautafel über die nordische Rasse und lockt Spielzeug in unerschöpflicher Vielfalt. Ist das Kind im Manne zufrieden, darf auch noch der Mann im Kinde fündig werden, entdeckt die Raucherzeugungsmaschine für nichtrauchende Imker, den Rauchtisch des Rauchclubs „Vesuvio" Husum 1880 und und und.

Herr Schwermer ist wohlhabend geworden, hat viele Häuser, eines bekommt sein Sohn, weil er ein so guter Junge ist. Rechtschaffenheit allenthalben.

Um die Mittagszeit reißt der Nebel auf, hellblauer Himmel wird sichtbar, sprödes Sonnenlicht wischt über die Dächer. Jetzt führt der Weg aus der Stadt, unvermutet und übergangslos hört sie auf, neben dem letzten Haus steht die erste Kuh. Auf dem Deich versammeln sich Schafe, nordfriesische, nicht wollig-heiter wie die unseren, nicht heroisch-zottig wie die schottischen, eher vierschrötig, sanft und stur, mit dem Gesichtsausdruck von Vorstandsdirektoren nach dem Geschäftsessen. Ein kleiner Husumer hat einen toten Seevogel gefunden. Begeistert spießt er ihn auf einen Stecken. Nee, sagt der Vater, will ich nicht haben. Eine alte Dame, adrett und sportiv, radelt einher, schaut zärtlich über das öde Marschland und sagt so laut, dass es auch wirklich alle hören: Gott, ist das schön. Auf der anderen Seite des Hafens drehen sich elegante Windräder auf schlanken Säulen, die Zeit verliert sich im weiten Land zwischen Stadt und Meer, der Wind bläst stetig.

Die Rückkehr in die Stadt kommt mit der Flut, jetzt hat Dragseth's Gasthaus geöffnet, gibt es Tee in den niedrigen Stuben, oder Schnaps. Hier ist die Szene von Husum zuhause, links oder grün oder wie auch immer. Aber auch sie lebt in einer verführerisch biederen, selbstgestrickten Welt, nicht allzu weit von etablierten Werten. Die nächste Demo wird in den Husumer Nachrichten zwischen Alkoholikerbetreuung und Altenfürsorge bekanntgegeben.

Vielleicht noch ein paar Schritte in den frühen Abend hinein, den Binnenhafen entlang, jetzt hat das Vereinsschiff der Husumer Sportsegler wieder Wasser unter dem Kiel, weiter zum Marktplatz, durch die Schlossgasse zum feudalen Revier der Stadt: dem Schloss von Husum. „Liebster, Ihr Herbstgedicht versetzt mich in meine Heimat zurück, es war mir, als ob ich auf unserer Wiese unter den alten Eichen ginge und die Krähen in den Bäumen schreien hörte. Ich spreche mit niemandem darüber, aber ich vergehe fast vor Heimweh, wenn ich Husum höre oder selbst davon spreche, dreht sich alles in mir um."

Franziska Gräfin zu Reventlow, geboren auf Schloss Husum, schrieb diese Zeilen. An sich neigte die junge Dame nicht zu Sentimentalitäten, belebte selbstbewusst die Schwabinger Szene der Jahrhundertwende, erklärte die Suche nach dem Vater ihres Kindes für verboten, nahm es aber freundlich zur Kenntnis, dass ihr Rilke an jedem Tag ihrer Schwangerschaft ein Gedicht schickte. Die schlichte, herzliche Zuneigung für ihre Heimatstadt blieb.

Dabei ist das Husumer Schloss ein eher bescheidenes Gemäuer und der Schlosspark wäre nicht weiter bemerkenswert, blühten nicht jeden Frühling Millionen von Krokussen auf den Wiesen, weiß der Himmel warum. Storms Büste ist hier zu finden, Husums alter Wasserturm ragt in den tiefen Himmel, heute Aussichtswarte und Versicherungsbüro. Husum ist in keinem Detail von besonderer Kostbarkeit, doch die Stadt als rundes, ruhiges Ganzes berührt.

Nicht weit vom Schlosspark war früher der Viehmarkt, der bedeutendste im Norden, damals gab es sogar eine Flugverbindung für hurtige Händler. Heute steht an seiner Stelle die Neustadt, auch nicht mehr ganz neu, nicht eben zum Herzeigen, aber gemütlich. Der Gast, kaum erst angekommen, schon halb im Weggehen, ertappt sich dabei, heimisch zu werden. Hier möchte man einen dunklen, dichten Advent erleben, Weihnachten, rotbackig, lackglänzend, kerzenduftend. Feiertage durchträumen, so behäbig wie das Land ringsum, Kaffee und Kuchen am Nachmittag als dramatischer Höhepunkt. Aber da ist der Bahnhof, 1910 von der königlichen Eisenbahndirektion Altona im Stil der Heimatschutzbewegung erbaut: erstaunlich, eine Bewegung mit Stil. Es ist sehr kalt geworden, der Wind dreht den Schirm um. Was soll's, es ist ganz ruhig, innerwärts, und weil man in der Schule aufgepasst hat, sind auch die richtigen Zeilen da: „Över de stillen Straten / Geit klar de Klokkenslag; / God Nacht! Din Hart will slapen, / Un morgen is ok en Dag."

Raimundsruh

Gutenstein ist Bühne. Wer aufzutreten gedenkt, nähere sich theatralisch. Der einzig wahre Weg führt von Pottenstein aus über den Hals, so haben sie dereinst den armen Raimund heimgetragen. Michael Mayr, ein Freund Raimunds, berichtet: „Der Anblick soll herzergreifend gewesen sein, als die Trauerwanderung vom Berge herunter sich bewegte, und die letzten Personen des Gefolges, in der Höhe noch gehend, den Leichenwagen und die nächstfolgenden im Tale bei Sonnenuntergang deutlich fortwanken sahen und wie die Menschen aus allen Häusern sich drängten und weinten …" Doch getrost: In Gutenstein ist nichts in letzter Konsequenz wirklich, schon gar nicht Raimunds Tod.

Solchermaßen von freundlicher Melancholie umwogt, sucht man Quartier im Ort. Doch das eindrucksvolle Hotel, angemessen düster und von verschrobener Würde, ist kein Hotel mehr, gibt Flüchtlingen Quartier, von den Bürgern des Marktes mit erbostem Mitgefühl geduldet. Ein seltsames Haus, eigentlich nie so recht am Platze gewesen. Erst stand es im Großen Hölltal, als dieses zum Wasserschutzgebiet wurde, nahm Graf Hoyos-Sprinzenstein das Gebäude und setzte es wie ein Riesenspielzeug auf den Marktplatz von Gutenstein. Kaum zehn Jahre währte die Zeit der noblen Gäste, dann folgten Kriegsversehrte, Kriegsverblendete und Befreier. Das Hotel Zum Bären bekam eine graue, trotzige Fassade, ein wenig schien die alte Sommerfrischenherrlichkeit wieder aufzuleben, dann musste ja doch verkauft werden. Gut, wenn nicht im Bären, dann anderswo, und kaum zu Bette, gedenkt der Gast noch einmal des Dichters, mit krausem Behagen: „In diesem Schoß ruh' mein Gebein / mein Grabmal sei in Gutenstein!"

Noch nie war ein Erwachen so lieblich und erquickend. Die Luft von den Wäldern der Voralpen gewürzt, ein Bach plaudert: An munteren, klaren Gewässern hat Gutenstein keinen Mangel. Steinapiesting, Längapiesting und Kalter Gang vereinigen sich heiter, um als Piesting schon etwas besinnlicher industriewärts zu fließen. Hier, im lieblichen Talkessel, ist die Welt so halbwegs heil, die Berge ringsum sind schon fast erwachsen, aber das schroffe Felsgestein, so schaurig es auch dräuen mag, wirkt immer ein wenig, als wäre es aus Papiermaché. Nur die Bergschuhe im Schaufenster geben dem kühnen Wanderer die Gewissheit, hier dem Gebirge ernsthaft näherzutreten. Noch flaniert er zu ebener Erde, stellt fest, dass die Drogerie auch eine Schischule ist, vermerkt anerkennend, dass sich die Tischlerei Schmoll auch mit der Herstellung aller Arten von Bienenwohnungen befasst, staunt über die beiläufige Prachtentfaltung des Schlosses der Herren und Grafen von Hoyos und fasst mit zärtlicher Melancholie die Villa Ladewig ins Auge. Wilhelm Ladewig hatte es zur Zeit des Ringstraßenbaus zum k.u.k. Hofdekorationsmaler gebracht, sein Sohn studierte Architektur. Die beiden passten so recht nach Gutenstein: gebildet, den schönen Künsten hold und brillante Possenreißer in lustiger Gesellschaft, bukolischen Spielen und anderen Freuden des Lebens auf dem Lande nicht abgeneigt. Die Architektur ihrer Villa zwischen Historismus und Jugendstil ist konsequenter Ausdruck romantisch verklärter Lebensfreude. Heute verfällt das große Haus, der Garten ist verwildert, und dieses schöne Sterben passt auch ins Bild.

Ein paar Schritte weiter weiden Pferde mitten im Ort, steht die noble Villa, in der die Gendarmen residieren, und gleich um die nächste Ecke drängen sich Kühe im halbdunklen Stall eines großen Bauernhofes. Unweit davon bewahrt das Waldbauernmuseum die vergangene Welt der Korbflechter, Kohlenbrenner, Schindelmacher und Pecher. Die seltsame Mischung aus intakter feudaler Pracht, verfallenem Bürgerstolz, echten und unechten bäuerlichen Elementen, gemachter und gewordener Idylle berührt. Aber das Publikum bleibt aus. Die große Zeit Gutensteins in der Romantik ist nur noch leiser Widerhall. Damals war der putzige, burgengekrönte Markt in der theatralischen Landschaft für den schwärmerischen Geist der Inbegriff von Schönheit. Kaiser Franz II. geruhte hier zu träumen, wenn er nicht gerade in Laxenburg Ritter spielte, Maria Theresia feierte mit allerhöchsten Familienmitgliedern auf dem Mariahilfberg die Heilige Messe. Als 1819 Maria von Hoyos und Maximilian Graf von Wallis heirateten, gab es ein Fest ganz nach dem Geschmack der Zeit: Brautpaar und Gäste in geschmückten Wagen, die von blumenbekränzten Ochsen gezogen wurden, am Abend türkische Musik, Berge von Fleisch und Brot, Ströme von Wein. Als Raimund Gutenstein für sich entdeckte, gehörte es vollends zum guten Ton, seine Sommerfrische hier zu verbringen. Die Künstler des Biedermeier sahen mit Entzücken eine Überfülle von Motiven, man war ländlich heiter und gesellig, nicht einmal das rüde Revolutionsjahr 1848 änderte allzu viel daran.

Sogar die ungestüme Industrialisierung brachte weitere Gäste ins nicht mehr ganz so stille Tal: mit der 1877 eröffneten Eisenbahn durch das Piestingtal kamen wohlhabende Bürger der Gründerzeit ins Land, Gasthöfe und Villen wurden gebaut, das bäuerliche, das feudale Gutenstein bekam auch noch eine gutbürgerliche Note. Man gab sich kulturbewusst, der Burgschauspieler Dr. Rudolf Tyrolt gründete einen Leseverein, man spielte Kammermusik und Theater, ergötzte sich an Schönheitskonkurrenzen. Der Krieg bereitete dem lieblichen Theater ein fürchterliches Ende und der wahre Glanz kam nie wieder. Aber noch immer laben sich Künstler am Genius Loci: Helmut Qualtinger las hier aus dem Briefwechsel von Raimund und Toni Wagner, Michael Heltau las Gütersloh, Aratym und Schnitzler, André Heller las André Heller. Auch eine neue Generation sanfter Touristen kommt ohne Auto mit der Eisenbahn ins Tal, allzu viele sind es nicht, der Sommer ist beschaulich, der Winter sehr ruhig. Niemand zerreißt die kostbaren Spinnweben, keiner weckt die Träume auf.

Stilles Gedenken, so zwischendurch. In der Ferdinand-Raimund-Gedenkstätte ist zu besichtigen, was man in der leeren Raimund-Villa vergeblich suchen würde: Der Hobel, mit dem sich Girardi als Valentin 1918 in Pilsen von den „weltbedeutenden Brettern" verabschiedete, das Bett Raimunds, eine Haarlocke und vieles mehr. Raimunds Schädeldecke ist nicht mehr zu finden, sie hat zum übrigen Gebein zurückgefunden, aber das war ziemlich kompliziert. Erst einmal nahm der Wundarzt von Baden, Anton Rollet, anlässlich der Obduktion die abgesägte Schädeldecke an sich und fand sie, wie sein Sohn berichtet, phrenologisch äußerst interessant: „Nicht bald sah ich einen Schädel, an welchem mehrere Organe – nach Gall – entwickelter, sogar in beträchtlichen Erhöhungen, sich vorfanden. Das Organ der Einbildung, Nachahmung, Vergleichung, Ursächlichkeit, Umhersehung, Liebe zu Ereignissen, Beständigkeit und der Hoffnung fanden sich mehr oder weniger entwickelt." Rollets wissenschaftliches Interesse überwog offenbar in allen Ehren den sentimentalen Wunsch der Umwelt, den Dichter komplett zu wissen. Toni Wagner, die Lebensgefährtin Raimunds, wehklagte heftig und besitzergreifend, Rollet war des Haders eines Tages überdrüssig und übergab das Kranium der Behörde, die es dem pathologischen Museum übermitteln sollte. Warum dann doch Toni Wagner in den Besitz der teuren Reliquie kam, weiß keiner so genau, jedenfalls verbarg sie das gute Stück ängstlich im Strohsack ihres Bettes. Als sie starb, erhielt Dr. Carl Glossy, Archivar der Stadt Wien, die Schädeldecke und hinterließ sie seiner Tochter Blanka, diese gab sie ihrem Gatten, dessen zweite Gemahlin den Besitz dem Historischen Museum der Stadt Wien überantwortete. Jetzt konnte die Raimundgesellschaft aktiv werden und an einem sonnigen Herbsttag im Jahre 1969 fügte sich endlich Gebein an Gebein. Wehmütige Verse des Dichters wurden zitiert, vom Waldrand her bliesen Hörner „Brüderlein fein“ und später, als die Feier im Wirtshaus wieder kräftigere Farben bekam und lebhaftere Töne, war Raimunds ländliche Idylle fast schon wieder intakt.

Vor der Raimund-Gedenkstätte wartet ein sonnenheller Tag, die Farben pastell, noch ist nicht Sommer. Der Weg führt zum Rathaus, amtliches Imponiergehabe, auf idyllisches Maß geschrumpft. Die Ankündigung einer Schweinezählung sorgt für die bukolische Note. Der Abguss eines Bogenfeldes vom Nordportal der Wiener Minoritenkirche zeigt Friedrich den Schönen und Isabella von Aragon: Dem hohen Paar verdanken die Gutensteiner ihr erstes Marktprivilegium, Friedrich der Schöne tat dem Ort sogar die Ehre an, am 13. Jänner 1330 auf der Feste zu Gutenstein hinzuscheiden. Die Zeit der Habsburger ging zu Ende, als Maximilian II. das „Gepürg zu wild und zu rauh'“ fand, zur „Lustwohnung“ wenig geeignet und in einem Verkauf von Gutenstein überdies eine erfreuliche Minderung seiner Geldsorgen erblickte. Die Grafen Hoyos erwarben die Herrschaft und sind im Grunde genommen bis heute die Herren geblieben, wenn auch nach demokratischen Spielregeln.

Gleich neben dem Rathaus führt eine steinerne Treppe zur Burgruine. Hoch über dem Ort trotzt müdes Mauerwerk kaum noch dem endgültigen Verfall, eigentlich ist es verboten, hier umherzustreunen, aber die Verbotsschilder sind umgefallen. Schauerliche Abgründe tun sich auf, kein Zaun verwehrt die Tiefe. Noch steht der Bergfried, ein kleiner Innenhof träumt in winddurchwehter Stille, dünne Birken stehen da, eine Föhre umklammert mit gichtigen Wurzeln den sonnenwarmen Fels.

Zurück ins Tal und ein paar Schritte den anderen Berghang hinauf. Hier schaut der Friedhof auf Gutensteins Kulissenwelt, die Toten haben auf den Rängen für immer Platz genommen, Raimund inmitten. „Von seiner Freundin A.W." steht auf dem Sockel – eine geradezu verwegene Widmung jenseits bürgerlicher Dimensionen, nur unwesentlich gemildert durch die Beschränkung auf Initialen. Grasige Wege führen weiter hinauf, oben am Holzzaun stehen die älteren Kreuze, schief, mit verblassten Inschriften. Der Blick über die Gräber hinweg auf das tiefergelegene Gutenstein ist von leiser Anmut, hat nichts Beklemmendes. Seltsam widersprüchlich und doch dem Wesen des Ortes gerecht, fügt sich die Kapelle mit Fresken des Gutensteiners Hubert Aratym ins Bild.

Solchermaßen der Erdenschwere entrückt, drängt sich eine noch höhere Sicht der Dinge auf. Seit mehr als dreihundert Jahren ist der Mariahilfberg als Gnadenstätte dem Himmel auf das Innigste verbunden. Behäbige Wirtshäuser umringen mit tüchtiger Ehrerbietung Kirche und Kloster, ein Kreuzweg führt zum Gipfel und zwischen Fels und Waldesdunkel gibt es für den bergerprobten Pilger so manchen Anlass innezuhalten. In der Einsiedlergrotte hat unsere liebe Frau allegorischen Besuch, ringsum gähnen grässliche Felsabstürze. Irgendwie liegt trotzdem der Verdacht nahe, man könne sich nicht richtig wehtun beim Fallen, im letzten Moment käme ein guter Geist des Weges geflattert, um einen tollpatschig, aber immerhin erfolgreich aufzufangen.

Ein paar Schritte weiter hält ein Baumstamm dem Wanderer ein Gedicht vor Augen, so etwas darf einen nicht wundern im Land um Gutenstein. „Wo noch immer nicht des eis'gen Diadems beraubt / der Schneeberg kühn sein königliches Haupt / hoch über Österreichs Berge streckt", liest das romantisch umflorte Auge, schaut folgsam zum höchsten Gipfel Niederösterreichs hinüber, nicht weniger als 75 Meter über die Zweitausender-Grenze erhaben, dann senkt sich der Blick und fällt auf einen kleinen Thron, aus Steinen zusammengefügt: der Raimundsitz. Da saß er, der krause Dichter, träumte vom Alpenkönig und vom Menschenfeind, von ätherischen Feen und drallen Bauernmädchen.

Wenig weiter führt ein schmaler Pfad zur Einsiedlerhöhle, liebevolle Dekoration einer dekorativen Landschaft. Endlich geschieht, was geschehen musste. In der wüsten Wildnis des Waldes geht der rechte Weg verloren, doch horch: Kirchenglocken weisen den Pfad zurück, beherzt schnürt der Wandersmann die Krawatte enger und lenkt den Halbschuh ans Ziel.

Die große Inszenierung beschränkt sich nicht auf den Ort, bezieht das Land ringsum mit ein, hat auch dort, wo die bewohnte Welt aufzuhören scheint, noch immer eine halbverfallene Hütte anzubieten, ein einsames Gehöft, ein Wirtshaus oder ein Kreuz am Wegesrand: Gedenkstätte des Herrn Franz Zwinz, am 17.12.1926 am Herzschlag verschieden.

Raimunds Zauberwelt hat sich an dieser Wirklichkeit orientiert, Figuren seiner Schauspiele hatten hier ihre Vorbilder. Der reiche Kohlbauer Postiasi hat seine Entsprechung im „Bauer als Millionär“, und da Märchen nun einmal kein Ende haben, findet sich im aktuellen Telefonbuch ein Edmund Postiasi: Landwirt, Zimmervermietung, Schilift und Grubendienst. Gutenstein ist Bühne.

Isle of Man

Ein Sonntagmorgen, die Irische See schaut durch das Hotelfenster, auf dem Frühstücksteller zerfließt ein enthäuteter Paradeiser, mit seinem Blut vermengt sich, auch rot, doch anders rot, der Saft von Dosenbohnen, darin navigiert ein fettiges Dreieck Toastbrot, befrachtet mit einem Spiegelei, umarmt von einer runzeligen Wurst.

Der Star in diesem kulinarischen Universum fehlt: der weltberühmte Manx Kipper, ein aufgeklappter Hering, sorgsam geräuchert, wohlschmeckend, ölig, grätenreich. Von Deveraux kommen die Besten, aus der alten Hafenstadt Peel. Der Hering hat noch immer wirtschaftliche Bedeutung. Vor einer Woche, steht im „Manx Independent" zu lesen, wurde wieder einmal ein Schotte ertappt, wie er in den Fischgründen der Insel wilderte. Sein Fang wurde beschlagnahmt und versteigert, er selbst wird Montag vor dem Hohen Gericht stehen. Hoffentlich hat dann der Richter gut gefrühstückt.

Vor dem Hotel die Hafenpromenade von Douglas, hier verkehrt die Pferdestraßenbahn, aber nicht weil der Fremdenverkehrsobmann originell sein wollte. Die wohlgenährten Gäule ziehen ihre bunten Wagen seit 1876 über die Schienen, und es gab seitdem keinen rechten Anlass, daran etwas zu ändern. Zwischen den Blumenbeeten vor dem Strand langweilen sich ein paar Autoleichen, Reste der Tudor-Webasto-Rally, die das Ende der Rennsaison markiert.

Die Bucht gibt sich hellblau heiter und von einer winzigen Insel grüßt ein wehrhaftes Gemäuer mit Türmen und Zinnen, viel kleiner als ein Einfamilienhaus: der Tower of Refugee. Sir William Hilary, der hochgemute Gründer des seemännischen Rettungswesens der Isle of Man, ließ 1832 das putzige Bollwerk errichten, damit es, ausgestattet mit frischem Wasser und Keksen, allfälligen Schiffbrüchigen die Wartezeit bis zur Ankunft des Rettungsbootes versüße. Soweit erinnerlich, trat eine entsprechende Seenot bis heute nicht ein, doch man kann nie wissen.

Aber man kann ja auch zu Lande reisen, nach Peel etwa. Douglas, die bescheidene Hauptstadt, bleibt zurück, kleine graue Kirchen aus Granit schauen durchs Autobusfenster, verwunschene Friedhöfe, üppiges Weideland, Bauernhäuser, die noch nicht von allen guten Geistern verlassen sind. Auf kurzgeschorenen Hügeln weiden Schafe, darunter jene Edlen vom Stamme Loaghtan, die wenigstens vier Hörner haben. Wer hierzulande auf sich hält, als Schaf, trägt deren sechs. So zwischendurch belebt der Mensch das Grün, gerät beim Kricketspiel in verhaltene Ekstase, nähert sich als Golfer dynamisch dem Loch oder spielt Fußball. Doch zurück zur Hügellandschaft: Es gibt unzählige Schafshügel in schottisch-irischem Design, ein paar bewaldete Buckel und jene einzigartige Erhebung, deren Tradition nun schon im zweiten Jahrtausend Zukunft hat, Tynwald genannt. Der bescheidene, dreistufige Hügel in St. Johns schaut ein wenig wie eine Hochzeitstorte aus, das schmälert nicht seine inselumspannende Bedeutung als Stätte der Gesetzgebung. Seit die Wikinger vor über tausend Jahren eine Thingstätte errichtet haben, funktioniert dieses Open-Air-Parlament ohne Fehl und Tadel. Jahr für Jahr, am 5. Juli, dem Nationalfeiertag, zieht die Regierung mit Gepränge hügelwärts, bewaffnet mit dem Sword of State aus dem 13. Jahrhundert, geschmückt mit frischen Trieben des Bollan Vane, einem Kräutlein, das vor der Macht des Bösen schützt. Dann werden die Gesetze verkündet, einmal in Manx, der Inselsprache, einmal in Englisch, und jeder Bürger und jede Bürgerin der Insel darf die Hand heben und dagegen sein.

Vom Tynwald sind es nur ein paar Autobusminuten zur Küste, nach Peel. Ein schöner Hafen, eine wohlproportionierte Stadt, eigentlich müsste Peel die Hauptstadt sein – doch von hier aus fahren die Schiffe nach Irland und die Routen ab Douglas zu den englischen Industriegebieten von Liverpool waren für den Handel schon immer interessanter. Zeit für den vormittäglichen Sonntagsspaziergang. Menschen und Hunde beleben gleichermaßen wohlgelaunt die Hügel zwischen Stadt und Meer, irgendein Gipfelsieg ist leichthin errungen und zählt mehr als tausendundeine Nacht auf dem Kräuterkissen. Dann führt der Weg über den Damm, der St. Patrick's Isle mit dem Festland verbindet: Hier stehen die Ruinen von Peel Castle und der alten Kathedrale von St. Germain, dem ersten Zentrum der Christianisierung. Es dürften nicht allzu ätherische Gottesmänner gewesen sein, die damals ihre Schäfchen ins Trockene brachten, das lässt zumindest jene Gruftinschrift vermuten, die da sagt: „In diesem Haus, das ich mit meinen Brüdern, den Würmern, teile, liege ich, Sam, Bischof dieser Insel, und hoffe auf meine Wiederauferstehung. Lies das, schau dich um und lache über meinen Palast."

Eine Menschenansammlung am Pier macht neugierig. Ach ja, ein Ereignis: Balmoral, ein betagtes irisches Ausflugsschiff, besucht nach vielen Jahren wieder einmal die Insel, und während die irischen Passagiere vergleichende Pub-Studien betreiben, sind die Manxmen und -women eingeladen, ein wenig in See zu stechen, die kaum bewohnte felsige Nordküste entlang bis zur kleinen Vogelinsel Calf of Man. Das tun sie dann auch in hellen Scharen, sonntäglich herausgeputzt, nehmen Platz, die Damen schlafen nach ein paar Minuten ein, die Herren betrachten in korrekter Haltung den Hut auf ihren Knien. Die Insel braucht sich nicht zu genieren, keiner käme auf die Idee, sie neugierig anzustarren. Ein paar Stunden später geht man belebten Schrittes von Bord, es war ja auch wirklich sehr nett. Ein früher Abend fällt sanft in die kleine Stadt, die Luft riecht nach Kohlenrauch, es wird kühl, die Straßen sind leer, nur vor dem Strandkiosk sitzen ein paar Wikinger und schlecken Eis. Pläne für den Abend? Um 20 Uhr lesen Gäste in der St.-Johns-Kirche ihre Lieblingsgedichte vor. Anschließend bitten sie zu Tee und Sherry.

Vielleicht doch lieber zurück nach Douglas. Gegenüber der Autobushaltestelle befindet sich die Meldestelle für Arbeitslose. Die Situation ist nicht ganz so arg wie in Schottland oder Irland, kaum schlimmer als in England, aber immer noch trist genug. Treibt Sport, statt zu saufen, wird den Bedauernswerten empfohlen, es gibt auch verbilligten Eintritt in den Allzweck-Betonklotz Summerland. Der Bus kommt, fast leer, zwei Buben, kaum größer als ihre Golfschläger, beratschlagen mit roten Wangen, wie der morgige Schultag zu optimieren wäre. Offensichtlich wird ein Weg gefunden. Shakehands.

Das Nachtleben ist auch in Douglas recht moderat: ein paar Tanzsäle, ein Spielcasino, bemerkenswert nette Pubs, lustiger als die schottischen, sauberer als die irischen, bescheidener als die englischen. Auch ein spätes Dinner wäre nicht zu verachten. Es gibt zwar keine typische Inselküche, aber die Schafe schmecken so natürlich wie sie leben, die Forellen aus den munteren Bächen mussten in keinem Zuchtteich versumpfen, und sogar das Meer ist noch einigermaßen freigiebig. Besonders erfreulich schmecken Queenies, Muscheln, bei deren Zubereitung die Insulaner sogar tollkühn zum Knoblauch greifen.

So kommt die Königin wenigstens kulinarisch zu höchsten Ehren, politisch wird sie auf der Isle of Man ein wenig halbherzig als Lord anerkannt, als Lady schon gar nicht. Die Isle of Man ist auch nicht Teil des Vereinigten Königreiches von Großbritannien und Nordirland, sondern autonomes Kronland im britischen Commonwealth. So betrachtet ist auch die etwas verkniffene Existenz eines chinesischen Restaurants namens New Hongkong nicht mehr gar so absonderlich, passt auch die Anwesenheit einiger trauriger Inder ins Bild. Bleibt nur die Frage, welcher Wind den Gastronomen Hans Jürgen Hauenstein auf die Insel geweht hat, mitsamt seinem irgendwie bedrohlichen Holstein-Schnitzel: paniert, mit Schinken, Pastete, Krabben und Spiegelei. Wer meint, er müsse jetzt doch noch einen doppelten Whisky haben: Ged's Pub im Brighton Belle Hotel öffnet um elf Uhr nachts.

Tags darauf kann es nicht schaden, sich abermals in die Arme des öffentlichen Verkehrs zu werfen. Da wäre einmal die Dampfeisenbahn, kein Museumsstück, kein nostalgisches Spielzeug, sondern ein sorgfältig instand gehaltenes Verkehrsmittel, unterwegs seit 1873. Heutzutage macht sie Liniendienst zwischen Douglas und Port Erin, tut das mit bestem viktorianischen Elan auf einem Schienenstrang, der an Holprigkeit nichts zu wünschen übrig lässt. Castletown, die alte Hauptstadt, liegt an der Strecke, urtümliches Gemäuer rund um Castle Rushen, einer der schönsten Festungsbauten Englands. Randbemerkung: Hier ist auch die klodeckelgroße Hand des Riesen Arthur Caley zu bestaunen. 1824 kam der Kerl zur Welt, wuchs zu einer Größe von 2 Metern 30 heran und beendete seine Laufbahn als Schaumensch im Zirkus Barney.

Eigentlich könnte man hier damit beginnen, den seltsamen Verkehrsmitteln dieser Insel abzuschwören und den Wanderschuh zu schnüren. In Castletown beginnt – oder endet – „the Millenium Way“, ein Fernwanderweg, der einer Straße der Könige folgt, die im Mittelalter vom Hafen Ramsey zum Regierungssitz auf Castle Rushen zogen. Schnellgeher durchmessen die Insel der Länge nach in einem Tag, Genießer brauchen wohl drei Tage, um dem stillen, majestätischen Gesicht der Insel nachzuspüren. Die Jets der Manx Airlines stören dabei kaum, vielleicht kommt auch ein Luftschiff des Weges. Alles, was sich bewegt, ob alt, ob neu, wird von den Manxmen aufopfernd geliebt. Das muss irgendetwas mit dem seltsamen Wahrzeichen der Insel zu tun haben, drei Beinen, die unermüdlich im Kreis teufeln. Es ist ja auch nicht so, dass die berüchtigten Motorsportveranstaltungen nur des schnöden Mammons wegen stattfänden, die lauten, blutigen Spektakel gehören zum Wesen der Insel. Ein allumfassender Spieltrieb wird spürbar, ein männlicher, ein unvernünftiger also, heroisch, mitleidlos und sentimental. Die elektrische Eisenbahn gehört dazu. Seit über 100 Jahren fährt sie ohne wesentliche technische Erneuerung von Douglas aus die Küste entlang über Laxey nach Ramsey, ergänzt durch eine winzige Dampfeisenbahn, die an Sonn- und Feiertagen durch Groudle Glen fährt, eine romantische Bergschlucht im Taschenformat.

Bei Laxey steht der Fremdling dann einigermaßen verdattert vor einem bunt bemalten Riesenspielzeug, dem Lady-Isabella-Wheel, dem größten Wasserrad der Welt, wenn's wahr ist. Leise ächzend und betulich plätschernd dreht sich das hölzerne Ungetüm, schiebt auf Gusseisenrädern hunderte Meter Balken durch das Land. Dies alles geschieht fernab schnöder Nutzanwendung, der behutsamen Grazie stetiger Bewegung und sanfter Kraftentfaltung zuliebe. Das war nicht immer so. Das Rad mit einem Durchmesser von etwa 75 Metern ist ein Denkmal der technischen Entwicklung in einer Zeit, in der England die industrielle Revolution erlebte und die Bergwerke der Isle of Man hohe Gewinne machten. 1854, als sich das Rad zu drehen begann, war es seine Aufgabe, Wasser aus den tiefer gelegenen Stollen zu pumpen, immerhin an die 1.200 Liter pro Minute. 1929 wurde das Bergwerk stillgelegt, doch es gab Edwin Neal, der sein Leben dem Wasserrad weihte, bis ihm die Regierung die Last von den Schultern nahm – Spielzeuge sind nun einmal ein nationales Anliegen.

Von Laxey aus ist auch ein wahrer Triumph viktorianischer Eisenbahntechnik nachzuvollziehen, eine Bergbahn erklettert mit beachtlichem Temperament seit 1895 den höchsten Gipfel der Insel, den Snaeffel, 620 m über dem Meer, und wer bei der Talfahrt schaudernd Zweifel an der Wirksamkeit der „Christensen air breaks" hegen sollte, ist des Erlebnisses eigentlich nicht würdig. Rückkehr in den sicheren Hafen des Pubs. Argwohn: Diese Insel versteckt sich hinter skurriler Bedeutsamkeit. Warum gibt es hier wirklich und in der Tat jene seltsamen schwanzlosen Katzen mit unverhältnismäßig hohen Hinterteilen? Schon wieder ein Spiel, ein genetisches diesmal?

Und dann dieses indifferente Klima, irgendwo zwischen warm und kalt, zwischen nass und trocken, kein rechter Sommer, kein echter Winter, das Verwirrspiel hat im Niemandsland Methode. Dem entspricht auch die geografische Orientierung: Vom Gipfel des Snaefell sind an klaren Tagen, auch die soll's geben, England, Schottland, Wales und Irland zu sehen. Die Insel Man liegt irgendwo dazwischen, nie allzu weit entfernt, immer in deutlicher Distanz. „Quocumque jeceris stabit" ist der alte Wahlspruch, der zum Symbol der drei Beine gehört: „Wie immer du mich wirfst, ich stehe." Immerhin: Die Zeitung bringt ein Foto der Miss Isle of Man, beruhigend banal, das Mädel. Und hat nur zwei Beine.

Die Hirten im Eissalon

Silanus, ein Dorf auf Sardinien: Gutes, rundes Leben zwischen Schafen und Steinen. Durch die Schusslöcher in den Ortsschildern pfeift vergnügt der Wind der Freiheit.

Gegen fünf Uhr früh gehen die Hirten aus dem Haus, schauen, ob Herde und Hunde vollzählig sind, tauchen zwischen die im Pferch dichtgedrängten wolligen Leiber und melken. Dann bringen sie die Milch zur Straßenkreuzung, wo sie ein Auto der Käserei abholen wird, die Molke kommt später zurück und dient als Schweinefutter. Jene Hirten, die jetzt nicht nur Zeit, sondern auch Geld haben, gehen in eine der Bars oder in den Eissalon, der im Grunde genommen auch eine Bar ist. Aber die Familie Capai hat schon in Deutschland einen Eissalon geführt, und als sie glücklich daran ging, wieder im Heimatdorf Wurzeln zu schlagen, ist es beim vertrauten Gewerbe geblieben. Kinder und Frauen kaufen hier ja auch wirklich Eis, und es kommt schon vor, dass ein Hirte mit verlegenem Grinsen einem nicht allzu männlichen Lustgewinn nachhängt. Aber normalerweise trinken die Männer mit ihrem sanften Geruch nach Milch und Wolle schweren Wein aus winzigen Gläsern oder Bier.

Fast jedes Haus im Dorf hat einen eigenen kleinen Weinkeller. Einem Wein, der von draußen kommt, ist ebenso wenig zu trauen wie einem Fremden, und fremd sind schon die aus dem Nachbardorf. Verirrt sich einer von denen in den Eissalon, wird er nach seiner Herkunft gefragt, wird eingeladen, weil er hier nicht zu bezahlen hat, und dann wäre es eigentlich schon wieder Zeit für die Abreise.

Da sitzen sie also, die Hirten: Andrea, Bachisio, Luigi und Giuseppe, genannt Zisceddu und mit dem Ehrentitel Bandido geschmückt, weil er gar so wild und verwegen in die Welt blickt. Wird er zum Mittelpunkt des Interesses, verbirgt er halb sein Gesicht hinter der Hand, scheu und doch ein wenig stolz. In den frühen Vormittagsstunden waren ein paar Gäste mit Anzug und Krawatte hier, Beamte der Präfektur, zwischendurch sind auch zwei frisch gebügelte Carabinieri vorbeigekommen, haben höflich bestellt, wurden höflich bedient, umgeben von ihrer eigenen Welt, die gut daran tut, die Welt des Dorfes nur mit beiläufigem Zartgefühl zu berühren. Keiner lässt sich hier gern ins eigene Leben schauen, von Ausländern schon gar nicht. Geschichten werden erzählt: Verbrecher haben die ganze Herde eines Hirten erstochen, 120 Tiere. Die anderen Hirten haben ihm je ein Schaf geschenkt, für den neuen Anfang. Es ist selbstverständlich, einen aus dem Dorf im Unglück nicht allein zu lassen.

Ja, und eine Jugendbande hat monatelang ihr Unwesen getrieben. Ihr Anführer war bekannt. Man hat ihn gewarnt, man hat seine Eltern gewarnt. Eines Tages lag er dann tot auf der Straße, und den Carabinieri blieb achselzuckende Verwaltungsarbeit. Es gibt Fehden im Dorf, Streitigkeiten über Generationen hinaus, die eines Tages mit Feuer, einem Schuss oder einem Messerstich enden. Ein Messer hat ohnedies jeder, weil er es zum Essen und für die Arbeit braucht, eine Schusswaffe gehört ganz einfach zu einem geordneten Haushalt, und vom letzten Krieg sind noch ein paar recht unterhaltsame Sprengmittel übriggeblieben.

Unversehens gerät das Gespräch ins Nahrhafte, es gibt ein gemeinsames Mittagessen, der Fremdling ist eingeladen. Die Junggesellen im Dorf bilden eine Art Familie ohne Frauen, ein leerstehendes Haus hat Platz für Geselligkeit aller Art. Der Weg dorthin ist allerdings beschwerlich, weil bukolische Gastlichkeit vor das Hauptziel eine Unzahl von Nebenzielen setzt. In einem Haus am Wege gibt es Käse, den man kosten muss, weil er ganz frisch ist, im nächsten einen, der so alt ist, dass sogar die Würmer längst verstorben sind, oder der Speck ist unwiderstehlich, oder die Wurst. Was auch immer: Wein gehört dazu. Inzwischen hat sich das Schaf im Backofen seiner Vollendung genähert, Brotfladen werden aus dem Papier gewickelt, Salz kommt auf den Tisch und jene Messer werden aufgeklappt, die so scharf und spitz sind, wie sardische Messer zu sein haben. Aus Pattada kommen die besten. Bekommst du, oh Fremdling, ein solches Gerät unter die Nase gehalten, dann äuge, ob ein Brocken Fleisch darauf steckt: In diesem Fall liegt eine Einladung kulinarischer Natur vor. Ohne Fleisch eher eine Aufforderung zum Tanz.

Das kleine Fest der Junggesellen ist von urtümlicher Behaglichkeit, mit Tischsitten, die es nicht nötig haben, verfeinert zu werden, weil sie gut sind. „Bandido“ Zisceddu packt noch ein Stück Fleisch und Erdäpfel für seine Mutter ein, bei der er wohnt, ein paar Häuser weiter gibt es Kaffee. Dann kommt wieder die Zeit zu melken, eigenen Käse herzustellen. Es gibt seit undenklichen Zeiten nur ein überliefertes Rezept.

Käme einer mit der Idee, mit neuen Sorten neue Abnehmer gewinnen zu wollen, ließe man ihn wortlos stehen: Mit einem, der Althergebrachtes ändern will, hat man besser nichts zu tun.

Ein Tag, nahrhaft wie dieser, fordert gebieterisch einen langen trunkenen Abend, und kaum ist der karge Rest der Nacht verschlafen, ruft die liebe Sonne zu neuen Taten. Die Zeit der Schafschur ist gekommen. Die ahnungsvollen Tiere werden nachdrücklich in eine höchst unvorteilhafte Rückenlage gebracht, Huf wird an Huf gefesselt, dann sitzt das empörte Tier eingeklemmt zwischen den Beinen des Hirten. Bald ist der Bauch entblößt, dann folgt der Rest, ein bisschen Feinschnitt zu guter Letzt um die Ohren herum und an anderen kitzligen Stellen, und schon steht das nackte Schaf da, pinkelt erst einmal verdattert, blökt indigniert, wird in den Pferch zurückgestopft und bereichert klagend den Chor der Gefangenen. Unablässiges Scherengeklapper, wie man es von älteren Friseuren kennt, klingt über die Wiesen, Wolle liegt zuhauf. Gegen elf ist erst einmal Pause, im nahen Bach werden die Hände gewaschen, ein Auto bringt drei Sorten Eintopf, Brot dient als Teller und die Messer sind noch immer schneidig. Das alles gibt Kraft für viele weitere Schafe und nach der großen Schur ist es eigentlich höchste Zeit für ein kleines Fest: Die Hirtenfrauen haben aufgekocht, es gibt Pasta, gekochtes Fleisch mit Erdäpfeln, gebratenes Fleisch mit Salat, Eis und Kaffee. Feierliche Sinnlichkeit bestimmt das Mahl, aufflackernder Witz, verspielte Aggressivität, nicht ausgelebter Übermut setzen Akzente. Dieses Fest, nicht spontan, eher rituell, hat ein klares, vorbestimmtes Ende, ohne Übergang folgt der Alltag.

Silanus hat über 2.500 Einwohner. Etwa jeder zweite Mann im Dorf ist Hirte von Beruf, Eigentümer und Hüter einer Herde. Manche haben eigenen Boden, andere mieten ihre Weideflächen. Wer sich einen Stall leisten kann, gehört zu den Wohlhabenden im Dorf und hat im Winter ein paar Sorgen weniger. Es gibt Handwerker, Angestellte, die in der nahen Stadt Macomer arbeiten, und eine Handvoll Gewerbetreibende, die man eben so braucht. Nach dem Krieg hat die Not viele Familien ins Ausland getrieben, sardische Hirten haben in Frankreich Herden gehütet, haben als Maurer oder Bergarbeiter in Südamerika, Deutschland und den Niederlanden gearbeitet. Eine zweite Auswanderungswelle in den Sechzigerjahren hatte vor allem jene Gebiete in Italien zum Ziel, denen es so gut ging, wie es Sardinien eigentlich längst hätte gehen müssen, wollte man den Schalmeienklängen aus Rom glauben.

Heutzutage bringt die Rückwanderung neues Leben nach Silanus. Die alten neuen Dorfbewohner, auch ihre Kinder, im Ausland geboren und aufgewachsen, fügen sich ohne Aufbegehren in eine tradierte Lebensform. Manche junge Männer haben ihre Frauen aus Deutschland oder Österreich mitgebracht. Natürlich gibt es Anpassungsprobleme, erzählt eine von ihnen, Schwierigkeiten mit der Sprache. Aber hier kann man das Wasser aus den Bächen trinken, die Luft riecht nach Gras, nach Harz und wilden Kräutern, Schafe und Pharmaindustrie haben nichts miteinander zu tun, und vor allem: Die Gemeinschaft im Dorf funktioniert. Trotz der vielen Schusswaffen? Aber ja, es ist eben wie in einer Familie: Es geht nicht ohne Spannungen ab, aber letztlich hält man ja doch zusammen. Männer und Frauen haben ihre Welten allerdings recht sorgfältig voneinander abgegrenzt. Es gibt Männergruppen und Frauengruppen, Männerfeste und Frauenfeste, Vermischtes ist eher dic Ausnahme. Aber nach der großen Jagd ziehen die Männer als Wiedergutmachung mit Kind und Kegel in die Berge, kochen sogar für die Familie und die Lustbarkeiten unter freiem Himmel wollen schier kein Ende nehmen.

Das alles klingt ziemlich paradiesisch, es funktioniert ja auch ohne nennenswerte Störung, allerdings um den Preis der Anerkennung unverrückbarer Normen. Die Gesellschaft der Hirten bewahrt am deutlichsten eine streng hierarchische Ordnung. Eine Erziehung, die von der Verherrlichung von Gewalt und Rache geprägt wird, bestimmt das ganze Leben. Der in der Hierarchie höherstehende bestimmt, behält recht. Was besteht, bleibt bestehen. Das gilt natürlich auch für die Familie: Seit Menschengedenken hat es in Silanus zwei Ehescheidungen gegeben. Dennoch könnte man meinen, ganz, ganz leise gäbe es ja doch Veränderungen, gäbe es junge Leute, die das Diktat der Alten zwar ernst und wichtig nehmen, doch nicht für heilig halten.

Giuseppe Runchina, als Statistiker ein Mann der Wissenschaft, lebt in Silanus, weil er hier seine Wurzeln hat. Er glaubt nicht, dass es irgendwann wirklich Neues im Dorf geben könne. Die Zukunft? Hirten, die noch sturer, noch verbissener, noch dickköpfiger ihre Vergangenheit verteidigen, für die Vernunft nur ein Weg ist, wenn sie zufällig mit jenem Weg übereinstimmt, der schon immer gegangen wurde.

Silanus liegt auf halbem Wege zwischen den Ferienküsten im Osten und Westen der Insel. Fremdenverkehr gibt es zwar keinen im Dorf, aber man kennt ihn als Wirtschaftsfaktor. Manche verdienen ihr Geld in den Ferienorten, aber ihre Erfahrungen verändern nichts. Und die Fremden sind und bleiben lästig. Es würde zwar keinem Hirten aus Silanus einfallen, den Nuraghen mehr als einen flüchtigen Blick zu schenken. Wenn aber grellgefärbte Herden von Teilnehmern einer Inselrundfahrt aus den Bussen quellen, um sich misstönend blökend und womöglich auf der Suche nach Souvenirs der geschichtsträchtigen Türme zu bemächtigen, regt sich stolzer Zorn in der Hirtenbrust. Keiner kümmert sich sehr um das Land und seine Schätze, doch wehe dem, der sie unbefugt berührt.

Und es gibt noch einen Grund, sich zu ärgern: Fast allen zum Kummer, wenigen zur Freude, frisst sich über dem Dorf ein Marmorsteinbruch in die Catena del Marghine, lärmt, staubt und bringt dem Dorf nicht allzu viel ein. Der halbe Berg ist schon weg, sagt Mauro Capai und blickt düster in sein Schokoladeeis. Er fühlt sich seines persönlichen Besitzes beraubt, denn das Land um das Dorf gehört den Leuten aus dem Dorf. Sie sind die Herren über Steine und Wiesen, über Gestrüpp und Wald, über Quelle und Bach. Ein guter Teil der Freude, die sie am Leben haben, kommt aus der Freiheit, sich einer erfreulichen Welt uneingeschränkt bedienen zu können.

Eines Tages, am frühen Nachmittag, bricht Hektik aus: Angelo, in seiner tüchtigen Familie zuständig für das liebe Vieh und dessen Schlachtung, von Beruf Förster – Jäger und Fischer von Berufung –, hat seine Freunde zu einem besonderen Ausflug geladen. Für den besonderen Anlass mit Pullover, Jeans und Gummistiefeln korrekt gekleidet, steigen die munteren Männer ins klare Wasser eines Flüsschens. Der Gast, dem man inzwischen gewisse untergeordnete Tätigkeiten zutraut, darf, mit einem Sack versehen, auch ins kühle Nass. Und schon gehen die Hände der Männer aus Silanus auf Fischfang, erst behutsam, mit gleitenden Bewegungen, dann blitzschnell zupackend, mit festem Griff in die Kiemen. Angelo, in seinem früheren Leben vermutlich Fischotter gewesen, stakst ruhig wie ein Reiher durch den Bach, dann, mit einem kleinen, fast wütenden Schrei, taucht er unter und wenig später wieder auf: einen Fisch in jeder Hand und einen zwischen den Zähnen. Zwei Stunden später ist der Sack voll, die Herrenrunde steigt triefend an Land und versammelt sich wenig später trockenen Fußes in einer Art Wohngarage. Ein großer Topf Öl siedet, die Weinflasche macht die Runde. Jeder greift sich sein heißes Stück Fisch und setzt dem Koch drei Hauben auf. Später kommt dann noch Käse, jener mit den gewesenen Würmern. Die Augen der Männer glänzen und ein Stockwerk höher sitzt die Familie des Gastgebers manierlich vor dem Fernseher, betrachtet mit leisem Misstrauen das Weltgeschehen und toleriert lächelnd die Orgie zu ihren Füßen.

Am folgenden Abend ballen sich die Hirten zu einem Ereignis von unvergleichlich tieferer Bedeutung zusammen. Drei Tage hat es nicht sein wollen, weil einer, unersetzlich für die Runde, die Männergesellschaft aus nur zu verständlichen Gründen der Vertiefung einer zwischengeschlechtlichen Zweierbeziehung geopfert hat. Aber nun ist es soweit. Vier Hirten stellen ihre Gläser beiseite, nehmen Aufstellung, dicht an dicht, eine Hand bedeckt das rechte Ohr und aus der erwartungsvollen Stille wächst Gesang. Elegisch, klagend, haltlos dem Gefühl hingegeben, trägt der Erzähler seine Geschichte vor. Oft sind wahre Begebenheiten der Hintergrund: schaurige Verbrechen, herzzerreißende Schicksalsschläge, heldenhafter Kampf. Dann bricht unvermittelt der Chor los, als Schlussfolgerung, der keiner zu widersprechen hat: gewaltig, dröhnend wie eine Glocke, mit eintöniger Wucht.

Kein Applaus, das wäre lächerlich. Mauro, der junge Mann, in Deutschland geboren und zur Schule gegangen, in Österreich erwachsen geworden, erst seit ein paar Monaten in Silanus, schiebt seine Zeit in der Fremde mit einer Handbewegung zur Seite. Stolz schaut er auf die vier Hirten, stolz erläutert er: Das ist Sardinien! Einer der Sänger relativiert die Weihe des Augenblicks: Wir waren schon besser, sagt er und räuspert sich. Im Garten hinter dem Eissalon glüht Holzkohle. Mauros Vater hat einen Pilz gefunden, fast so groß wie ein Karrenrad, Mauros Mutter hat einen tiefen Griff in die Fleischtruhe getan. Schon wieder ein Fest also, ein Fest für die Sänger und auch für gewöhnliche Leute. Spät nachts kommt ein vorläufiges Ende, geht einer heim, um zu schlafen, einer geht nach nebenan, um auch den Wein vom Nachbarn zu kosten, und ein dritter schießt womöglich dem Ortsschild ein neues Loch.

Kashmir

Achttausender stehen Spalier, Srinagar schmückt das Ufer und auf dem Wasser schwimmt ein Dorf: sanftes Refugium für Globetrotter. Nordindien ... Reiselust, erst kaum zu bändigen, dann unersättlich in ihrer Gier nach Erfahrungen, kennt auch als Leidenschaft das Stadium der Reife. Dann wird der Wunsch wach, sich wohlverdienter Trägheit hinzugeben, sich dem Reiseland nicht länger neugierig zu nähern, sondern es zu sich zu bitten. Man löst also ein Ticket Richtung Idylle – und zurück.

Der Flughafen von Srinagar hat Stil und Eigenart, das will schon etwas heißen in einer zusehends uniformierten Reisewelt: Grau und schief buckelt er gegen das Wetter, das nicht immer so freundlich ist. Im Winter, wenn die Straßen zu Mauern werden, gibt Srinagar die Ehre, Hauptstadt von Kashmir zu sein, an Jammu ab. Zündet der Frühling dann wieder alle Blütenfarben an, kehren die Beamten mit wehenden Ärmelschonern zurück. Das musikalisch geschulte Ohr hat indes längst zu tun: Da gilt es zum Beispiel, die feinen Nuancen des gebotenen Hupkonzertes zu unterscheiden. Blökt in Frankfurt höchstens einmal eine ungeduldige Herde im Stau, versammeln sich in Rom traurige Tröten zu einem nie endenden Zusammenklang von symphonischer Größe, schwätzen in Delhi sanfte Hörner in rätselhafter Konversation, klingt es in Srinagar lauter, schärfer, aber nicht bösartig. Man hupt, weil der Linksverkehr rechts oder bestenfalls in der Straßenmitte stattfindet, aber nie, um rechthaberisch zu quäken – eher zur Befriedigung beiderseitiger Bedürfnisse. Viele Autos, die Schwächeren vor allem, tragen am Heck sogar die treuherzige Bitte: „Horn, please."

Nach diesem konzertanten Zwischenspiel wird eine Erkenntnis von höchst banaler Dimension erträglicher: Das Land lebt vom Fremdenverkehr. Es sei ihm gegönnt, so zu leben – vom Gegenteil hat Indien mehr als genug. Es gibt Hotels in Srinagar, gesichtslose internationale, stillos hässliche, lustig vergammelte und solche – die einzig akzeptablen eigentlich –, die sich nicht recht entscheiden können, ob sie nun Haus oder Schiff sind, unsicher auf kaum vorhandenen Inselchen im Dal-See balancieren und zwischen Wasser und Himmel Platz für amphibische Behaglichkeit haben.

Der wahre Freund wundersamen Wohnens wird allerdings dem verschrobenen Charme der ungezählten Hausboote nicht widerstehen können, die an den Ufern des Dal-Sees, des Nagin-Sees und des Jhelum-Flusses vertäut liegen. Schuld daran sind wieder einmal die Engländer. Wenn sie nicht gerade damit beschäftigt waren, das Land auszubeuten oder ruhigzustellen, zogen sie in hellen Scharen aus den ungesunden Niederungen in luftige Höhen, um dort neue Energien für koloniale Taten zu sammeln. Der damals amtierende Maharadscha sah die bleichen Briten allerdings nicht so gern und erschwerte den Landerwerb. Aber Britannia herrschte dazumalen nicht nur zu Lande, sondern auch zur See, und da war's zum See auch nicht mehr weit: Die Engländer bauten schmucke Hausboote, banden ein schlichteres Boot hintendran, um auch die Dienerschaft über Wasser zu halten, und fühlten sich geborgen. Das lag natürlich auch an der Einrichtung, die keinen Zweifel am very british way of life übrigließ.

So wohnt man auch heute noch, zumindest als Fremder: Der Tag beginnt in einem eher öden Badezimmer, einem disziplinierten Ort sanitärer Pflichterfüllung. Dann kommt ein Schlafzimmer, elegant und unbequem, in dem es für beiderlei Geschlechter hauptsächlich darum geht, zwecks Energiegewinnung keusch die Augen zu schließen, und, sofern weiblichen Geschlechts, sich allfällig hinzugeben, was mit dem Gedanken an Gott und Vaterland verbunden sein möge. Der Speiseraum verwöhnt bereits mit diskreter Prachtentfaltung und im Wohnraum zeigt sich endlich, wo englisches Leben seine erogenen Zonen hat – nämlich in der lustvoll zelebrierten Konversation, die man hier stehend, sitzend oder locker auf das Kanapee gestreut betreibt.

Bei dieser Art zu wohnen ist es auch geblieben, als die Briten in Richtung Heimat das Weite suchten, nicht, weil man in Kashmir davon so beeindruckt gewesen wäre, sondern weil man argwöhnte, Ausländer, verrückt, wie sie sind, hätten nun einmal diesen grässlichen Geschmack. So verwenden die Kashmiri für das Einrichten der Hausboote das Wort „dekorieren", weil es ja wirklich keinen tieferen Sinn haben kann, einen Raum, der mit vier Wänden und einem Fußboden ausgestattet ist, mit irgendwelchen Möbelstücken vollzuräumen. Alles in allem schwimmt ein recht eigenartiges Gemeinwesen auf dem See: ein indisches Dorf, bestehend aus einfachen, schmucklosen Booten, von der Großfamilie überreichlich bevölkert; davor ein zweites Dorf – für die Gäste, eher kurios anzusehen. Die Straßen sind Wasserstraßen, der Alltag kommt mit schöner Selbstverständlichkeit ins Schwimmen.

Noch ist alles neu. Dem Magen ist einigermaßen poetisch zu Mute, er verdaut Lotusblütenwurzelgemüse. Ein feiner, aber intensiver Duft von Gewürzen belegt, dass hier McDonald noch nicht zuhause ist, und die Treppe vor dem Haus mündet ins Wasser, goldfarben und dunkel, so spät am Abend, leise bewegt. Srinagar ist putzmunter unterwegs und der Hausbootbewohner kann dem wahrlich feudalen Vergnügen frönen, im Sitzen spazierenzugehen. Viele kleine Boote sind auf dem See. Sie tragen den schönen Namen Shikara und tragen nicht Trauer wie die Schwestern in Venedig; im Gegenteil, je bunter, desto besser; und die Luxusmodelle für Luxuspassagiere sind mit schwellenden Polstern ausgelegt, auf welchen der träge Leib geradezu aufdringlich entspannt ruhen darf. Allerdings, wenn eine Randbemerkung zum Thema Kultur gestattet ist: Inder ziehen die Schuhe aus, bevor sie sich in die Waagrechte begeben. Europäer trampeln noch im Liegen auf den guten Sitten herum.

Natürlich gibt es auch schlichte Wasserfahrzeuge, nützliche, würdige Boote, randvoll beladen mit Tang, der als Dünger dient, mit großblättrigen Wasserpflanzen, die den verehrten Kühen das Wiederkäuen schmackhaft machen, mit Stroh zum Flechten von Dächern und zum Abdichten der Schiffsrümpfe, oder auch schlichtweg mit Menschen, mit stillen, sanften Menschen, die beim Rudern nur dann singen, wenn keiner zuhört. Die Kashmiri muss man einfach mögen. Man sollte eigentlich ein paar von ihnen einpacken und mit nachhause nehmen, zum Trost für zivilisationszerschundene Seelen. Wie sanfte Geier hocken sie auf den Booten und tauchen behutsam das Ruder ins dunkle Wasser. Die Ruderblätter sind übrigens herzförmig, aber gottlob ist noch keiner auf die Idee gekommen, „Gruß aus Kashmir" draufzuschreiben und sie als herziges Souvenir zu verkaufen. Und dann – die Händler. Es gibt unzählige: den mit der Schokolade, den mit dem Mineralwasser, den mit den feinen Stoffen, den mit Papiermaché-Waren, den mit den Nussholzschnitzereien, den mit dem Rauschgift … Sie rudern des Weges, legen behutsam an, vornehmlich bei Booten von Angehörigen ihrer Großfamilie, breiten ihre Ware aus, lassen über den Preis mit sich reden, sind bei aller Tüchtigkeit und Hartnäckigkeit nicht aufdringlich und wünschen auch dann noch einen schönen Abend, eine geruhsame Nacht und einen ersprießlichen Tag, wenn der Handel nicht zu Stande gekommen ist.

Der Abend ist kühl, die Nacht wird kalt und der Fremde staunt über das heitere Behagen der Schiffer. Dieses Behagen hat allerdings einen vorerst unsichtbaren Grund: Unter dem Feran steckt ein Cogdy – die weiten, dicken Mäntel verbergen einen kleinen Privatofen, ein Tongefäß, vorsorglich umflochten, mit glühenden Kohlen gefüllt. So durch und durch zart erwärmt und geräuchert lässt es sich schon leben und alt werden. Es wird eine lebendige, vielstimmige Nacht: Trommeln machen die Stille beben. Fromme Stimmen üben bis in den Morgen hinein den Chorgesang. Zwischendurch rattert auch einmal ein Feuerwerk los, weil sich das so gehört, wenn geheiratet wird. Das Boot knackst, gurgelt und raschelt, das Wasser plaudert oder wird laut, wenn etwas hineinfällt, und ein paar Katzen lassen sich durch den See nicht am Streunen hindern: Die meisten Boote sind ohnehin durch Stege verbunden.

Dann streut ein gläserner, kühler Morgen verschwenderisch Licht über die bunte Wasserfläche. Herr Mohamed, wer sonst, kommt rasiert, gekämmt, ganz Maître de Plaisier, herangeeilt und verkündet nicht ohne Stolz, dass der sinnenbetörende Genuss eines „hot shower" nunmehr zu haben sei. Aber er sagt das nicht so direkt, denn dies wären ja schon wieder europäische Manieren. Er fragt nach dem Befinden, redet übers Wetter und ist dann schon recht froh, wenn ihn der Gast verständnisvoll aufs Thema bringt. Zu jedem Hausboot gehört eine Shikara. Zu jeder gehört ein versierter Kapitän, der zuerst Kraft aus der Dienstwasserpfeife saugt, um anschließend ganz erbärmlich zu husten – aber das trägt man eben, in Raucherkreisen.

Dann gleitet das Boot über den See: leise, ruhige Bewegung, sie überträgt sich auf die Gesten der Menschen, die einen guten Teil ihres Lebens rudernd verbringen. Das Gewirr der Kanäle ist dicht belebt. Es gibt protzige Kähne der Luxusklasse, in denen sich so ziemlich alles abspielt, was ein englisch orientierter Inder als „High Life" empfinden mag. Es gehört zu den unfrommen, doch erlaubten Lüsten, sich auf solchen Booten in einem Rahmen zu bewegen, der der hochedlen Existenz des Gastes eigentlich schon immer zugestanden wäre, irgendwann wird der Pseudopalast allerdings ein wenig unbehaglich mit seiner kühlen, ein wenig muffig riechenden Pracht. Dann ist es höchste Zeit, in ein Hausboot der Mittelklasse umzuziehen oder gar in eines der billigsten Kategorie: ganz schlicht, sparsam eingerichtet, liebenswert vergammelt, aber immer noch mit viel Personal umsorgt, mit einer Küche, die indische Nobelrestaurants leichthin beschämt. Auch der Mangel an Fließwasser lässt sich verschmerzen, wenn man bedenkt, dass auch die Luxuskähne ihr sprudelndes Nass aus dem See holen und dann auf dem Dach in einem verbeulten Gebinde der Indian Oil lagern.

Der See hat viele Gesichter. Die meisten lächeln. Da gibt es romantisch-schäbiges Durcheinander, Chaos, das sich nur dem entwirrt, der es lernt zu warten. Manchmal rückt die Stadt ans Wasser, spiegeln alte Holzhäuser ihre ernsten, armen Gesichter, wird auch dem romantischen Geist klar, dass er auf der Kanalisation spazierenfährt. Dann öffnet sich plötzlich die Szene, wird klar und frisch, unendlich weit. Schwimmende Gärten treiben im hellen Blau, Tautropfen schmücken die Wasserlilien, Menschen und Schiffe malen betörend schöne Bilder auf den See. Zum Teufel mit allen trockenen Gemütern, die verbissen leugnen, wie hemmungslos kitschsinnig Wirklichkeit sein kann, wie atemberaubend augenfüllend. Da und dort ist das Leben auf dem Wasser auch nicht ganz echt: auf dem angrenzenden Nagin-See etwa, einem blanken, geschniegelten Holiday-Revier, wo die Hausboote wie Musterknaben das Ufer säumen und ein paar Wasserschifahrer meinen, jetzt wäre endlich auch hier alles wie in Saint Tropez. Oder im lauten, angeblich vornehmen Teil des Dal-Sees, gleich gegenüber der neuen Stadt und der Uferstraße, wo hauptsächlich Leute investiert haben, die eigentlich nicht hierher gehören und die auch nicht in Booten residieren, sondern in Chefetagen. Aber man kann ja ausweichen, sich gezielt verirren, versuchen, mit den Leuten, deren Welt auf dem See schwimmt, ein wenig mitzuträumen. Der See hat Platz genug für viele Tage schöner Erfahrung.

Wer dennoch Unruhe spürt, hat viel Gelegenheit, Abwechslung ins Leben zu bringen: Da sind zum Beispiel die zauberhaften Mughal Gardens. „Garten des Zephirs" heißt einer, „Königsquell" der andere. „Garten der Freude" der nächste und „Schlupfwinkel der Liebe" der vierte – dem sollte man Persönliches hinzufügen. Es gibt die wunderliche mittelalterliche Stadt Srinagar mit verwunschenen Gewölben, in denen Kaufleute sitzen, die seit tausendundeiner Nacht nichts anderes tun. Es gibt Wintersportorte, oben in den Bergen; es gibt eine Abenteuerroute mit

430 mühsamen Kilometern nach Leh, der Hauptstadt von Ladakh, der Dachrinne am Dach der Welt sozusagen. Aber es regnet relativ selten dort. Wer sich nach Amarnath versteigt, an die viertausend Meter hoch, darf in einer Höhle ein „linga" aus Eis besichtigen – ein eindrucksvoll eindeutiges, fast drei Meter hohes Symbol göttlicher Manneskraft.

Wer's aber ruhig mag, wird es genießen, gelassen die Zeit auf seinem Hausboot zu vergeuden, mitzuleben. Er wird Srinagar an sich vorbeiziehen lassen und Menschen, die sich trotz ihrer Gäste nicht zum Schauobjekt entwickelt haben. Leute, denen man zuschauen darf, sind sie schon eher. Zurückgekehrt kommt man sich dann ein wenig blöd vor, mit dem Telefon, dem Anrufbeantworter und dem Terminkalender. Aber eins mag beruhigen: Ein Kashmiri lacht dich nicht aus.

Chelsea Hotel

Luxus wird irgendwann peinlich. Schäbigkeit schlägt sich auf den Magen. Das wahre Leben wohnt zwischen den Extremen.

„I remember you well in the Chelsea Hotel" fängt beiläufig eine jener Liebesgeschichten von Leonard Cohen an, die so zauberhaft schnell aufhören. Janis Joplin sei die Dame gewesen, gestand irgendwann der Meister, möglicherweise um nicht gestehen zu müssen, wer sie wirklich war. Jedenfalls darf unterstellt werden, dass die Begegnung in einem Westend-Hotel nobel gelangweilt erfroren wäre. Blüht etwas auf, unsicher, in sich verloren, brauchen die Farben den grauen Hintergrund, um zu leuchten. Das Haus tut seine Pflicht als Bühne, weitgehend leer, Kulissen und Theatermaschinen sind entbehrlich.

Zweitklassige Hotels umgeben ihre Bewohner mit verlässlicher Gleichgültigkeit, nichts lenkt vom wesentlichen Geschehen ab. Wer eine starke Inszenierung im Kopf und im Bauch hat, braucht so ein Haus. Er braucht einen Portier, den sein logiertes Leben zwischen Handelsreisenden, Paaren und Sonderlingen glattgeschliffen hat wie einen Stein im Bachbett. Auf ein weitläufiges Foyer, jene scheinheilige Welt zwischen Straße und Bett, wird man verzichten. Gestylte Drucksorten, in denen die Hoteldirektion umfassende Zuwendung heuchelt, sind ohnedies Makulatur. Hauptsache, man kennt den Fluchtweg und weiß, wo der nächste Feuerlöscher ist. Wer hier eine Nacht in Angriff nimmt, mag es am liebsten pur.

Da wäre zum Beispiel Einsamkeit von der Sorte, die nichts neben sich duldet, schon gar nicht billige Zerstreuung. Erst zwingt sie dich, ihr ins Gesicht zu schauen, dann lässt sie dich spüren, wie stark sie ist. Erträgst du sie, öffnet sie sich weich und küsst dir die blauen Flecken weg. Sie stellt kühle, klare Bilder ins Fenster: eine Feuermauer, nackt im Licht, eine belanglose Straße, Hinterhöfe, Dächer. Decke und Wände des Zimmers zeigen ihre Geografie her: Flecken werden zu Kontinenten, Sprünge im Verputz zu filigranen Wegen, beruhigend abseits des rechten Pfades. Ein ehrliches, illusionslos benutztes Zimmer: Hier wurde nie logiert, nie repräsentiert. Hier zählen nicht Dekor, nicht schöne Betäubung, nicht behaglicher Schein: Schmeckt dir dein Schweigen, dann nimm noch einen Schluck. Das Bett gibt knarrend Antwort, wenn du dich bewegst, der Schlaf kommt spät und bringt grelle Träume mit. Es ist ein eigener Morgen, der, ohne anzuklopfen, ins Zimmer kommt: ungewaschen, nicht eben aufdringlich, aber sehr direkt. Das Frühstück kann unterbleiben, draußen wartet die Welt, prall, opulent und verfügbar.

Manchmal treffen in solchen Hotels zwei Einsamkeiten aufeinander, spröde, fast widerwillig. Das Thema ist abgenutzt, die Varianten sind alle durchgespielt. Irgendwie peinlich, wenn man sich in einer dieser schwarz-weißen Inszenierungen wiederfindet. Man einigt sich also auf ein Minimalprogramm: einander die Zeit zu vertreiben, bis auch das langweilig wird. Selten entgleist die Unverbindlichkeit, flackert verleugneter Hunger hoch, schwappt Traurigkeit über oder kommt jene seltsame, verzweifelte Lustigkeit auf, die zwei stumme, kalkweiße Clowns übriglässt.

Es gibt natürlich auch, oder vor allem, ein vorsätzliches Miteinander – vorsätzlich, aber nicht käuflich, zweckdienlich, aber nicht berechnend: Es hat sich nämlich irgendwie ergeben, nicht überwältigend genug, um gefeiert zu werden, zu wenig dauerhaft für eine nennenswerte Zukunft. Aber beide haben im Augenblick zu wenig, um auf irgendetwas verzichten zu können. Die Sache eilt auch, weil noch vor dem Ende etwas daraus werden sollte. Hergeschenkt wird nichts, doch geborgt. Ein flüchtiges Vertrauen ist da, eine Hinwendung auf Widerruf. Gut, wenn das Hotel alles nicht peinlicher macht, als es ohnedies ist. Gut, wenn das sparsam möblierte Zimmer zu einer lieblos ausgestatteten Beziehung passt. Beruhigend, wenn nichts die Illusionen aufweckt. Ein paar Stunden achtlos unters Bett kehren, sich fröstelnd ineinander verkriechen, irgendwann lösen sich die Brücken von ihren Enden und spannen sich über die Angst wie graue Regenbögen. Dann malt die Dunkelheit neue, ungebärdige Bilder, und fast könnte man glauben, am Morgen darauf, dieser Spiegel über den zwei Zahnputzgläsern erzähle nichts als Lügen.

Und? Fragt einer dann beim Frühstück. Was, und? Kommt die Gegenfrage. Schulterzuckende Ratlosigkeit, fast schon freundschaftlich und jedenfalls viel besser als zwei rasierwasserduftende Küsschen auf die Morgencremewangen in der Hochzeitssuite im Grandhotel.

CULINARIUM

Esslust

Lust: a) heftiges, auf die Befriedigung sinnlicher Bedürfnisse gerichtetes Verlangen; b) aus der Befriedigung sinnlicher Genüsse entstehendes Gefühl.

Der trockenen Definition sei hinzugefügt: Lust ist saftig, prall und ungeniert, von zephyrischer Anmut, sprödem Wohlklang und subtilem Reiz. Das alles ist ziemlich kompliziert und hat in der Wertskala unserer Leistungsgesellschaft bestenfalls den Rang einer Lockerungsübung. Das trendgerechte Äquilibrieren der Kochkunst und das statusgerechte Zelebrieren der Esskultur zählen zu den anerkannten Leistungen; was die Esslust betrifft, gibt es ein verräterisches Vokabel: Amuse-Gueule. Der Geschmackssinn möge sich höflich erfreut kräuseln, sich eintanzen für die Kür, hoffentlich schafft er den eingesprungenen doppelten Rittberger und schmeckt wirklich, was ihm der Meisterkoch auf seiner Nirosta-Bühne vorhüpft.

Meine mütterliche Großmutter, die beste von allen, Gott hab sie selig, aß für ihr Leben gern. Erst fasste sie das Nahrungsmittel mit zärtlicher Gier ins Auge, dann nahm sie es nicht ohne Koketterie in den Mund, einer prüfenden, fühlsamen Kaubewegung folgte das Erröten ihrer Apfelwangen und die Verleihung ungezählter Hauben mit den Worten: gottvoll weich! Sie war mit allem glücklich, Hauptsache, es ließ sich auch ohne Zähne beißen. An Lust, vorher, während und nachher, fehlte es ihr nie. Ein Schauspieler, dem dramatische Wucht durchaus geläufig ist, bekommt von seinem wissenden Vater alljährlich zum Geburtstag Babynahrung geschenkt. Die löffelt er dann, wilde Schauer durchrieseln seine sehnige Gestalt und ungeahnte Wonnen lassen seinen Blick in einer Weise lodern, die in Damenkreisen ganz ohne falsche Scham und Prüderie gelobt wird. Ein Fotograf, einer von den guten, schwarz-weiß im Gemüt, reduziert auf die dichteste Essenz, versucht erst gar nicht, seine erotische Beziehung zum Bauernschmaus zu leugnen. Das fetteste Stück legt er triefenden Bartes beiseite: für den letzten Bissen.

Die hiermit belegten Wege zur kulinarischen Lustempfindung stimmen allerdings traurig: Sollte sie wirklich den naiven, den perversen und den derben Essern vorbehalten bleiben? Außerdem scheint der ziemlich unbestrittene Unterschied zwischen männlichem und weiblichem Sinnesgenuss völlig ungenügend dargestellt. Zwischen ein und derselben Auster im Munde Sylvester Stallones und im Munde der Sophia Loren liegen, wie sich jeder gerne ausmalt, Welten. Ganz abgesehen davon ist die Lust am Essen und beim Essen nach historischen, kulturellen, weltanschaulichen, sozialen, nationalen und weiß der Teufel nach welchen Gesichtspunkten noch zu differenzieren. Eigentlich ein wenig erschreckend, dass Henkersmahlzeiten und Eucharistie, Hochzeitsmähler und Geschäftsessen so viel gemeinsam haben. Das Bewusstsein, dass Essen ebenso ein unverzichtbares Mysterium ist wie eine banale Notwendigkeit, verträgt sich schlecht mit kulinarischem Kunsthandwerk. Die wehleidige Forderung nach immerwährender Perfektion und der scheinheilige Götzendienst an hochgeputschter Kreativität lassen auch gefestigte Genießer unweigerlich degenerieren. An die Stelle der Lust tritt die vorübergehende Besänftigung nervöser Sensibilität.

Vielleicht kommen wir über die zahlreichen Irrwege dem rechten Pfade näher. Ein besonders tollpatschiger Gedanke: Die Vorväter hatten offenbar mehr Lust am Essen als wir, heutzutage also äfft man sie nach. Die Teilnahme an Rittermählern ist fast so verabscheuenswürdig wie das Tragen von Lederhosen in Aussee, wenn man kein Ausseer ist. Ein zweiter, besonders rigider Gedanke: Lust kann nur bereiten, was gesund ist. Das glaube ich erst, wenn mir ein Bioladen begegnet, der es mit der Erotik einer Leberkässemmel aufnimmt. Dritter, besonders hinterhältiger Gedanke: Lust sublimiert man heutzutage. Überhöhte Erdäpfelsuppen und geadelte Blunzen sind Talmi, wahre Kunstwerke bleiben sich treu.

Der nächste Versuch, sich dem Kern der Sache zu nähern, betrifft Lusttöter, es muss ja auch in der kulinarischen Welt so etwas wie Strumpfhosen oder Mundgeruch geben. Zweierlei Sorten von Geruch garantieren Lustlosigkeit: Frittierfett und gar kein Geruch. Zweierlei Sorten von Lokal vermiesen das Essen: dreckige und sterile. Zweierlei Sorten von Ober sollten zur Strafe von sich selbst bedient werden: Ahnungslose und Besserwisser. Daraus folgt ganz klar, dass Lust, um zu keimen, die Mitte, das rechte, wohlgerundete Maß braucht. Soweit das Umfeld, aber es geht ja ums Essen. Wer nicht stumpf in sich hineinschaufelt, führt mit dem, was er betrachtet, beschnuppert, zu Munde führt und schmeckt, ein Gespräch, ein langweiliges, interessantes, spannendes oder auch faszinierendes. Schließlich geht es um recht intime Dinge, darum nicht zuletzt, den Gesprächspartner nach eingehender Auseinandersetzung mit seinen Vorzügen und Schwächen, seinen Reizen und ganz gewöhnlichen Eigenschaften, seinen harmonischen und widersprüchlichen Seiten, mit der eigenen Existenz zu vereinen: ein Ereignis von umfassender Sinnlichkeit.

Da einmal erfahrene Lust süchtig, gierig und rücksichtslos macht, werden sinnliche Esser unersättlich nach Abwechslung und neuer Erfahrung züngeln, den geliebten Schweinsbraten mit Eierschwammerlsalat und Taubenbrüstchen betrügen und den Seeteufel in Senfschaumsauce mit einer hinreißend ordinären Burenwurst hintergehen, schamlos und im Stehen. Es kommt also gar nicht so sehr darauf an, welche Lustobjekte die Küche produziert, sie sollten nur auf ihre Weise unwiderstehlich sein. Auch trägt die Küche nicht allein die Last der Verantwortung. Wer es nie gelernt hat oder, noch schlimmer, verlernt hat zu essen, wird es zwar tun, aber bestenfalls irgendeine Ersatzbefriedigung erleben. Da wäre einmal die „Billig und gut"-Kategorie, seit Jahren aus der kulinarischen Szene verbannt, als Lobby stark wie eh und je. Wenn ihre Vertreter nicht gerade auf Werbefahrten nach Bayern unterwegs sind oder in Sopron einkaufen, beäugen sie leise sabbernd Schnitzel, die über den Tellerrand hängen wie Busen bei Fellini. Eine leise Übelkeit nach Genuss desselben gilt eher als Indiz für die Intensität des Erlebten. Am anderen Ende der Skala sind die „Nach Begrüßung durch den Sommelier ließen wir die Tischkultur auf uns einwirken"-Esser zuhause. Trends haltlos ergeben, die Dogmen der Esspäpste auch in dunklen Stunden nicht anzweifelnd, zahlungswillig und von devotem Kennertum, halten sie gemeinsam mit der unmoralischen, aber nicht immer lustlosen Gruppe der Spesenesser Lokale am Leben, die eigentlich längst an ihrer maßlosen Disziplin und krampfhaften Kreativität verenden hätten müssen. Im Niemandsland hockt dumpf und gleichgültig die Schar jener, die ihre kulinarischen Ansprüche gerne mit „Das Menü bitte" umschreiben, dazu lesen sie Zeitung, meist schmeckt die Suppe nach Fußball, das Saftfleisch nach entblößtem Oberkörper und das Dessert nach Chaoten, die schon wieder ein Haus besetzt haben, statt das Menü zu essen wie andere anständige Leute auch.

Eigentlich gehören alle jene zu den bedauernswerten Essbehinderten, die sich von Nebensächlichkeiten wie Völlerei, Angeberei oder Profilierungssucht von der Hauptsache, der Lust am Essen, ablenken lassen. Die einzige Ablenkung, die den Spaß zu mehren vermag, lenkt eigentlich nicht ab, sondern vertieft, indem sie die Erotik des Essens in die Erotik einer Beziehung zwischen Menschen einbindet; man verzehrt auch einander, ein Akt von deliziösestem Kannibalismus. Jedes liebende Weib wird völlig zu Recht von rasender Eifersucht gebeutelt, sieht es den Mann seiner Wahl mit einem zweiten Mann lustvoll essen: Die beiden Bolde sind einander im Augenblick reichlich nahe. Beiläufig schiebt sich die Frau ins Bild, und schon wieder ist ein neues Mineralwasserplakat fertig.

Inszenierte Lust ist aber erst recht wieder keine. So gegen Ende der Geschichte keimt auch der Gedanke, es könne einem Ereignis von elementarer Wucht und Verletzlichkeit auch nicht guttun, es allzu ausführlich zu beschreiben. Da denke ich lieber an meinen achtbaren Weinkellernachbarn im Pulkautal, den Anton Kastenhofer, wie er eines Tages von mir in seinem Presshause ertappt wurde, innige Zwiesprache mit reifem Quargel pflegend, und wie wir wenig später ein Herz und ein Gestank waren. Und mir fällt ein Hotelrestaurant in der Aquitaine ein, so eines mit Styropordecke und Kristall-Luster, das ein begnadeter Meister der Kochkunst in einen schwerelosen Palast von unendlicher Kostbarkeit verzauberte, und da rumort der Franz in mir, Wirtshauskoch, dem ich in aller Freundschaft einen nicht enden wollenden Sündenfall mit seiner Kuttelflecksuppe nachtrage.

Natürlich hat Lust auch mit gefüllten Zucchiniblüten zu tun, aber nur un peu.

Einfach Wein

Ich habe die süffige Ehre, einen Weinkenner zu kennen. Begibt er sich wie weiland Harun al-Raschid unter das gemeine, weil ahnungslose Volk, um es meuchlings mit seiner Kennerschaft zu konfrontieren, bin ich immer wieder gerne dabei. Kaum betritt er ein für seinen wohlsortierten Keller bekanntes Lokal, landen die Blicke des Patrons und seiner gutfrisierten Riege mit klebriger Ehrerbietung auf den erwartungsvoll bebenden Hamsterbacken, den schwimmenden Äuglein und dem schon etwas feuchten, doch kritisch-mokant verzogenen Mund.

Der Weinkenner lässt sich einen Sessel unterschieben, legt bedächtig, doch nicht ohne Nachdruck ein vollständiges Verzeichnis aller empfehlenswerten Jahrgänge neben die Serviette, überlässt es dem Patron, ein Menü zu komponieren, und harrt des Sommeliers. Der bringt zwar eine dickleibige Weinkarte mit, denkt aber nicht daran, einen Weinkenner mit dem üblichen Angebot zu beleidigen. Da wäre noch eine einzige Flasche eines schon sehr raren Bordeaux im Keller, Cinquième Cru Classé zwar, aber Château Mouton Baron Philippe, Sie wissen, fügt er vertraulich hinzu, das frühere Château Mouton d'Armailhac – ein 1961-er jedenfalls. Der Weinkenner blättert beiläufig in seinen Unterlagen, liest „groß", liest „körperreich" und nickt voller Huld: Wer redet in einem solchen raren Augenblick des Einverständnisses von Geld. Sein Geist schwebt über den Wassern der Gironde und über dem Pauillac. Sie werden es vielleicht nicht wissen, wird der Weinkenner beiläufig dem Sommelier offenbaren, wenn er mit der Flasche kommt, aber Hugh Johnson spricht von diesem Wein als „männlichen Ästheten". Dann schließt er in Erwartung von Kraft und Finesse die Augen und gibt sich der Degustation hin. Während Sommelier und Patron außer Sichtweite einander glücklich in die Arme sinken, schaut, schnuppert, nippt, schlürft und schluckt der Weinkenner im sanft wagenden Bewusstsein elitären Genießens, bereit, Haus und Hof, Frau und Hund, allenfalls sogar sein Auto dafür hinzugeben.

Nie würde ich es wagen, seine Kennerschaft zu bezweifeln, auch an die Qualität der Lust, die ihn durchbebt, will ich gerne glauben, aber der Verdacht hält sich hartnäckig, all das Gespreize und Geziere könnte mehr mit dem Wein als Wort als mit dem Wein als sinnlichem Wunder zu tun haben. Auch unterstelle ich, dass allzu penibles Kennertum der Zuneigung abträglich ist, weil diese in ihrem Wesen naiv sein sollte, und das Kennertum mit Leidenschaft nicht umgehen kann, weil Kenner nicht ordinär sein dürfen. Manche werden übrigens stattdessen pervers. Einer, geradezu unanständig reich, kauft seinen Wein nach den Superlativen „der älteste, der berühmteste, der teuerste" ein, dann legt er die Flaschen achtlos in den Keller seines großen, weißen Hauses, wo es ziemlich warm ist, weil sich auch die Sauna dort befindet. Wie das denn sei, mit der richtigen Trinktemperatur? Habe ich vorsichtig nachgefragt. Er schwieg milde und wies mit umfassender Gebärde auf seine Eiswürfelmaschine.

Seltsamerweise sind mir weibliche Weinkenner weniger verdächtig. Seit jeher obliegt es den Männchen, Räder zu schlagen und Theater zu machen, während sich die Weibchen um das Leben kümmern. Nie brächte es eine Weinschwesternschaft zustande, dem Rebensaft mit einer Art Balzverhalten zu begegnen, aber das ist ja gerade das Eindrucksvolle. Das Foto einer großen Runde degustierender Weinkenner verweist Leonardo da Vincis Abendmahl mühelos ins Reich der Comics. Der gefasste Ernst in den Männermienen, die verhaltene Tragik jenes Augenblicks, der dem einsamen Richtspruch vorangeht, lässt jeden Verdacht, hier stilisierten ein paar Saufbrüder ihr Vergnügen zur Kultur hoch, augenblicklich verblassen. Auch das Vokabular der Beurteilung entspringt ohne Zweifel der männlichen Fähigkeit, dichterische Sprache mit geschliffener Exaktheit der Inhalte zu verbinden. Frauen können da nicht mit. Eine, die ich zum Kosten einlud, schluckte herzhaft und merkte dann erfreut an, der Wein schmecke nach Kellergasse, nach Herbstsonne und Sommerschatten. Ein beschämender Mangel an feinfühliger Fachsprache, in keiner Weise gesellschaftsfähig, aber goldrichtig. Eine Zweite rief in der Gesellschaft hochdekorierter Verkoster betroffenes Schweigen und peinlich berührtes Räuspern hervor, als sie auf die Frage, was ihre Meinung zu diesem Rioja Marqués de Cáceres Reserva 1981 sei, mit seinem kraftvollen Tannin und dem komplexen Fruchtaroma, mit einem schlichten „ich weiß nicht" antwortete. Dass sie damit einer überwältigenden Mehrheit der anwesenden Kenner im Grunde genommen aus dem Herzen sprach, wagte keiner zuzugeben, nicht einmal sich selbst gegenüber.

An dieser Stelle sollte ich allerdings auch eine Weinkennerin erwähnen, die mit ihrem Fachwissen die meisten männlichen Kollegen leichthin beiseitewischt. Doch darauf kommt's nicht an. Als sie sich dazu entschloss, den Wein ernsthaft lieben zu lernen, ging sie erst einmal daran, ihre Sinne für ihn zu sensibilisieren, übte sich darin, feinste Nuancen klar zu erkennen und behutsam zu unterscheiden. Dann hörte sie geduldigen Weinbauern zu, um herauszufinden, welcher reintönig redet, welcher bukettreich schwätzt oder flach langweilt. Sie schaute dem Wein beim Wachsen zu, kostete die Trauben, schloff in die Keller, erlebte, wie der Traubensaft gärte, stürmte und sich klärte. Als sie das Wunder Wein erspürt hatte, konnte auch jede Menge Theorie die Innigkeit der Beziehung nicht mehr stören.

Die Summe der achtungsgebietenden, überzeugenden und liebenswürdigen Eigenschaften eines Weines bestimmt den Wert, nicht das Etikett. Da gibt es ja schon wieder eine Entwicklung vom Wein zum Schein: Weindesign. Erst waren Etiketten nützlich und in aller Unschuld auch schön, dann protzten sie so lange vielfarbig und goldgeprägt vor sich hin, bis wohltuend zurückhaltende Noblesse in Mode kam. Endlich pfiffen bessere Produzenten das heitere Künstlervölkchen herbei, und wer sich solches nicht leisten konnte oder wollte, bediente sich neuer Schlichtheit, ließ krakelige Handschrift auf schrumpeliges Papier drucken oder imitierte per Siebdruck bekritzelte Flaschen und ließ womöglich auch noch einen dekorativen Kellerpilz aus Schaumstoff um den Korken wuchern. Flaschen imitieren eine Wirklichkeit, die echt billiger zu haben wäre, und lügen eine Nähe zum Produkt vor, die man gar nicht vorlügen müsste.

In weiten Teilen Österreichs, schon gar im Land um Wien, ist es ganz einfach, sich den Luxus zu gönnen, wenigstens ein paar von den Weinen, die man trinkt, schon als Traube gekannt zu haben. Die Qualität des Genießens braucht nämlich die Intensität der Beziehung, wirklich profundes Kennertum setzt mehr als eine flüchtige Bekanntschaft voraus. Jedes Jahr zur Weinlese machen sich ein paar Städter den Spaß, dabei zu helfen, doch kaum einer kommt auf die Idee, eine freundliche Herbstreise zu unternehmen, nur um zu kosten, wie die Trauben heuer gewachsen sind: der Grüne Veltliner oder der Rote Veltliner, der Weißburgunder, der Blaue Portugieser, der Riesling-Sylvaner, der Zweigelt, der Müller-Thurgau und und … man könnte höflich in eines der Presshäuser treten, schön fragen, ob's gestattet sei, und vom Most kosten, wie er frisch aus der Presse rinnt. Dann offenen Sinnes durch eine Kellergasse spazieren, durch ein Dorf neben dem Dorf, in dem nur der Wein wohnt.

Später, wenn die Wirtshäuser in der Stadt ihren erbärmlichen „Sturm" nur noch mit üblen Tricks am Gären halten, wäre ein zweiter Besuch fällig: Jetzt füllt Gärgas die Keller, ein sanfter, geruchloser Mörder, jedes Jahr holt er sich ein paar, die unehrbietig mit ihm umgehen. Aber es ist schon sehr spannend, den Wein in seiner stürmischen Pubertät zu verfolgen, ein Fass noch süß, das andere in jenem reizvoll labilen Niemandsland zwischen Most und Wein, ein drittes schon herb. Um diese Zeit gibt es viel Kellerarbeit, aber keine Hektik: Da kann es gelingen, ein wenig mit dem Weinhauer ins Gespräch zu kommen, mit ihm und seinem Produkt vertrauter zu werden. Vielleicht wird eine gute Bekanntschaft daraus. Schnell geht das nicht, aber sie ist der Mühe wert, weil keiner von den Schnöseln, die ihre noblen Bouteillen aus den Regalen holen oder sie sich vollmundig einreden lassen, kann von sich behaupten, seinen eigenen Weinbauern zu haben.

Wer schon einmal damit angefangen hat, mit dem Wein zu leben, sollte auch nicht vergessen, dass es zum Fest des Heiligen Martin noch bessere Dinge zu feiern gibt als einen zerschnittenen Mantel. Ab diesem Zeitpunkt trägt der Rebensaft, noch staubig, den Ehrentitel „Wein". Martinigans und Wein im schicken Haubenambiente zu genießen, ist Luxus aus zweiter Hand, leichthin übertroffen von einem Dorfwirtshaus unweit der Kellergasse: Die Rückkehr zu den Ursprüngen wird ohnedies immer schwieriger, wo sie noch möglich ist, sollte man sich's gönnen.

Nächster Kellertermin: irgendwann im Winter. Jetzt sind die Kellergassen unbelebt, die Presshäuser still und kalt. Aber hinter der Kellertür wird es seltsam wohnlich. So um die 12 Grad hat die Kellerluft das ganze Jahr über, kühl im Sommer, fast schon warm, wenn es draußen friert. Im Winter haben die Weinbauern viel Zeit für den Keller, treffen einander, tauschen Erfahrungen aus, verkosten fachkundig, ehrlich und ohne Brimborium. Schaut dann einer anerkennend und sagt womöglich gar „Mh!", spricht das allerdings Bände. Kommt ein Gast dazu, darf er schon auch in die Runde, wenn er nicht vorlaut ist. Für ihn beginnt das Abenteuer, sensibel und beharrlich nach jenen Weinen zu forschen, die er vielleicht einmal kaufen und nachhause tragen wird. Bis zum Frühling wird man damit Geduld haben, Wein, soll er werden, wie er ist, und nicht, wie man es erzwingt, braucht Zeit und Ruhe. Außerdem: Spätestens im Frühling wird der nächste Besuch zur lieben Pflicht, schon um die frischen, hellgrünen Blätter an den Rebstöcken zu sehen. Dann wird es Sommer, Zeit, die kleinen, unreifen Trauben mit zärtlicher Gier und heiterer Ungeduld ins Auge zu fassen, Sommerhitze und Kellerkühle münden ineinander.

Endlich rundet sich das Jahr im Herbst, ein neues Spiel darf beginnen. Eines, das sich natürlich auch im Piemont spielen lässt, im Bordelais, Rioja, wo immer. Alles eine Frage des Budgets. Wer erst einmal gelernt hat zu genießen, darf auch viel Geld dafür ausgeben.

Man muss sich nicht genieren

Es ist ein paar Jahrzehnte her und Hans-Joachim Kulenkampff hatte noch mehr Haare auf dem Kopf als Jahre auf dem Buckel, als eine seiner Quizkandidatinnen die Aufgabe bekam, ein Nutztier zu zeichnen. Sie schritt wippenden Pettycoats zur Tafel und skizzierte mit flottem Strich ein Huhn, das die frevelhaften Absichten künftiger Genmanipulanten locker vorwegnahm: Es stelzte nämlich auf vier Beinen einher. Damals hatte Holz, wenn es auf sich hielt, Resopal zu heißen, nur die amerikanische Küche passte zu den Nylons der modernen Hausfrau und ein Huhn war eben nur noch als theoretische Summe bedienungsfreundlicher Teilstücke vorstellbar. Diese Keulen und Brüste kamen aus den neuen, hygienisch einwandfreien Geflügelfarmen, und schmutzige Gedanken an rauchende Misthaufen und lüsterne Hähne durfte man gottlob vergessen. Der ebenso kultivierte wie zukunftsfrohe Mensch konnte sich neuerdings auf sein Deo verlassen und war auf dem besten Wege, auch den Rest der Welt von peinlichen Gerüchen, eindeutigen Aromen und ordinären Bildern zu befreien.

Zwischen das unzivilisierte und das zivilisierte Leben wurden Filter geschoben, die alles Derbe, Deutliche in wohldosierte Akzente verwandelten. Er war ja wirklich nicht einzusehen, warum man sich mit einem blutigen Stück Fleisch, Knochentrümmern und schrundigem Wurzelwerk abgeben sollte, wenn es für die Herstellung einer Rindsuppe auch genügte, einen bräunlichen Würfel ins heiße Wasser zu bröseln. Die Idee, irgendwelchen Früchten gewalttätig den Saft aus den Leibern zu pressen, musste vor dem prickelnden Brausepulvereffekt verblassen, und ein Butterstriezel von vulgärer Gelbheit, wenig haltbar und von derber Bäuerinnenhand betatscht, hatte gegen ein schnittig verpacktes, vierkantiges Produkt aus der Milchfabrik keine Chance. Pyramidenförmige Milch hatte nicht länger diese beunruhigende Kuhnähe und stromlinienförmige Schweine machten, in Boxen sauber aneinandergereiht, einen weitaus manierlicheren Eindruck als ihre sich mit säuischem Behagen suhlenden Vorfahren. Es war nicht länger notwendig, sich distanzlos mit dem Leben auseinanderzusetzen, man brauchte nur gegen alles Unerwünschte und für alles Erstrebte die entsprechenden Mittel zu finden.

Es gab allerdings Spinner, die sauertöpfisch argwöhnten, ferngesteuertes Leben könne sehr bald langweilig werden, und dann führe der Weg aus der bequemen Distanz in frustrierende Leere. Die Spinner behielten natürlich recht und die verdatterten Fortschrittsjünger, mit ein paar Wachstumsraten im Rückstand und mit einer uneingestandenen Sehnsucht im Bauch, taten, was sie gelernt hatten: Sie behandelten Symptome. Die Welt wurde flugs mit Brettern vernagelt, die Luft war plötzlich volkstümlich geschwängert von massiven Schallwellen der Original lustigen Polsterzipfdodeln und das wässrige Schnitzelfleisch war nunmehr in rustikal kariertes Plastik verpackt. Dann machten auch noch die sonst so klugen Spinner den Fehler, zu Propheten zu werden. Mit wissendem Blick und ahnungsvoll wehendem Haar näherten sie sich der Krume und allem, was da wuchs und weste, entsagten der Fleischeslust und gleich auch den übrigen Lüsten, lauschten in angespannter Verklärung nach innen, um endlich mit sanft resignierender Gebärde jene Welt nicht zu retten, der ohnehin nicht mehr zu helfen war.

Nachdem die Heiligen also ziemlich versagt hatten, konnte man nur noch auf die Sünder hoffen, auf die Fresser und Säufer, auf die schamlosen Genießer, auf die geilen Böcke und die willigen Weiber. Sie alle wären nicht einmal im Traum auf die Idee gekommen, sich irgendeinem Aspekt des Lebens scheu, asketisch und keusch zu nähern. Im Gegenteil: Sie nahmen sich seit jeher schamlos, was sie kriegen konnten. Allenfalls regte sich so etwas wie respektvolle Anerkennung in ihren lasterhaften Herzen, wenn ein Objekt der Begierde, zierlich verkostet oder hemmungslos verschlungen, mehr hielt, als es versprochen hatte. Doch solche Lustobjekte waren rar geworden, seit die Paradeiser wie Wasser aus der Blumenvase schmeckten, Radieschen wie Mottenkugeln und Schweine wie Radiergummi. Sogar die Unkeuschheit machte keine rechte Freude mehr zwischen Geschlechtern, die ihre Rollen nach dem neuesten Stand der Sexualforschung spielten und nicht aus dem Stegreif.

Doch die Begehrlichkeit der Sünder folgt nicht nur keiner Moral, sondern auch keinem Zeitgeist und keiner Mode. So musste es einfach geschehen, dass neben dem Grüpplein bewusst lebender, verantwortungsvoller Menschen auch die wüste Horde der Sünder das Reich der Sinne durchstreifte und dabei auf naturbelassenes Leben stieß. Es machte einfach tierisches Vergnügen, die Zähne in ein Kotelett zu graben, dessen schweinischer Lieferant sich ein Leben lang sauwohl fühlen durfte, Wein zu trinken, der nach Sonne und kühlem Kellerdunkel schmeckt, nach bacchantischem Leichtsinn und nicht nach geschmäcklerischem Kalkül. Schön, wenn es Äpfel gibt, die Lust darauf machen, den Sündenfall in paradiesischer Schuld zu wiederholen, wenn Brot, das seinen Namen verdient, dick mit Butter bestrichen einen unheiligen Himmel voller Euter baumeln lässt. Waren die Sünder erst einmal satt und selig betrunken, gingen sie mit genießerischer Bedächtigkeit daran, ihre Sinnesfreuden zu verfeinern, zu zelebrieren und zu sublimieren. Hatten sie dann endlich die ihnen dienstbaren Küchenmeister zur virtuosen Inszenierung unverfälschten Geschmacks und gewachsener Qualität abgerichtet, bekamen sie auch schon wieder Lust auf derbe Befriedigung und ungezügelte Maßlosigkeit.

Das Beispiel von Sündern ist moralisch bedenklich und daher hochinteressant für anständige Menschen, die sich derlei nicht gönnen. Es regt sogar dazu an, sich sittlich einwandfreier Motive zu besinnen, die es ja doch ermöglichen, dem wüst gebahnten Weg des Genusses bürgerlich gemessenen Schrittes zu folgen. Demnach wurden jene, die den Propheten der Lehre vom grünen Leben am härenen Busen der Natur nicht geglaubt hatten, nachdenklich, erinnerten sich an die unschuldig reinen Genüsse ihrer Kinderzeit, als die Düngemittelberater erst anfingen, Karriere zu machen, entdeckten ihre Sehnsucht nach Nahrungsmitteln wieder, die einfach nur nach sich selbst schmecken, spürten scheu die Lust an gewachsener Vielfalt keimen und waren endlich bereit, das Leben auch einmal unverpackt, ungeschönt und distanzlos zu genießen. Angesichts ihrer soliden Kaufkraft reifte andererseits in den Chefetagen der Lebensmittelketten die hehre Erkenntnis, wie verdammt anständig es doch sei, im Einklang mit der Natur anständig zu verdienen, und wie anregend sinnlich doch das Wiesenglück von Tieren wirke und das grüne Wachsen und Werden, so ganz ohne Aufputschen und Niederspritzen.

Somit ist der Alltag ausgebrochen: Die Heiligen haben abgedankt, die Sünder fallen nicht mehr so auf und für uns alle sind die Biobauern genau die Leute, die wir brauchen. Das haben wir natürlich immer schon gewusst, nur eben nicht so bewusst gewusst. Richtig aufregend, das alles. Fast so, wie damals die Plastikhemden und unser Freund, das Atom. Aber auch Umwege müssen sein.

MELODIE EXKLUSIV.
SENTIMENTALE BEISPIELE

„Melodie exklusiv" war der eher irreführende Titel einer Ö3-Sendung aus den Siebzigerjahren. Schon eher war der Untertitel – „Sentimentale Beispiele" – zutreffend. Ingrid Gutschi und Meinrad Nell sprachen Gedanken, Gefühle und Träume junger Menschen aus, und die Musik zwischen den kurzen Texten regte dazu an, das Gehörte in die eigene Phantasie zu übernehmen. Darum macht auch das Lesen mehr Freude, wenn Pausen zwischen den Texten bleiben und dabei ein wenig Musik durch den Kopf und durchs Gemüt weht. Viel Leonard Cohen war damals zu hören, Joan Baez, Bob Dylan, Kris Kristofferson, Woody Guthrie, Pete Seeger, Johnny Cash, Peter, Paul & Mary, Gordon Lightfoot, The Dubliners, aber auch österreichische Gruppen wie Milestones oder Schmetterlinge. Natürlich passt auch aktuelle Popmusik – ganz nach Belieben …

Mitte der Siebzigerjahre wurde „Melodie exklusiv" von einen halben Stunde auf eine Stunde Sendezeit ausgedehnt. Um etwas Neues ins Spiel zu bringen, entstand ein skurriles Bündel allerliebster Neurosen, das nicht ganz zufällig den Namen Alfred trug.

Zum Beispiel: Burgen

Das war vielleicht ein Winter! Der Ritter im heiligen Land, die Knappen in der Schule und der Minnesänger eingefroren. Nur das Burgfräulein war noch da und hatte nichts zu tun. Da kam ihr der Gedanke, sich selbst ein Fest zu geben. Ihre Einsamkeit nahm sie als Kleid, ihre Traurigkeit trug sie als dunkle Blüte im Haar, und aus einem besonders schweren Seufzer kelterte sie schwarzen Wein. Sie tanzte ein Weilchen mit sich, sang sich zu Minne und flog endlich aus dem geöffneten Erkerfenster der Nacht entgegen. Und wer sie fallen sieht, der darf sich etwas wünschen …

Ein reisender Händler kam zur Burg. Was der nicht alles anzubieten hatte: Sonnenuntergänge, Drachen in Aspik, kandierte Seitensprünge, Posaunen mit und ohne Engel, letzte Worte und des Sängers Fluch. Und, flüsterte er vertraulich, da wäre noch etwas, im Sonderangebot! Er öffnete vorsichtig die rechte Hand. Du fragst, was es wohl war? Du hast es doch gekauft …

Da saßen sie im Burgverlies, Eisen um ihre mageren Hälse. Ach, brummte der erste, ich hätte sie doch nicht aufs Knie küssen sollen. Oh weh, brummte der zweite, ich hätte sie nicht hinters Ohr küssen sollen. Und du? Sie schauten auf den dritten. Ach, ich? Sagte der vergnügt und band der Gefängnisratte eine rosa Schleife ums nackte Schwänzlein. Ich hätte erst morgen aufhören sollen …

Du bist gefangen, mein Fräulein, in meiner Burg. Ich bin die Mauer, ich bin der Schlüssel, und ich bin das Feuer im Kamin. Ich bin dein Himmelbett und deine Truhe. Dein Tintenfass bin ich und dein Likör. Der Wald rundum bin ich, das Schweigen und die Sanduhr zwischen deinen Atemzügen. Es zieht in mir, sagst du? Sieh eben zu, dass keine Wünsche offenbleiben …

Der Burgdrache war ein besonders nettes Tier. Er sägte Bäume um mit seinem Zackenschwanz, gab dem Burgherrn Feuer und ließ das Burgkind reiten. Dem Burgfräulein machte er schöne Nüstern und der Burgfrau fing er von Zeit zu Zeit einen reisenden Helden und servierte ihn knusprig, mit zartem Rauchgeschmack. Das Gremium der Berufsdrachen indes fand ihn zu freundlich und erteilte den Bescheid, doch endlich ein wenig zu wüten. Der Drache, nicht faul, fraß sieben Ämter, den Gremialvorstand und zweihundertsiebenundachtzig Ärmelschoner. So war's, vor vielen vielen Jahren. Und stört ihn nicht. Er ist noch am Verdauen.

Du fragst nach dem Weg zu meiner Burg? Ganz einfach: Du gehst erst einmal nirgendwohin. Wenn du dort angekommen bist, wendest du dich dem nächsten Niemandsland zu und weichst, wo immer es geht, vom rechten Wege ab. Dann weiter, meiner Nase nach, und von der hohen Nasenspitze über den Handrücken in den Burggraben. Nur eine Frage: Schwimmen kannst du doch?

Zum Beispiel: Ufer

Der Fluss zwischen deinem und meinem Ufer ist ausgetrocknet. Unsere Schiffe liegen hilflos auf Grund und der Fährmann schläft in der Sonne, trocken und rissig wie harter Lehm. Unsere Brücke spannt sich leer über das breite Bett und ein Ertrunkener liegt unten, zwischen den runden Steinen, und schnappt nach Wasser. Niemandsland … Ob es da nicht wenigstens regnen könnte, zwischen deinem und meinem Ufer?

Die Königin ging am Ufer spazieren, setzte einen königlichen Fuß vor den anderen, kostete verstohlen den Geruch von Tang und Salz und Leben, ernannte eine Miesmuschel zur Auster und ließ den Einsiedlerkrebs eine Klause bauen, mit Glockenturm. Da wurde ein Mann ans Land gespült. Nass und nackt lag er da, zu ihren Füßen. Langsam hob er seinen Blick: ein königlicher Schuh, ein hochedles Knie, ein erlauchter Leib, eine majestätische Nase und …
Was starren Sie? Fragte die Königin.
Nichts für ungut, hohe Frau, Sie haben was im linken Auge …
Und – darf ich wissen, was?
Mich.

Du sagst, es sei weit zu meinem Ufer, unübersehbar, was da alles dazwischen liege? Du musst dich irren. Ich brauche nur zu flüstern und du kannst mich hören, drüben, ich brauche mich nur ganz klein zu machen und du kannst mich sehen. Alle Schiffe ohne Kiel und ohne Segel legen an bei mir und der Mond, der uns beiden ins Wasser gefallen ist, gestern Abend, schaukelt als Kahn in meinem Hafen: hoch und gelb und bereit. So komm schon. Und wenn du dann übers Wasser wandelst, hol dir bloß keine nassen Füße …

Das Ufer hatte ein Schiff erspäht. Komm! Lockte es, fächelte mit den Büschen, winkte mit den Bäumen und drückte dem Berg dahinter rasch einen netten Wolkenbausch vors schroffe Angesicht. Dann ließ das Ufer eine klare Quelle springen, jagbares Wild trat aus den Wäldern und dralle Mädchen spielten mit roten Äpfeln. Endlich kam das Schiff näher, berührte sanft das Ufer und hielt sich vorsichtig fest mit seinem Anker. Da sprangen die Räuber aus den Höhlen, raubten Fracht und Passagiere, verbrannten die Segel und stießen dem Schiff ein Leck.
Sie müssen verstehen, sagte das Ufer. Hafengebühren …

Ein Seelöwe und eine Seejungfrau trafen einander, nachts, am Ufer.
Perle gefällig? Fragte der Seelöwe und knackte eine Auster.
Nein, danke. Sagte die Seejungfrau. Das wär der Anfang vom Ende.
Gut. Sagte er da und schwamm nach nebenan. Das war's dann auch wohl. Das Ende vom Anfang.

Drüben, wo das Eis beginnt, hat sie ihr Ufer. Und gleich daneben ihre Schatzkammer: ein gefrorenes Lächeln, ein tiefgekühlter Kuss, geeiste Blicke, erstarrtes Feuer und frostige Leidenschaft. Wenn Besuch kommt, übers Meer, macht sie Feuer und taut das eine oder andere Stück behutsam auf. Und wirklich, Kompliment: Schmeckt wie frisch und ist ja doch von gestern.

Zum Beispiel: Türme

Dort, wo das Hochland besonders hoch ist und sogar die Wölfe froren in ihren Schafspelzen, stand ein Turm. Tausendundeine Krähe verbrachten darin ihre alten Tage, und am Abend hockte sich ein Schäfer zu ihnen, ein seltsamer, schmutzigweißer Vogel. Was machen die Schafe? Fragte eine Krähe. Erfroren. Sagte der Schäfer. Und was macht die Schäferin? Fragte der andere Rabe. Verbrannt. Sagte der Schäfer. Und du? Ich war das Eis, sagte der Schäfer. Und ich war das Feuer.

In einem Kirchturm, voll von Weihrauch und Glockengetön, lebte eine Fledermaus, hing demütig mit dem Kopf nach unten und faltete fromm die ledrigen Flügel.
In einem Pulverturm, voll von Gefahr und Kriegsgerät, lebte eine Fledermaus, hing vorsichtig mit dem Kopf nach unten und faltete ängstlich die ledrigen Flügel.
Wenn es Nacht wurde, strichen die beiden durch alle Schatten und trafen einander zur späten Stunde.
Mein Kirchturm, sagte die eine, zeigt himmelwärts.
Mein Pulverturm, seufzte die andere, erst recht …

Zwei Türme standen an den Seiten des Schlosses: einer groß und wuchtig, der andere klein und zierlich. Der große deckte den kleinen mit seinem Schatten zu, wenn die Sonne das Gemäuer glühen ließ, und verbarg ihn hinter sich, wenn der Wind an den Steinen rüttelte. Nur nachts, da ragte der kleine Spitz in den Mond, während der große ein wenig schlief, und war dem Dicken neben sich turmhoch überlegen.

Besteig mich nicht, ich bin ein arger Turm, das weißt du nur zu gut. In meinem Verlies modern sieben Jungfern, weil sie es blieben, und acht, weil sie es nicht mehr waren. Meine Stufen führen nur nach unten und meine Fensterlöcher wollen dein Licht nicht sehen. Mein Dach treibt's mit dem Regen und lässt dich ertrinken, mit nassen Flügeln. Schön, sagst du? Na, schön …

Ein Haus hatte einen Turm zum Nachbarn.
Haus, gestand der Turm, ich möchte dich haben.
Du bist mir, zögerte das Haus, ein wenig zu hoch.
Und weil da viel Zeit ist, zwischen Häusern und Türmen, wusch der Regen den Mörtel aus den Fugen des Turmes und das Gras sprengte die Mauern, bis der Turm eines Tages Stein für Stein dem Haus zu Füßen lag.
Nun? Fragte er brüchig.
Na gut, sagte das Haus. Bau dich hinten an.

Er hatte es auf Türme abgesehen. Einen Kirchturm bestieg er, um dem Turmhahn eine Turmhenne zu besorgen, etwas angerostet zwar, aber durchaus drehfreudig. Einen Leuchtturm stieg er in die Kuppel, ihm beim Leuchten zu helfen, mit der Taschenlampe, und einem Wachturm kletterte er aufs Dach, um ihm ein Schlummerlied zu singen. Eines Tages, als er wieder einmal so kletterte, der wilde Knabe, fand er eine Türmerin in der guten Türmerstube.
Lohnt es sich denn, hier oben? Fragte er.
Aber ja, sagte sie, ich bin Glocke im Nebenberuf.
Und …, und darf ich Sie läuten?
Nur wenn's der Pfarrer nicht hört …

Zum Beispiel: Mode

Schöne Damen gibt's! Eine war neulich bei mir: die Dämmerung als Kleid, den Wind um die Schultern und ein paar Sternschnuppen im Haar.
Du darfst dir etwas wünschen, sagte sie. Von mir bekommst du's nicht.

Er wollte ein besseres Fräulein erlegen. Also kleidete er sich in feinstes Tuch, schlüpfte in Lack und Leder und schickte seinen Diener aus, damit er ein Billett überreiche.
Das bessere Fräulein rümpfte das bessere Näschen.
Reichlich flach der Herr, und auch noch aus Papier … doch ihr, mein Freund …
Freilich, sagte der Diener und schlüpfte eifrig aus dem Wams, ei freilich, da kann ich dienen!

Als er sie traf, am frühe Morgen, trug sie ihr bestes Blumenkleid, bunt und kostbar, die Blüten geschlossen.
Als er bei ihr blieb, in den Tag hinein, öffneten sich die Blüten und er verirrte sich ein wenig zwischen Tausendschön und Himmelschlüssel.
Als er dann noch nicht gehen wollte, am späten Abend, nahm sie das Kleid, legte es zu den anderen Kleidern und blühte selbst ein wenig.

Du armes Liebes, du weißt nicht, was du anziehen sollst?
Das gute Tugendblaue ist von gestern und das Jungfernweiße nicht mehr gar so aktuell! Das Schwarze ist längst abgelegt und das Angstgrüne erst recht!
Nun ja, ich wüsste schon eines: keines.

Drei Frauen standen vor ihm, so schön, wie sich Engel in ihren verbotenen Träumen sehen. Die erste trug ein Kleid aus glücklich verlorenen Stunden, die zweite war in eine heiße, atemlose Dunkelheit gehüllt und die dritte trug nichts als ein heimliches Gelächter.
Danke für euch, sagte er.
Danke für die Kleider, sagten die drei.

Nicht auszudenken, die Freiheit käme in Mode, zerfetzt, durchlöchert, abgenutzt und brüchig, wie sie ist, kaum gut genug, die kleinste Blöße zu bedecken.
Keine Sorge: Sie bleibt das Kleid der Narren, der Heiligen und der Landstreicher, der Nachträuber und der Tagediebe. Ihr fragt warum? Sie lässt sich nicht kaufen, nur nehmen.

Zum Beispiel: Schiffe

Ich bin, das sage ich dir ganz offen, ein seltsames Schiff. Meinen Kompass habe ich verloren und mein Anker ist auch weg. Mein Kapitän, Gott hab ihn selig, ging als Letzter von Bord, und die Schiffskatze hat einen Landkater kennengelernt. So treibt es mich eben irgendwie herum zwischen den Küsten. Doch wenn ich einmal stranden sollte, dann nur an dir, mein liebes, altes Riff …

Ich wäre gern dein Schiff. Du dürftest über meine Fallreep gehen und mir auf die Planken treten. Auch tieferwärts bist du willkommen. Durch meine Bullaugen könntest du unsere Welt sehen, und alles, was du nun nicht mehr brauchst bei mir, wirf einfach über Bord. Wie? Du bist eifersüchtig auf die Galionsfigur? Aber die hat doch schon einen. Holzwurm heißt er.

Ein Schiff, der Wellen müde, war an Land gegangen und schlingerte des Abends schwerfällig durch die Straßen. Musik schlug gegen den Bug und schwerer, weicher Abendwind blähte die Segel. Endlich landete das Schiff an der Gehsteigkante.
Ahoi, sagte ein Polizist, was getrunken?
Doch, sagte das Schiff, Lieder, Stimmen und ein wenig von den Blüten im Park drüben.
Marsch, brummte da der Polizist väterlich, marsch, zurück ins Wasser. An Land gehen Sie ja doch nur unter.

Hoch oben im Mastkorb saß der Leichtmatrose, spähte scharfäugig und meldete, was er so sah: Seejungfrau hart Steuerbord, ein fliegender Holländer auf der Überholspur und Backbord ein ungepflegter, nasser Mensch mit Dreizack.
Nun, mein Herr, rief der Kapitän, ist es noch weit zum Land?
Neptun stocherte einen Seeigel aus dem linken Ohr. Nicht einmal siebzig Meter. Nach unten.

Nachdem ein Schiff lange neben einem anderen Schiff im Hafen gelegen war, trieb es ein wenig zur Seite.
Tut mir leid, ich laufe morgen aus.
Und was wird aus mir? Mit wem soll ich das Knarren meiner Taue teilen, an wessen Seite soll ich mich reiben, wenn Seegang aufkommt?
Ich kehre dir ja nicht gerne das Heck zu …, aber …, ich kenne einen Dampfer, drüben am anderen Ufer.
Und ich habe mir so sehr ein Ruderboot von dir gewünscht.

Ein Schiff hatte sich ins Meer verliebt. Es mochte das Land nicht mit seinem Staub und seinem Beton. Eines Nachts öffnete das Schiff eine Planke und ließ das Meer zu sich herein.
Schläft dein Kapitän auch sicher? Fragte das Schiff.
Ja doch. Komm weiter, Meer. Bald schlafen alle.

Zufrieden? Fragte der Hafen, als er das Schiff tief in sich geborgen hatte.
Das Schiff drängte sich zärtlich an die Mole und schlang seine Taue um den Poller. Der Hafen füllte es an mit seinen Schätzen und tags darauf kam der Abschied.
Wie war der Hafen? Fragte das offene Meer.
Ach weißt du, ich binde mich nicht so gerne.

Zum Beispiel: Städte

Die Stadt, in der ich wohne, ist eine Gleichgültigkeit lang, eine Selbstherrlichkeit breit und sieben Ungereimtheiten tief. Es gibt Halsabschneider in der Stadt, in der ich wohne, Fallensteller, Wortehändler, Lügenverkäufer, Märchendiebe und Galgenvögel. Direktoren gibt es in der Stadt, in der ich wohne. Zeilenschinder, Ränkeschmiede und einen – ja, einen gerechten Mann.
Auf der Durchreise, versteht sich.

Schnell, schnell, liebe Leute! Die letzte Straßenbahn fährt ab, die letzte Dame geht nachhause und der letzte Wirt wäscht sein letztes Glas. Nur nicht gezögert, liebe Leute, noch könnt ihr euch erschlagen, euch in den Hintern beißen und einander in den Rücken fallen. Nur nicht zu langsam, liebe Leute, verkauft euch, verliert euch, vermarktet euch. Und dann: Die Stadt gießt Wein in eure hohlen Köpfe. Trinkt und lässt euch wie Pokale klingen. Und morgen kommt ja ohnedies die Müllabfuhr.

Ich komme aus der Stadt, sagte sie, und er war still und dachte an das Leben auf dem Land, das er so gerne hatte. An die Hauskatze etwa, an ein helles Schattengeflecht, unruhig bewegt unter den Bäumen, an den Geruch der Sommerhitze, an das Lied seiner Schritte, wie es unter seinen Schuhen klang, vom Kies her oder vom trockenen bunten Laub.
Ich gehe zurück in die Stadt, sagte sie später, als er zu lange geschwiegen hatte.
Schade, brummte er da. Ich hatte mich eben entschlossen, unter die Räder zu kommen …

Prächtig, dachten die einen, prächtig, diese Stadt. Ein Schlachtfeld vor ihren Toren, viel Feind, viel Ehr darauf und so vieles, worauf's sich schießen lässt.
Prächtig, dachten die anderen, prächtig, diese Stadt. Jede Straße eine Front und jeder Straßengraben ein Schützengraben. Jedes Fenster eine Schießscharte und jede Brücke so trefflich in die Luft zu sprengen.
Sie gaben einander ermattet die Hand, viele blutige Jahre später. Dann griffen sie nach Schaufel und Maurerkelle, die Stadt wiederaufzubauen, prächtig wie nie zuvor. Fortsetzung siehe oben.

Kommst du heute Abend in meine Straße? Ich habe den Leuten rote Wangen gemalt und den Pflastersteinen kleine verbotene Lichter auf die glatten Köpfe gesetzt. Ich habe den Mond auf eine Fernsehantenne gespießt und eine Nachtigall gekauft, beim Delikatessenhändler. Zugegeben: Sie klingt ein wenig blechern aus ihrer Konservendose – doch dafür ist sie sicher keine Lerche …

Gib doch zu: Es war schön bei mir in der Stadt. Die Bäume, die trotzdem wachsen, die Leute, die trotzdem leben, und Wege, die trotzdem ihre Ziele haben. Und du hättest es nie für möglich gehalten: Erst hast du mich gefunden, an der Straßenecke, dann haben wir einander gefunden, im dritten Stock, Tür Nr. 7, und endlich hast du nachhause gefunden. Viel Spaß dann noch, allein auf deiner Wiese. Und bleib mir grün, trotzdem.

Zum Beispiel: Reisen

Als die Reisezeit anfing, fingen sie alle an zu reisen: Die Schnecken krochen aus den Schneckenhäusern und machten sich auf ihre rosa Sohlen, die Wackelsteine begaben sich ein wenig mehr ins labile Gleichgewicht und ein Berg entschloss sich endlich doch, zum Propheten zu gehen.
Und er, der alte Strolch, stand auch wieder am Fahrkartenschalter.
Einmal hin – sagte er.
Und einmal zurück – wusste sie.

Immer, wenn die Straße nicht aufpasste, geriet sie in eine Stadt und verlor sich: So wurde die gute alte Einfaltsstraße zur Höllenhundgasse, zum Sirenenweg, zum Gelichtergässchen, zum Meuchelpfad und zur Munkelallee. Mühsam gesammelt verließ dann die Straße die Stadt am anderen Ende.
Ja ja, sagte da einer, der auf ihr mit ihr ging: Jetzt haben wir beide so unsere Erfahrungen.

Hoho, rief einer und sattelte sein hölzernes Pferd, mich deucht, mich ruft das Abenteuer in die Ferne!
Und flugs ritt er aus der Küche in die gute Stube. Dort bestieg er den Sofaberg, besiegte beinahe die Pendeluhr und jagte dreimal rund um den runden Tisch. Als er dann heldenhaft ruhte, im Schatten des Gummibaumes, ging plötzlich die Tür auf.
Ich bin's, der Wohnzimmerdrache! Erschlag mich doch, wenn du dich traust!
Also bitte, Liebes, entgegnete er würdig, du wirst ja nie erwachsen!

Es war nichts mehr Rechtes, zuhause. Also nahm er den nächsten Zug; das nächste Schiff und den nächsten Schwan, um bald anderswohin zu kommen. Und als es erst recht nichts Rechtes war, anderswo, eilte er nachhause zurück.
Grüß dich, sagte die Hausfrau. Weit weg gewesen?
Ach, die paar Zentimeter …

Zum Beispiel: Kinder

An einem letzten und ersten Tag musste fallen, was sich nicht beugen konnte. Die Richter fielen durch Gesetzeslücken, die hohlen Gelehrten stolperten über ihre Fußnoten und fielen sich selbst vor die Füße und noch nicht gefallene Mädchen fielen aus allen Wolken.
Da kam ein Kind des Weges, hob auf, was ihm gefiel, und spielte ein wenig damit: jüngstes Gericht oder so …

Ein Kind, eben erst geworden, und geschehen war geschehen, stand blind am Lebensrand und machte Mutterstopp.
Nun, meinetwegen, hielt diese inne und öffnete sich, bis zur Welt mag's noch gehen. Dann musst du sehen, wie du mit dem Vater weiterkommst.

Warum? Fragte das Kind die Eltern.
Ach, sagten sie, wir haben es gewusst, bevor wir es vergessen mussten.
Warum? Fragte das Kind seine Lehrer. Ach, sagten sie, das dürfen wir dich nicht lehren, hier in der Schule.
Warum? Fragte das Kind, und schaute nach oben, und die Antwort fiel wie Regen in sein Gesicht.
Aber! Brummte es da aus den Wolken, wer wird denn gleich weinen?

Hier, sagten sie zum Kind, hier ist dein Platz. Hier hast du dein Zimmer, dein Haus, deine Straße, deine Stadt, dein Land und deine Welt. Und noch etwas: Wenn du aus den Sachen herauswächst, eines Tages, wirst du gestutzt, mein Knabe.

Du bist, sagte das Kind zum großen, großen Mann, mein Zauberdrache! Es malte ihm bunte Flügel und ließ ihn brüllen oder gar Feuer speien, damit die Polizisten und die Parkwächter erschraken.
Wohin, fragte der Zauberdrache eines Tages, wohin geht es denn heute? Ins Kino, sagte das große, große Kind, und wasch dir die Flügel ab, man muss sich gar genieren.

Nun, sagte der Vater, geh weg von mir und lerne von deinen Lehrern! Sie lehrten das Kind das kleine und das große Einmaleins, und dann kam einer mit Gott und sprach vom Keinmaleins.
Und das Kind zählte sich und die Welt zusammen und sah, dass es sich verrechnet hatte.

Ein Kind, ganz klein noch, konnte fliegen, bevor es gehen lernen musste, konnte etwas sagen, bevor man ihm das Reden beibrachte, und erkennen, bevor es lernte zu schauen. Und als es von all dem nichts mehr wusste, weil das Kind auch noch gelernt hatte zu vergessen, wurde es eben erwachsen.

Zum Beispiel: Zeit

Ich werde euch sagen, was ich getrieben habe mit meiner Zeit; ich habe sie beim Fenster hinausgeworfen, versäumt, verschlafen, verloren und hergeschenkt. Jetzt sitze ich am Rande meiner Tage, werfe einen langen Schatten auf die Dinge hinter mir und spiele Schach mit der Ewigkeit. Wetten, das Biest gewinnt …?

Ich komme gleich wieder. Ich laufe nur um die nächste Ecke und fahre hinter den nächsten Berg. Ich schlafe nur ein wenig in der nächsten Stadt und spiele ein wenig mit dem nächsten Fräulein. In einer Stunde bin ich wieder da. Und sollte ich mich verspäten, so zwei, drei Jahre, hab ich nicht auf die Uhr geschaut.

Ein Riese hatte sich eine Taschenuhr gebaut, mit Bergen als Stunden, Menschen als Minuten und Träumen als Sekunden. Es war eine gute Uhr und sie lief die ganze lange Riesenzeit. Schließlich, dem Ende zu, gab's nur mehr einen Menschen auf dem Ziffernblatt, vor einem letzten Berg.
Dein Name? Fragte der Riese.
Meier, sagte der Mensch.
Ach, Mensch, klagte der Riese, wenn du dann abläufst, schlägt auch mir die Stunde. Und er reichte ihm einen Riesenbecher voll bestem Riesenwein. Trink, sagte er, auf ein langes, langes Leben.
Prost, sagte Meier und soff sich zu Tode.

Du möchtest ein wenig Stille hören? Bitte: – – – – – – – – – – – – – Dein Atem war darin, das Geräusch eines Gedankens, der Flügelschlag eines bunten Schattens. Die Zeit hat ein wenig geknarrt, die Nacht hat sich geräuspert und ein Lied ist aufgeblüht, unter dem Küchentisch. Und ich, ich habe dir etwas zugerufen. Ganz leise, du kannst es nur mit den Fingerspitzen hören. Wir reden dann noch drüber. In aller Stille.

Drei Stunden, bevor sie kommen sollte, nahm er die große Einkaufstasche, besorgte Brot, ein Bett, Wein, einen Apfelbaum, lässliche Sünden, einen Oberrevisor und ein Feigenblatt. Zwei Stunden, bevor sie kommen sollte, nahm er den großen Besen und räumte auf: Fremde Damen kehrte er vor die Tür, schmutzige Gedanken unter den Teppich und gute Vorsätze hinter die Kommode. Eine Stunde, bevor sie kommen sollte, nahm er den großen Schwamm und putzte sich heraus: badete im Stillen Ozean, trocknete sein nasses Haar im Samum, rasierte sich in Toledo und hüllte sich in Wohlgerüche. Sie kam drei Tage später, zupfte an einem Bartstoppel, zerrieb das verdorrte Feigenblatt zwischen Daumen und Zeigefinger und suchte leichthin das Weite.

Seit gestern bin ich möblierter Zimmerherr. Mit Tisch und Bett und Pendeluhr. Schön, dich hier zu haben. Dein Lachen schaut aus den Fensterscheiben, deine Stimme steckt in jedem Geräusch und unter dem Kopfpolster habe ich einen schönen, samtenen Seufzer gefunden. Unter der Pendeluhr liegen noch Stunden von gestern und auf dem Tisch eine halbe Lüge. Komm doch, iss mit: So aufgewärmt schmeckt sie am besten.

Zum Beispiel: Bettler

Gebt mir bitte. Gebt mir, was ihr habt, was euch fehlt, was ihr schon lange nicht mehr spürt. Gebt mir eure stummen Lieder, eure verlorenen Kriege, eure vergessenen Tage, eure schmutzigen Träume. Da sitze ich dann, ein Krösus, ein Midas, ein reicher Sack. Und mein Lied, Leute, klingt wie helle, silbrige Münzen in euren tauben Ohren.

Wieder einmal unterwegs, was soll's. Ich war der Misston im Konzert, ich war das Loch in der städtischen Wasserleitung und ich war der Schmutzfleck auf der großen Parade. Die Straßen habe ich staubig gemacht, die Sonne verdunkelt und die Tage gestohlen. Nur gut, dass ihr mich losgeworden seid.
Da drüben ist eine andere Stadt, und heute Abend werde ich unter ihre weiße Weste kriegen. Übrigens: Flöhe habe ich auch.

Eigentlich war er immer unterwegs: Aus sich heraus, um sich herum und in sich zurück. Er ist mit den streunenden Hunden gezogen, mit den Straßenkatzen saß er auf euren Dächern und mit den Heuschrecken ist er über euch hergefallen. Er ist der Wind, der durch die Fenster pfeift, der Staub auf dem Tisch und die Asche auf dem Teppich.
Und wenn ihr ihm begegnet, unterwegs: Sperrt Mund, Nase, Augen und Ohren zu. Er stiehlt.

Der Bettler war alt geworden, und reich. Noch einmal saß er im Kreis seine grauen Freunde und noch einmal redete er mit ihnen. Gut schaut ihr nicht aus, Brüder, sagte er. Und ihr riecht nicht gut. Eure Hände betteln die Menschen an, eure Füße betteln die Straße an und eure Augen betteln den Himmel an.
Dann wusch er sich, wurde Direktor und starb.

Beim großen Bettlerkongress stand einer auf, einer von den jungen, besonders hungrigen Bettlern, und sprach: Wir sind auf dem Holzweg, Schwestern und Brüder. Wir sollten nehmen, was uns die Leute gerne geben: Reden, Verordnungen, Gesetzbücher, Schulmilch, Verkehrszeichen, satte Lügen und dürre Phrasen. Die Hüte wären voll und keiner bräuchte Hunger zu leiden oder gar je nüchtern sein.
Doch da die anderen nichts anderes wollten als in allen Zeiten zuvor, jagten sie ihn mit ihren Bettelstäben aus dem Saal. Ist er eben Journalist geworden.

Ein Bettler rettete das Kind des Bürgermeisters aus dem Amtsbrunnen. Der Bürgermeister schritt heran, hüllte den Bettler in Amtsgewänder, machte ihn zum Stadtunrat und gab ihm einen Schreibtisch, unter dem er schlafen konnte. Das Tintenfass war stets gefüllt mit feinstem Fusel, Hundefutterdosen lagen in der rechten Schreibtischlade und des Nachts benetzte ein gemeindeeigener Regen den Bettler bis auf die grindige Haut.
Ihr darbt noch immer? Rief der Bürgermeister, das versteh ich nicht!
Ich schon! Sprach da die Bürgermeisterin, zog den Bettler hinter sich her und ward vorerst nicht mehr gesehen.

Zum Beispiel: Traurigkeit

Der Himmel ist in die Stadt gefallen und in kleine graue Scherben zerbrochen. Der Fluss hat schwere, sanfte Flügel bekommen, Nebel, überall. Und die Brücken tasten nach den verlorenen Ufern. Soweit das Wetter. Die Aussichten für morgen … ach, lieber nicht …

Das Bild ist aus dem Rahmen gefallen und Staub hat die Farben gestohlen. Das graue, da links, das bist du. Das graue, auf der anderen Seite, das bin ich. Und dazwischen eine Brieftaube ohne Brief, ein Bote ohne Botschaft und eine Hand ohne Gebärde. Gut getroffen, wir beide, nicht wahr? Und du verstehst kein Wort von dem, was ich dir längst nicht mehr zu sagen habe.

Lebwohl. Ich komme schon zurecht. Ich werde Kaninchen züchten, Berge versetzen, mit Glaskugeln nach Engeln werfen und bunte Weiber in die Besenkammer zerren. Vielleicht schreibe ich ein Gedicht, vielleicht wachse ich in den Himmel oder ich spiele. Mit mir, oder so.
Lebwohl. Und solltest du wiederkommen: Mein Haus ist immer für dich da. Nur … ich bin nie zuhause …

Zum Beispiel: Räuber

Da saß er und gedachte seiner Vorfahren: Seeräuber allesamt, von der schrecklichsten Sorte, Beherrscher der sieben Meere. Da stand er auf, warf mit wilder Gebärde das helle Haar aus der Stirn, bestieg sein Papierschiff und stach kühn in eine Regenpfütze. Unersättlich raubte er, was es zu rauben gab: ein Laubblatt, einen Kieselstein und das Spiegelbild einer Jungfrau.
Und dreimal täglich ertrank er darin.

Er stand auf einmal mitten in ihrem Zimmer, bartstoppelig, finster, mit schiefer Krawatte.
Rüpel, Sie haben mich erschreckt!
Danke. Er war geschmeichelt. Das gehört zu meinem Berufsbild. Sie müssen wissen, ein Räuber …
Räuber?
Oh …, sollte ich vergessen haben, mich vorzustellen?
Und er raubte ihr einen Kuss, einen roten Apfel, drei Minuten, eine Glühbirne, ein gutes Buch, ihre Unschuld und andere Kleinigkeiten.
Was nun?
Ach bitte, verehrtes Fräulein, hier, Sie bekommen alles zurück. Ich habe nur geübt, für heute Nacht.

Verehrter Räuber, wenn Sie diese Zeilen lesen, sind Sie längst über alle Berge. Ich hoffe nur, Sie hatten ein nettes Rauben bei mir. Und tragen Sie nicht zu schwer an meinem Gelächter, an meinem Haus auf Ihrem Buckel, meiner Stadt unter Ihrem Hut! Wie ist das, mit meinem Höllenfeuer an Ihren Zehenspitzen, mit meinem Regen auf den Augenlidern?
PS: Wenn's dir zu schwer wird, alter Knabe, komm einfach wieder heim.

Nachruf: Na denn, alter Gauner. Du hast die Welt gestohlen. Du hast den Himmel beiseitegebracht. Du hast sieben Jahre unterschlagen und ein Fräulein veruntreut. Den Bürgermeister hast du in die Tasche gesteckt, einen Pfarrer hast du aufs Kreuz gelegt und ein leuchtendes Vorbild hinters Licht geführt.
Heute fährst du zur Hölle und morgen gen Himmel – weil du den Teufel am Schwanz gezogen hast.

Geschichten vom Alfred

Als Alfred noch keinen Kummer kannte, mit sich und den Leuten, hatte er, grün, wie er war, alles, was er brauchte: ein Fenster, die große weite Welt davor und die kleine enge Welt dahinter. Die große weite Welt bestand aus zwei Kastanienbäumen, einer kleinen Straße, einem kleinen Fluss mit einer kleinen Brücke, aus ein paar Häusern mit ein paar Leuten darin und davor und dem Himmel darüber. Nicht zu vergessen eine Wiese mit Löwenzähnen, Sauerampfer und Gras, das so aufregend nach Leben roch, wenn man es zwischen den Fingerspitzen zerrieb. Die kleine enge Welt bestand aus einem Bett und einem Schreibtisch, beide noch ziemlich naiv.

Alfreds Tagesablauf war nicht ganz so einfach. Kaum war die Sonne aufgegangen, erschlug er zwei, drei Drachen und kam jedes Mal in die schrecklichste Verlegenheit, wenn ihm die geretteten Jungfrauen ihren Dank anboten. Dann reiste er um die Welt, mehrmals und mit Bedacht: Er enterte die Brücke, lichtete den Anker und jagte mit geblähtem Taschentuch den Fluss hinunter. Doch leider: Alfred wuchs und als er sein erstes Blatt bekam, war es kein unbeschriebenes: konkrete Lyrik. Schuldschein. Stand darauf. Zwei Schilling fünfzig.

Nachdem er noch ein wenig gewachsen war, nahm er eines Tages sein Schmetterlingsnetz und eine besonders große Botanisiertrommel, um eines der bunten flatterhaften Wesen einzufangen, die ihn umgaukelten. Das Fräulein, dem Alfred mit wilden, ungebärdigen Sprüngen nachjagte, lachte sich fast zu Tode und lachte so lange, bis es entkräftet in Alfreds Netz fiel. Er betrachtete den Fang mit Vorsicht und wissenschaftlichem Interesse. Unglaublich, wie leicht so ein Wesen war. Und wie zart, fast durchsichtig. Wie es hilflos dalag, fast als dürfe man es berühren. Doch vielleicht war es bissig oder konnte stechen? Alfred trug das Fräulein vorsichtig nachhause und betrachte staunend ihr buntes Gefieder. Indes hatte sich sein Fang erholt, sprang Alfred auf die Nasenspitze, tanzte dort noch ein wenig herum und flatterte dann durch das offene Fenster davon.

Morgen lasse ich mich wieder fangen! Rief sie ihm fröhlich zu.

Morgen geht nicht. Dachte Alfred betrübt und schloss das Fenster. Morgen sind die Maikäfer dran.

Eines Tages machte sich Alfred daran, ein Du-Wort zu vergeben. An sich war er mit einer gewissen Distanz, die ihn umgab, recht zufrieden, aber im Laufe der Jahre wurde er weicher und ein wenig sentimental. Meuchlings erwachte in ihm der Wunsch nach Vertraulichkeit. Er versuchte erst einmal, mit näherer Umgebung herzlichen Kontakt aufzunehmen. Hallo, altes Bett! Brummte er spätabends und schickte sich an, es zu besteigen. Von wegen alt! Schwieg das Bett und stach Alfred mit einer Sprungfeder. Schönen Morgen, mein guter Küchentisch! Sagte er tags darauf. Von wegen gut! Schwieg der Küchentisch und stach Alfred mit einem Splitter.

Also investierte er in menschliche Kontakte. Er näherte sich allerhöflichst einem Paar. Ich sei, sprach er belesen, gewährt mir die Bitte, in eurem Bunde der dritte. Wenig später fand er die Antwort im Postkasten: Betrifft Ihr Ansuchen um Drittbeteiligung. Bescheid: Unter Bedachtnahme und die zutreffenden Bestimmungen des Absatzes A des Artikels 3, unter Zugrundelegung der im Paragraph 7 formulierten Richtlinien und bei Anerkennung der in der 87. Novelle erwähnten besonderen Umstände wird befunden, dass zwei mehr als genug sind. Gehen Sie zum Teufel.

Entschlossen traf er ein Fräulein. Es ist gestattet?

Aber ja doch. Gurrte sie und fuhr fort: Sei nur ein Mann, oh du mein Alfred. Knüpf deine Krawatte an den nächsten Ast, wirf deinen Schreibtisch aus dem Fenster, lies deinem Terminkalender die Leviten und sag deinem Chef, er müsse dich die nächsten zwei, drei Ewigkeiten entbehren. Setz Segel, Alfred, nimm Kurs auf mich.

Sie meinen ..., Alfred kramte aufgeregt nach seinem Du-Wort, ich könnte landen?

Bedaure! Kam es zurück. Ich habe ein Riff.

So zog sich Alfred wieder einmal in sich selbst zurück. Grüß dich, Alfred! Sagte er traurig. Na, Sie! Hörte er sich antworten. So gut sind wir nicht miteinander.

Einmal hatte Alfred einen zeitlosen Beruf: Zeitwächter. Er achtete allenthalben darauf, dass keine Zeit verlorenging. Langsamen Uhren gab er die Sporen, und sagte einer: Seht nur, wie die Zeit verrinnt! War Alfred auch schon mit seinem Zeitkrüglein zur Stelle, um sie aufzufangen. Zeitvergeudung war Alfred ein Gräuel. Er lehrte die Hausfrau Eva Suppe, Braten, Kuchen und Briefträger gleichzeitig zu erhitzen und nicht anbrennen zu lassen, er brachte dem Seemann N. bei, wie er die sieben Meere befahren, gleichzeitig Pullover stricken, aus feinstem Seemannsgarn, Seejungfrauen schuppen und Seelöwen die Mähne stutzen konnte.

Alfred erhielt viele Auszeichnungen: das goldene Pendel am Bande, die silberne Unruh und den kleinen Zeiger in Bronze. Solchermaßen motiviert, ging Alfred daran, sogar Versäumnisse anderer Leute nachzuholen. Für den kreuzbraven Herrn N. betrog er das Finanzamt, für den blassen Knaben K. verzehrte er üppige Damen und dem Oberstudienassessor X. holte er aus des Nachbars Garten eine verlorene Kindheit. Leider versäumte Alfred im Zuge dieser Tätigkeiten eigene Interessen: Schon seinen Geburtstermin hatte er nicht eingehalten, und als er endlich kam, wollte ihn keiner mehr haben. Statt im Kindergarten artige Blüten zu treiben, wurzelte er nebenan im Rübenacker. Alfred versäumte die Schule und lernte in den Pausen, und als ihn ein schönes Weib aufs Kanapee warf, versäumte er es zu sündigen. Als er in den Stand der Ehe trat, versäumte er es, seine Frau kennenzulernen, und als er, reich an Jahren, ein würdiger Greis werden wollte, musste er erkennen, dass er es bisher versäumt hatte, erwachsen zu werden.

Also beschloss Alfred, dies alles nachzuholen, an einem einzigen Tag, und es hätte auch fast geklappt, hätte er diesen Tag nicht versäumt. Alt wurde er ja doch: Erst bekam er bunte, dann welke Blätter und die fielen ihm nach und nach aus der Krone. Weil er nicht länger so alt und nackt herumstehen wollte, fiel er um. Behaglich begann er zu modern und war fest entschlossen, fruchtbar zu werden, schwarz und erdig, für alle, die Wurzeln in ihn schlagen wollen. Doch leider kam ein Fabrikant des Weges und trug ihn in die Papierfabrik. Jetzt erscheint Alfred täglich, und kein Wort ist an ihm wahr.

Da gab es jene dunkle Zeit, da Alfred Trauer trug. Mit grauer Konsequenz ging er daran, sich zu verdüstern. Er malte die Wände seines Zimmers schwarz und umgab sich mit einem Raben, einem schwarzen Schaf und einem Schwarz-Weiß-Maler, dem die weiße Farbe ausgegangen war. Alfreds schwarzer Humor dunkelte nach, sein schwarzer Pessimismus verfinsterte sich und zu allem Überfluss fing er damit an, unter explosionsartigem Niesen Schwarzpulver zu schnupfen. Er sonnte sich behaglich in einer Sonnenfinsternis, erforschte die Rückseite des Mondes und durchwanderte den schwarzen Kontinent. Ein Fräulein, durchaus duldsam, geriet allmählich in Erregung: Dein Schwarz, sagte es eines Tages, wird mir allmählich zu bunt. Alfred errötete verlegen. Na also, sagte es. Und nun üben wir das Eifersuchtsgelb.

Trotzdem blieb Alfred eher mieselsüchtig im Gemüte und eines Tages entschloss er sich, diese Eigenart zu Markte zu tragen: Er verdingte sich als Wermutstropfen. Bei Hochzeiten trat er mit entzückter Heiterkeit als verschmähter Bräutigam auf, an Geburtstagen näherte er sich mit betulichem Mitgefühl und dem Hinweis, dass auch ein unbedeutender Lebensrest seine Reize habe. Liebespaare waren für Alfred ein unerschöpflicher Born beruflicher Erfüllung: Er sorgte für frisch gestrichene Parkbänke, anregende Ameisenhaufen und plaudersame Damen und Herren, die es sich nicht nehmen ließen, das Glück des jungen Paares mit dem Schatz ihrer Erfahrungen zu bereichern. Alfred war für den ersten Kratzer im neuen Auto zuständig, für den ersten Ehestreit und für den ersten Fettfleck auf der neuen Krawatte. Eines Tages jedoch, er hatte soeben einem siebenhäubigen Koch die Suppe versalzen, begann er, Fehlschläge zu erleiden. Ich liebe salzige Suppen! Frohlockte der Gast. Als Alfred das Blatt mit etwas Zucker wenden wollte, rief der seltsame Genießer: Süß-sauer! Nein, wie köstlich! Alfred fügte eine Fliege hinzu. Der Gast rettete sie und wurde Ehrenmitglied im Tierschutzverein. Alfred warf einen Eisberg in die Suppe. Der Gast ging erfrischt hinaus in den heißen Sonnentag.

Alfred ist jetzt Glückspilz: allerdings giftig.

Eines Tages, böse gelaunt, hielt Alfred in seinem gerechten Lebenswandel inne. Ein kaltes Glitzern trat in seine Augen, seine Hände krümmten sich begehrlich und seine Seele bekam einen wohlig schwarzen Fleck. Alfreds vordem so wohltönende Stimme verzerrte sich aufs Giftigste, sein Schritt, einmal leicht und heiter gewesen, wurde schleppend und schlurfend, sein ehemals so aufrechter Rücken bekam einen liederlichen Buckel und Alfreds balsamischer Atem hatte nunmehr eine schwefelige Note.

Bald darauf kam Alfred in schlechte Gesellschaft: Er trieb sich mit Herumtreibern herum, strich mit Landstreichern übers Land und hatte seinen Unterstand bei den Unterstandslosen. Alfreds erste Missetat ließ nicht lange auf sich warten: Er riss brutal, bedenkenlos und berechnend einen städtischen Grashalm aus. Der Parkwächter schleppte ihn vor den Wald- und Wiesenrichter. Schuldig! Erkannte dieser und Alfred wurde eingeackert. Seitdem gibt es so viel Unkraut im Park. Wie zu erwarten war, begnügte sich Alfred nicht mir dieser einen Missetat. Er bat eine Dame um ihre Hand, nur um sie zu schütteln, er buchte eine Reise rund um die Welt, nur um sich selbst in den Rücken fallen zu können, und er fuhr mit der Bahn gegen die Einbahn.

Aber es kam noch schlimmer: Alfred wurde zum Tagedieb, zum Zeilenschinder und Kreditnehmer. Es war eine Schande. Aber schon nahte ein Rettungsengel. Alfred! Sagte er glockenhell, hast du denn gar nichts Gutes im Sinn? Doch. Knurrte Alfred: Dich. Und sanft fügte er hinzu: Hättest du keine Verwendung für mich alten Gauner? Was du mir gibst, verkaufe ich, was du mir sagst, verrate ich, was du mir bist, vergesse ich. Ich brate deine Freude am Spieß, schicke deinen Himmel zur Hölle und ziehe deine Katze am Schwanz. Dann bin ich klein und müde in deiner Hand und möchte nicht weggeworfen werden.

Abgemacht. Sagte der Engel. Dann lasse ich dich eben fallen.

Gerne erinnert sich Alfred jener Zeit, da er als Bettler lebte. Natürlich war er kein Bettler wie alle anderen. Geld nahm er nicht, schon gar nicht gute Worte, keine Kleider, keine Erdäpfelsuppe, keine hilfreiche Hand, keinen 14. Monatsgehalt. Alfred bettelte ganz einfach um ein wenig Armut. Gibt es denn keinen, pflegte er zu jammern, der mein Haus stehlen will, keinen, der mein Bankkonto ausradiert, meinem Auto die Räder abschraubt und meinem Terminkalender die Seiten ausreißt?

Doch Alfred blieb unbefriedigt. Kein Fräulein zog ihm den Maßanzug aus, kein verruchter Finger zupfte an seiner Krawatte und seinen Schreibtisch wollte erst recht niemand haben. Ach, ihr guten Leute, flehte Alfred vergeblich, lasst mich doch ein wenig Hunger haben, lasst mich ein bisschen frieren vor eurer Tür. Es half nichts, er blieb gutbürgerlich. Da gab er das Betteln auf, kaufte sich einen bösen Hund, einen Tresor und eine

Selbstschussanlage. Behaltet ihr eure Armut! Rief er nach draußen, ich gebe auch nichts her. Zwei Tage später hatte Alfred sein letztes Hemd verloren und wurde mit Armut geradezu überhäuft. Dann traf er eine gute Frau, die ihm einen Anzug an seinen letzten Knopf nähte, ihm Erdäpfelsuppe gab und ein warmes Lager für die Nacht. Als Alfred erwachte, strahlte sie: Zeit für ein Frühstück. Gutbürgerlich.

Jahre später warf die hochgemute Frau allerdings, weil sie keine Münze zur Hand hatte, Alfred einem Bettler in den Hut. Nachdenklich drehte er ihn zwischen den dunkelbraunen Fingern und fragte sich, was dafür wohl zu bekommen wäre. Der Bankbeamte sagte wenig später, so ein Alfred sei keinen Heller wert und man sollte ihn eigentlich von Amts wegen aus dem Verkehr ziehen. Die Metzgersfrau lachte fett: Was soll ich mit einem Alfred? Den geb ich ja nicht einmal in die Extrawurst. Als dann im Wirtshaus nicht einmal der Eintritt ins Klosett für einen Alfred zu haben war, warf ihn der Bettler auf die Straße. Dort fand ihn ein Fräulein. Ein Alfred! Rief es. Ein echter, noch dazu so richtig nichts wert, so prächtig abgeschunden.

Seit damals macht Alfred die Runde bei ihren Freundinnen und fühlt sich zusehends abgegriffen. Reizend. Sagte neulich eine: Jetzt rostet er auch schon.

Mit der Einsamkeit kennt sich Alfred aus. Einmal war er so außerordentlich allein, dass ihn sogar sein treuer, guter, alter Anzug mit einer Pfandleihanstalt betrog. Seine Uhr war schon längst mit der Zeit gegangen, sein Schreibtisch redete seit Tagen kein Wort mit ihm und selbst der Spiegel war für Alfred blind. Der Briefträger musterte verächtlich Alfreds toten Briefkasten und sogar das Finanzamt verdross es, Alfred zu exekutieren.

Auch mit sich selbst war er uneins geworden. Alfred lebte von Alfred getrennt und jeder betrog den anderen.

Da kam ein Gast in Alfreds Einsamkeit, trank aus seinem Glas, aß von seinem Teller und schlief wohl auch ein wenig mit ihm. Aber es war Herbst, da leben die Stubenfliegen nicht lange. Also begann Alfred seine Einsamkeit in kaufmännischer Hinsicht zu überdenken. Er gründete die Alfredseinsamkeitsverwertungsges.m.b.H. & Co. KG und ging ans Werk. Erst schrieb er einen Roman mit dem Titel „Ich mit mir“. Dann erfand er den Selbstdialog und Witze, die man sich selbst erzählen konnte. Endlich baute er mitten in der Stadt ein gewaltiges Egozentrum. Da kamen die Einsamen in Scharen, schauten einander verblüfft in die Augen und waren fortan zweisam oder gar mehrsam. Alfred aber, reich geworden, konnte sich nun jeden Tag eine neue Einsamkeit kaufen.

Eines Tages lief ihm eine besonders attraktive Einsamkeit über den Weg. Hallo Alfred, schwieg sie, vergiss die andern. Ich umgebe dich vierundzwanzig Stunden am Tag. Ich bin partnerabstoßend, tränenfest und ausbaufähig. Ich bin zwölf Stunden partygetestet, bin die Quadratur jedes Familienkreises und widerstehe mühelos Stammtischrunden, Sparvereinen und Kameradschaftsbünden. Alfred, was wirst du einsam sein! Aber, fragte Alfred vorsichtig, wenn ich das einmal nicht mehr will? Die Einsamkeit gähnte. Du bekommst einen Passierschein in die Welt. Du kommst bestimmt zurück.

Alfreds Leben ist voller Abenteuer. Eines Nachts wachte er auf, stille Dunkelheit ringsum, nur die Pendeluhr tickte träge. Alfreds Herz pochte beherzt. Draußen, vor den Fenstern, lauerte die Stadt: Leere Schatten gähnten mit verzerrten Mäulern, ein paar Fensteraugen glühten, Autos hockten wie plumpe Tiere an den Straßenrändern. Ein Polizist bewachte ihre stählernen Träume und bohrte mit unheilvoller Gebärde in der Nase. Alfred richtete sich auf. Der Gummibaum griff mit lappigen Händen nach ihm, der Kleiderkasten ragte wie ein dunkles, drohendes Gebirge auf und der Hauskater pfauchte im Traum. Beherrscht griff Alfred nach dem Lichtschalter.

Was ist? Fragte es da müde neben ihm.

Ach …, murmelte Alfred verlegen, nur die Zeit …

Zwei Uhr siebenunddreißig! Klang es da schon munterer und Courths-Mahler landete wohltönend auf Alfreds Hinterkopf. Mit dem Gongschlag.

Solchermaßen ermutigt, brach Alfred tags darauf zu neuen Abenteuern auf. Er brachte ein flüchtiges Abenteuer zum Stehen, machte aus einem zweifelhaften Abenteuer eine eindeutige Sache und lehrte ein galantes Abenteuer, nicht nur die Hand zu küssen. So nimmt es nicht wunder, dass Alfred Mitglied im Club der Abenteurer wurde. Einmal wöchentlich stand er hinter dem Rednerpult und berichtete: Wie er den Kilimandscharo bezwang, mit dem Ruderboot, und die Spielbank sprengte, mit Dynamit, und Alfred entdeckte, mit dem Läusekamm.

Leider hatte der Abenteurerclub auch weibliche Mitglieder, darunter besonders unwegsame. Ein unbekanntes Ziel vor Augen, verlor sich Alfred anfangs der Siebzigerjahre in einer dieser Damen. Letzten Nachrichten zufolge geriet er ihr unter die Augen, worauf sie versuchte, ihn mit einer Träne zu ersäufen. Ja, wo steckt er denn, riefen die Freunde alle, wo steckt er denn, unser Alfred? Ach, sagte da eine sehr behutsam. Die Antwort liegt mir auf der Zunge.

Endlich war Alfred der Abenteuer müde. Nichts mehr konnte ihn reizen, er setze sein Schiff auf Grund, verbrannte seine Segel, zerbrach sein Schwert und warf sich selbst zum alten Eisen. Dort konnten sie Alfred, den alten Lumpen, aber nicht brauchen und steckten ihn in die Papierindustrie. Jetzt hat er ja doch wieder seine Abenteuer: als Scheckheft, gänzlich ohne Deckung …

Alfreds Alltag war lange Zeit an Alltäglichkeit kaum zu überbieten. Jeden Morgen verschlief er, um anschließend zu spät zu kommen. Mittags nahm er gewöhnlich den Mund zu voll, nachmittags verlor er die Beherrschung und abends fand er sie wieder – just in dem Augenblick, da er sie gerne seiner Leidenschaft geopfert hätte. Alfred beschloss, etwas dagegen zu tun. Jeder Tag sollte anders werden. Wahrhaftig: Montag flog er aus der Firma, Dienstag aus dem Sparverein. Mittwoch wurde er des Stammtisches verwiesen, Donnerstag jagte ihn seine Frau aus dem Haus, Freitag entledigte sich die Partei seiner Mitgliedschaft und Samstag wurde er mit dem Kirchenbann belegt. Dem Sonntag blieb Besonderes vorbehalten: Alfred wurde in Film, Funk und Fernsehen präsentiert: als schlechtes Vorbild.

Alles in allem blieb Alfred aber ein unbeschriebenes Blatt. Also kritzelte er sich ein Jahr auf den Leib und verdingte sich als Kalender, als Taschenkalender, wie es seinem Format entsprach. Er verfügte auch über einen reichhaltigen Nachschlageteil: Die Entfernung des Fräuleins N. zu allen Herren Europas. Die spezifischen Gewichte politischer Aussagen. Die Parlamentsfinsternisse, Übermaße und Untergewichte, Bestechungsgebühren und ungesetzliche Feiertage. Außerdem bot Alfred einen wöchentlichen Spruch zum Tag (siebenmal zu beherzigen), etwa: Nur ein kopfloser Fisch beginnt am Schwanz zu stinken. Oder: Man soll den Chef nicht vor dem Ausgleich loben. Trotzdem krankte Alfred an geringer Auflage: ein Stück, das Belegexemplar. Er lebte sich wacker durch, bis er zum letzten Kalenderblatt gekommen war. Ein paar Termine waren eingetragen: 17 Uhr: Die Welt aus den Angeln heben. 18 Uhr 30: Die große Liebe, abendfüllend. 23 Uhr: Paradies. 24 Uhr: Vertreibung.

PUNKTUM

Der Mohnfeldhase

Tief im Mohnfeld lebt der Mohnfeldhase. Er frisst die reifen Samen des Mohns und ist in vorletzter Generation süchtig. Jeden Abend sitzt der Mohnfeldhase mitten auf dem Weg, der neben dem Feld liegt, und lässt sich von Menschen überraschen. Ein Hase! Schreien sie dann.

Und der Mohnfeldhase zieht sich froh zurück, denn noch weiß niemand, wie es um ihn steht.

Das letzte Gelächter des Harlekins

Er drehte die Welt in seinen Händen und überlegte, was mit ihr anzufangen wäre, weil er sie nicht gleich wegwerfen wollte.

Erst prügelte er sieben Kriege windelweich, mit einem Ölzweig, dann steckte er den Weisen dieser Welt je einen Gänsekiel ins Hinterteil.

Die frommen Bürger stieß er so lange mit den Köpfen gegen den Himmel, bis sie bunte Beulen hatten an den wohlfeilen Heiligenscheinen.

Den Staatsoberhäuptern band er die Grenzen um ihre geschwollenen Hälse, bis ihre Reden blau anliefen und verstummten. Die Gerechten ließ er erzittern vor ihren so überaus gerechten Spiegelbildern, die Helden froren unter ihren zerschlissenen Heldentaten und die vieledlen Damen schürzten behände die roten Röcke und jede hatte ihren Preis.

Die Stadt hustete sich die Seele aus den Kaminen, der Fluss drehte sich um in seinem Bett; jetzt schwammen die Toten oben, die Konservenbüchsen und die runden Steine.

Der Himmel kam herab und soff die sieben Meere leer. Er rülpste heftig in diesen letzten Tagen.

Und das Gelächter war dunkel geworden, er warf es über die Schulter, die Welt hintendrein.

Hört ihr? Kein Laut! Das war sie wohl.

Gespräche mit einem dunklen Freund

Grüß dich, Nacht. Schön, dich um mich zu haben. So ganz allein gerät man ja doch in Gefahr, sich selbst auf die Nerven zu gehen. Außerdem weiß ich, dass du morgen früh, wenn ich aufwache, verschwunden sein wirst, ohne viel zu fragen, ob du vielleicht nicht doch bleiben solltest. Ich mag Gäste, die rechtzeitig gehen. Es war ein seltsamer Tag heute, einer von der Sorte, die ununterbrochen bedeutend sind, aber nie wirklich wichtig. Die Termine drängen und schieben einander vor sich her wie Leute bei der Eröffnung eines Supermarkts. Aber der Sekt um 99 Cent ist ohnehin längst ausverkauft. Und die Unterhosen um 1.99 sind auch schon weg. An solchen Tagen sind Triumphe lächerlich, Erfolge niedlich und sogar das Unglück hat rosa Streifen. Das ist nicht weiter schlimm, vielmehr: Es ist die Gelegenheit, ganz unverbindlich, so nebenbei, einen Tag älter zu werden. Sag nicht, das wäre so einfach. Nicht nur dem, der Schulden hat, wachsen die Verbindlichkeiten über den Kopf. Duldest du Nähe, machst du dich auf, besetzen Herr Unverschämt und Frau Klebrig deine Seele und fühlen sich durchaus zuhause.

Unverbindlichkeit ist ein tauglicher Zaun ums eigene Ich. Die Zaungäste mögen getrost die Hälse recken und die Ohren spitzen. Ich wäre gern müde. Aber Unverbindlichkeit macht nicht müde. Ich wäre gerne ganz einfach traurig oder ganz einfach froh. Doch so einfach ist das eben nicht.

Menschen … nun ja, ich gehöre ja auch zu diesem Verein. Ich bemühe mich sogar, sie im Prinzip zu mögen und sie im Detail zu ertragen. Ich meine, mit Frauen kann ich's besser, das liegt wohl am Geschlecht. Aber Männer gibt's, da kann man nur staunen. Die einen werfen sich einer Gesellschaft, zumeist noch mit beschränkter Haftung, in den Rachen, lassen sich kauen, verschlingen, verdauen und liegen endlich zufrieden als Endprodukt kommerziellen Stoffwechsels neben ihren frierenden Frauen. Andere verwirklichen sich selbst, indem sie aus sich herausgehen, über sich hinauswachsen oder in sich Einkehr halten. Anschließend schreiben sie schlechte Bücher darüber und lesen mit roten Wangen zwischen den eigenen Zeilen. Dann gibt es welche, die den anderen vorleben, was sie gefälligst nachzuleben haben. Sie sind die Größten und die Frauen liegen ihnen zu Füßen, weil wenigstens die Füße nicht selbstgefällig grinsen. Fragt sich natürlich, was ich für einer bin. Wie soll ich das wissen, wenn es nur blinde Spiegel gibt? Mit einer Ausnahme vielleicht. Ich habe von ihr noch nicht erzählt.

Sie ist mir eines Tages so über den Weg gelaufen und seitdem laufen wir nebeneinander her, man könnte es einen gewollten Zufall nennen. Zugegeben. Ich habe Freude daran, vorsichtige, wohl temperierte. Mit Frauen kann ich's besser.

Es ist ja nicht so, dass ich Angst vor Berührungen hätte. Ich mag deine Dunkelheit, Nacht, dicht um mich, wie ich die Sonne mag, den Regen und was da sonst noch vom Himmel fällt. Ich mag's auch leise und schmerzhaft, grell und sanft. Es gibt eine Menge blauer Flecken, die ich nie bereut habe, Umarmungen, die befreiten statt einzuengen. Aber ich weigere mich nun einmal, dem durchgestylten Fräulein Pipsi ein Bussi auf die linke Wange zu drücken, um damit der staunenden Umwelt zu demonstrieren, dass sie mich rechts darf. Ich kann auch diesen Management-Händedruck nicht leiden, von gewollter Festigkeit, während das Gegenüber dem Gegenüber gerade ins Auge blickt. Es gibt ja wirklich nichts zu verbergen, beide wollen, was zu bekommen ist. Sentimentalität ist mir verdächtig, wenn auch nicht unsympathisch. Eine warme, weiche Welle preiswerter Gefühle, wer versucht, in ihr zu ertrinken, verdirbt sich nur den Magen. Aber sie ist ja doch eine andere Dimension der Vernunft, wenn auch bescheiden.

Ich war schon lange nicht mehr betrunken, weil es nie Spaß gemacht hat, und das sollte es. Diese Frau, entschuldige, wenn ich schon wieder von ihr rede, hat Hände, die mir erlaubten, mich aus den Händen zu verlieren. Dann dürfte ich sie ein wenig halten und es wäre keine Lüge dabei. Du schweigst, dunkler Freund? Auch eine Antwort.

Sie ist nicht hier, weil sie hier nicht wohnt. So einfach ist das. Oder: sie wohnt hier, obwohl sie nicht hier ist. Davon weiß sie vermutlich nichts, kann auch sein, es würde sie beunruhigen. Doch mir erspart das die Einsamkeit. Ein schlimmes Übel, zwischen den Leuten. Eine Krankheit, die ganze Familien befällt. Jeder für sich hockt stachelig in seinem Revier und kommt es zu Kontakten, dann sind sie notwendiger, informeller oder gar einmal herzlicher Natur, doch immer nach den glatten Regeln eines Protokolls, das Konflikte um den Preis von Distanz verhindert. Einsamkeit ist immer dort, wo viele Menschen sind. In überquellenden Städten, in rastlosen Straßen, in Büros, in Discos. Einsamkeit, ist sie erst einmal da, klebt unlösbar an den Menschen. Ich höre die Einsamen an Wirtshaustischen aufeinander einreden, ich sehe die Einsamen, wie sie aufeinander zugehen, miteinander Handel treiben oder einander begehren, bis auf Weiteres.

Es muss auch Einsame geben, die einander lieben. Traurig, wenn keiner keinem die Flügel zu leihen vermag, so sehr er es auch will. Angst macht einsam. Es haben so viele Leute Angst. Die einen schlagen sie mit dem Terminkalender tot, die anderen trinken sie nieder und die Standhaften verleugnen sie, bis sie unter ihr begraben liegen. Angst vor der Angst? Ach wo, schon eher Respekt. Wer mit seiner Angst lebt, geht nicht an ihr zu Grunde.

He, Nacht, alter Freund, wie wär's mit einem Spiel? Ich erzähle dir eine Lügengeschichte und du tust so, als glaubtest du jedes Wort.

Also: Es ist noch keine sieben Stunden her, da wollte ich fliegen. Es ging auch ganz leidlich, erst verlor ich den Boden unter den Füßen, dann die Welt aus den Augen. Da war ein zweiter, seltsamer Vogel, dicht unter den Wolken, wir sind einander zärtlich ins Gefieder geraten und in den tiefen Himmel gefallen. Aufgewacht, mit offenen Augen, sind wir Vögel dann zu Fuß auf die Erde zurückgegangen. Es war ein weiter Weg und wir beide waren sehr müde. Es war kein Ziel, wo wir endlich waren, aber ein Platz, an dem wir wohnen durften, Suppe kochen und Bücher lesen. Doch man hat uns delogiert. Jetzt ist jeder wieder an seine Welt gekettet, damit die Welt wieder ihre Ordnung hat. Ist ja auch gut so, wo kämen wir denn hin, käme jeder ins Träumen. Aber wir schreiben einander. Wir geben Rauchsignale, senden Boten und verfassen Kassiber. Wir telefonieren auch. Ich grabe mit einem Kugelschreiber einen Gang von meinem Gefängnis zu ihrem Gefängnis und sie wäscht ihr Haar, damit sie schön ist, wenn ich komme. Wie war das, Nacht? Du sagst, ich hätte nicht gelogen und jedes Wort sei wahr? Ich glaube dir kein Wort.

Lass dir von ihr erzählen. Ein wenig, weil ich nur wenig von ihr weiß. Wir sind erst ein paar Jahre dabei, einander kennenzulernen, wir machen kaum Fortschritte, weil wir viel reden und selten verstehen. Die Sprache, die alle sprechen, ist zu gering und eine Sprache, die uns beide zu fassen vermag, wird es wohl geben, doch weiß ich bis heute nicht mehr als ein paar Vokabel. Eines könnte lauten: schön. Schön, wie es die Fingerspitzen meiner Gedanken spüren. Oder: intensiv, als Maß meiner Atemlosigkeit. Du siehst schon, es ist nicht einfach, sie zu beschreiben. Sie füllt mich aus, sie umgibt mich, sie wohnt in meinen Bildern. Als ich sie das erste Mal gesehen habe, haben wir beide unsere Papiere geordnet, sie mit dem Rücken zu mir, es war ein freundlicher Sommertag, nichts Besonderes. Auch jetzt ist es oft so, dass wir dabei sind, unsere Papiere zu ordnen, wenn wir einander sehen. Kein Wunder, man verbringt ja einen guten Teil seines Lebens damit, seine Papiere zu ordnen, bis man eines Tages posthum seine Nachfahren damit belästigt.

Ich bin dabei, mir zu überlegen, ob ich nicht schon zu viel gesagt habe. Aber ich nehme kein Wort zurück.

Ich meine, man sollte sich in Beziehungen nicht wegen der grauen Ränder genieren, die immer schon da waren und die man mit der Zeit immer besser erkennt. Jeder bewohnt den anderen, das geht nicht ohne Staub ab, vieles wird abgenützt, aber wächst nach, manches geht langsam verloren. Ich kenne zwei, die hatten vor Jahrzehnten nur einen kleinen, kargen Raum für den anderen, als dieser zu eng wurde, schuf jeder der beiden einen weiteren, größeren, der wurde zu schäbig, aber da gab es bereits einen schöneren und so zogen sie ihr Leben lang ineinander um, ohne einander verlassen zu müssen. Jetzt wohnen beide in weitläufigen Palästen, in der Küche zwar, weil sie gemütlich ist und einfach zu heizen, aber wenn sie Spaß daran haben, durchstöbern sie all die Räume, die ihnen noch immer gehören, kramen in verstaubten Schätzen und bescheiden sich wieder – ohne jede Bescheidenheit. Was uns betrifft, ich meine sie und mich … man könnte die grauen Ränder auch so sehen: Es sind Regenbögen, die nur zu scheu sind, um Farbe zu bekennen.

Wäre sie jetzt da, meine liebe Nacht, du hättest Grund zu erröten. Es ist ja nicht so, dass ich nicht Sehnsucht hätte. Darum rede ich ja so viel. Ich würde viel lieber zuhören und mit allem, was ich habe, Antwort sein. Wir würden mit dem Feuer nicht nur spielen. Wir könnten lange Geschichten erzählen, glücklich verwirrte, mit bunten, verflochtenen Enden. Wir dürften vergessen, was wir nie wissen wollten, erfahren, was uns beklommen macht und zu dunklen Verschwörern. Da wär ihre Stimme, wären ihr Atem, Haar und Haut. Müde werden …, beider Schlaf atmet dicht an dicht. Und für Träume kann keiner was.

Du, Nacht, ich hätte eine Bitte, du bist ja nicht nur um mich, du bist ja auch um sie. Sag ihr, es ist alles in Ordnung, oder besser gesagt, alles ist durcheinander, aber das ist schon in Ordnung so. Sag ihr, ich platze vor Zärtlichkeit, das ist nicht weiter schlimm, aber man sollte dann doch irgendwann etwas dagegen tun. Sag ihr, ich meine es ernst und sie darf ruhig ein wenig darüber lachen, oder sehr. Und sei bitte nicht geschwätzig. Erzähl nichts von dem Unsinn, den ich dir erzählt habe. Sei nicht kalt und nicht stumm, sei eine warme, weiche Höhle, damit sie gut schläft in dir. Gute Nacht, Nacht …

Alltäglichkeiten

Er wachte auf an einem seltsamen Morgen und war allein in einer weißen Welt. Da war noch nichts: kein Beistrich, kein Fettfleck, kein roter Punkt. Nichts war zu lesen, schwarz auf weiß, nichts getraute sich auch nur den kleinsten Schatten zu werfen, nichts wagte, Farbe zu bekennen. Er tastete nach den Grenzen. Sie waren überall und er konnte sie nicht finden. Er suchte nach den Träumen der vergangenen Nacht: weißer Staub. Er lauschte den bunt gefiederten Worten von gestern Abend nach: weiße Vögel, stumm im erloschenen Wind. Er ging ein paar Schritte, um sich herum, hinter sich her, in sich zurück. Er redete ein wenig. Über das Schweigen, über die Spanne zwischen zwei Wörtern, über das Verstummen.

Dann kam eine Stubenfliege, die von all dem nichts wissen konnte, verdaute mit Behagen und hinterließ nach einem Weilchen einen kleinen, schwarzen Punkt.

Die blaue Blume wuchs daraus, der Baum der Erkenntnis und ein Grashalm, fast schon eine Wiese. Die tiefen Wälder ragten hoch, ein Regenschirm fiel aus allen Wolken und ein buntes Fräulein schlug die Flügel.

Und er rieb sich die weiße Welt aus den Augen, kniff einer dicken Traurigkeit ins Hinterteil und strich sich ein rotes Marmeladebrot.

Irgendjemand hat behauptet, das alte Fräulein K. sei einsam. Unsinn. Wo es doch einen Hund hat, das alte Fräulein K. Einen sehr schönen Hund mit dicken Pfoten, großen Ohren und freundlichen, braunen Augen. Nur … so dazwischen ist er von etwas tonnenförmiger Gestalt, doch wen mag das wundern: Das Fräulein ist bekannt für gute Küche.

Früh am Morgen – die beiden schlafen nicht mehr gut – geht es auf die Straße und wenig später in den Park. Kalt ist es heute, sagt das Fräulein, und der Hund mit Namen Cäsar schaut verständig gen Himmel. Ja, ja, ein Hundewetter gewissermaßen. Dann läuft er über die Wiesen, nicht sehr elastisch, zugegeben, doch recht dynamisch alles in allem, kehrt hechelnd zum Fräulein zurück und schnuppert am rechten Bein. Naphthalin. Das mag er.

Dann gehen die beiden wieder. Na bitte. Denkt das Fräulein beim Frühstück, ER liest nicht die Zeitung. Die Männer sind doch nicht alle gleich.

Vormittags wird eingekauft. Nicht allzu viel. Das Fräulein muss sparen.

Mittags besuchen die beiden eine Gaststätte. Und der Wirt betrachtet interessiert die verräucherte Decke seines Lokals, wenn das Fräulein verstohlen ein Stück Fleisch unter den Tisch schiebt. Es gibt schlechtere Gäste, denkt er. Und irgendwann kommt jeder auf den Hund.

Später eilen Cäsar und Fräulein nachhause, um ein Nachmittagsschläfchen zu absolvieren. Das Fräulein träumt sich eine fast vergessene Sünde und Cäsar hetzt im Schlaf einen mächtigen Eber durch die tiefen Wälder.

Irgendwann wird es Abend. Cäsar, sagt das Fräulein, Cäsar, ich meine fast, die Leute lachen über uns.

Cäsar schnappt ungerührt nach einem Hundefloh. Die Leute, schweigt er und kratzt mit erstaunlicher Behändigkeit sein tonnenförmiges Mittelstück, die Leute können uns …

Aber! Sagt das Fräulein und errötet leise.

Gestern noch hat die Brücke von Ufer zu Ufer geführt. Heute sind ihre Enden vom Nebel weggewischt und nur ein krummer Brückenrücken schaut hervor. Mag sein, der kummervolle Jüngling N. steht dort. Er will nicht mehr, als endlich nichts mehr zu wollen, weil er es ja doch nicht bekommen kann. Er bindet sich steinschwere Gedanken um den Hals und lässt sich fallen. Ein Engel, auch im Fallen, packt ihn dann am Kragen, liest ihm die himmlischen Leviten und macht ihm die Hölle heiß, bis ihm Hören und Sterben vergeht.

Oder ein Fräulein schaut den Lichtern zu, die träge im Wasser des Flusses tanzen, tief unten. Hol sie mir, sagt sie zu ihrem Begleiter und streicht über seinen starken Arm.

Ich kann nicht, sagt er und sie verlässt ihn auf der Stelle.

Mag sein, einer packt seinen Kummer in ein Spinnennetz, um alles von sich zu werfen. He da, ruft dann ein Fischer, Sie haben etwas verloren, Sie sollen es wiederhaben.

Gestern hat die Brücke noch von Ufer zu Ufer geführt.

Getrost. Morgen tut sie's wieder.

Die Straßenlaterne hat ein kleines, gelbes Loch in die Nacht gefressen, fast schon zu hell für eine Straße, die besser im Dunkeln bleibt. Sonst müsste man ja sehen, dass sie nichts an ihren Enden hat und nichts an ihren Rändern. Oder doch: Eine Müllhalde liegt da und kann nicht schlafen, zuckt auf, mit kleinen, trüben Flammen, Rauch hängt in den Büschen und die Schatten atmen schwer.

Ein Wegweiser: Nirgendwohin. Ein Verkehrsschild: Halteverbot. Hier hält keiner.

Das ist die Straße der Feldherren: Sie gehen bis Kilometer einhundertsieben, grüßen salutierend tote Helden und ihr Rückzug ist geordnet.

Es ist die Straße der Könige: Sie lassen ihre Equipage anhalten, verrichten ihr Geschäft und fahren heim ins Reich.

Es ist die Straße der Bürger: Pfui Teufel! Sagen sie. Wie schmutzig! Und: Gott, wie hässlich! Und freuen sich, dass sie keins von beiden sind.

Später, wenn alle gegangen sind, steht eine Traurigkeit auf, streicht verlegen übers Kleid und wartet, wartet auf Herrn von K., der jeden Abend kommt.

Schritt für Schritt und Traum für Traum geht er seinen Weg. Im Lack der schwarzen Schuhe spiegelt sich der Mond und auf dem Ring an seiner rechten Hand brennt blaues Feuer.

Darf ich bitten? Fragt Herr von K. und sie nickt und die beiden tanzen zwischen den Enden.

Eines sehr grauen Tages entschloss sich Emmi H. zu einem Abenteuer. Sie ging zum alten Kasten in der Abstellkammer und tat, was sie seit Jahren unterlassen hatte: Sie öffnete die Tür. Es roch nach alten Decken, nach Leder, nach Naphthalin, nach trockenem Holz. Nach Keller roch es, nach kleinen, ängstlichen Kinderheimlichkeiten und nach Vater. Ja, richtig …, der gute alte Stadtpelz, da war er noch immer. Und eine Motte flatterte aus dem rechten Ärmelloch. Na wenn schon. Guten Appetit.

Viel war ja nicht zu sehen, auf den ersten Blick: ein verbeulter Hut, Modell Kraft durch Freude, eine Blockflöte, die aus unerfindlichen Gründen nach Katze roch, und eine alte Ansichtskarte. An Emmi H. Grüße aus Caorle. Harald. Wer war das nur?

Wie auch immer: Sie hat dann später den Karl genommen.

So ein Kasten war eben schon immer treffliches Versteck, unauffällig und geräumig. Die Hausfrau Emmi H. begann darin zu kramen: Ein Vokabelheft ihres Sohnes gab es da, durch und durch lückenhaft, das irgendwann wohl besser verschwunden blieb, und dessen Nachfolger, ein Heft mit reichlich nackten Damen. Und da, links hinten, in der Ecke, Omis vergilbter Jugendfreund, schon damals nicht der Schönste. Aber, wie die Zukunft weisen sollte, sehr beständig alles in allem.

Endlich ein Buch, mit dem Emmi H. befreundet gewesen war, viele Jahre hindurch, bis es eines Tages fremd wurde und verlorenging. Nett, es wiederzusehen, ihm auf den Rücken zu klopfen und ihm die Seiten zu schütteln: Das, guter Freund, wird eine Bettgeschichte, heute Abend.

Ja, und dieser Brief … Sie hatte ihn erst nicht schreiben wollen, und dann war es nicht mehr nötig, ihn abzuschicken. Empfänger unbekannt verzogen.

Da war so vieles wegzuwerfen: Die Schachtel mit dem segellosen Segelschiff, das Tagebuch mit nur einem Tag und die alte Steppdecke – es sei denn, da käme eine sehr, sehr kalte Nacht, und einmal wäre keiner da, der Emmi wärmen könnte.

Sie seufzte. Das war wohl alles nichts. Und von Abenteuer konnte schon gar keine Rede sein. So schloss sie die Tür, die unwillig knarrte, drehte den Schlüssel zweimal im Schloss und schnupperte an ihren staubigen Händen. Roch ein wenig nach dem Karl. Und der war auch nicht mehr ganz neu.

Herr von Z. wäre nur zu gerne General geworden. Aber die neuen Zeiten und die neuen Kriege waren wohl nichts für Herrn vom alten Schlage, und so verdiente Herr von Z. sein Brot als Erzeuger standesgemäßer Herrenbekleidung. Als er sich eines Tages entschloss, in den wohlverdienten Ruhestand zu treten, verblieben ihm einige der von ihm gefertigten Anzüge. Herrn von Z.s Arbeitsweise war nämlich höchst bedächtig, und so kam es immer wieder vor, dass Kunden noch vor dem Fertigstellungstermin verarmten, verstarben oder auswanderten.

Nun, da er über Zeit verfügt, trägt Herr N. die Anzüge auf:

Montag geht er im grauen Flanell eines gewesenen Oberbuchhalters pünktlich von zuhause weg, kontiert, rechnet auf, rechnet ab, zieht endlich Bilanz und geht pünktlich nachhause.

Dienstag schlüpft er in den Anzug eines Windbeutels, der damals prompt nicht bezahlen konnte, macht Schulden, säuft ein wenig, schaut den Damen nach und wagt ein Spielchen.

Mittwoch geht er im Nadelstreif eines Prokuristen auf Geschäftsreise, Donnerstag besucht er trachtig-bäuerlich die Fleckviehversteigerung, Freitag wartet er im schlichten Waffenrock auf neue Befehle.

Samstag liest er unaufdringlich-elegant den Börsenkurier und Sonntag, ja Sonntag, da ist er, wie er ist: Herr von Z., nackt und rosig in der Badewanne. Einen Panzerkreuzer hat er soeben versenkt. Und mit den U-Booten wird er auch noch fertig.

Nero, der Rummelplatzhund

Nero war stolz darauf, ein Rummelplatzhund zu sein. Er hatte mit einer Rummelplatzhündin ein paar Rummelplatzhundekinder und gehörte einem Herrn, der ihn nie verstehen würde. Er hatte ein schiefes Ohr und einen verwegenen Schimmer in den gar nicht treuen Hundeaugen.

Eines Abends, überall hatte man bunte Lichter in den Himmel gesteckt, spürte Nero ein dunkles Begehren, näherte sich einer Hundedame adeligen Stammbaums, raubte deren verlorene Unschuld ein weiteres Mal, vollzog die klassenlose Gesellschaft und legte sich tags darauf zufrieden in die Sonne.

Als die Hundedame eines Abends wiederkam, war sie in Begleitung eines feschen Schäferhundes. Schau, Rüdiger, sagte sie, da liegt mein Abenteuer vom letzten Sonntag! Fabelhaft dreckig, das kann ich dir flüstern. Aber auf die Dauer ziehe ich doch den Rassehund vor.

Rüdiger nahm sich's zu Herzen und Nero beschloss, während er unwirsch einen Knochen ausgrub, den er fast schon vergessen hatte, bissig zu werden.

Es war einmal …

Es war einmal ein Friedhof, der war ein wenig aus der Art geraten. So sehr er sich bemühte, und so ernst er die Dinge auch nahm, die in ihm geschahen, er blieb im Grunde seines Wesens heiter.

Seine Mauer war nicht unüberwindlich, schon eher ein steinerner Gartenzaun, über den hinweg man durchaus ein pietätvolles Schwätzchen halten konnte, sein Tor öffnete sich mit leichter Gebärde zum Land ringsum, nichts lag ihm ferner als zu drohen und zu drängen.

Auch die Grabdenkmäler lasteten nicht schwer wie steinerne Siegel auf den Betten der Toten, sondern standen fast immer ein wenig schief, waren begrünt und fügten sich in die Reihe der anderen, als kämen sie eben vom Ausflug ins Leben zurück. Der Winter verließ diesen Friedhof immer ein wenig früher als andere, allerdings nie, ohne einem trauernden Engel einen glitzernden Eiszapfen ans Ohr zu hängen.

Eines Tages wollte sich ein alter, böser Griesgram vergewissern, ob sein Erzfeind auch noch sicher verwahrt liege, unbequem, wie er hoffte, als er ein leises, wohlbekanntes erzfeindliches Gelächter spürte, wo doch starre Stille walten sollte. Erbost lief er zur Verwaltung, diese berichtete pflichtgemäß an das zuständige Amt, jenes untersuchte, prüfte und befand schließlich, dass dieser Friedhof einer amtlichen Entheiterung zu unterziehen sei. Übermütige Singvögel seien zu entwesen, ungebärdige Pflanzen zu entwurzeln und unpassende Gesichter zu entlächeln.

Glücklicherweise wurde Einspruch erhoben: von ein paar Dutzend Regenwürmern, dem Gärtner und einem Clown (selig).

Seitdem sucht das Amt den Konsens. Und wenn es nicht versteinert ist, dann sucht es ihn noch heute.

Es war einmal ein junger Mann, der sieben Jahre keine Arbeit fand. Als die sieben Jahre um waren, sagte das Amt: Du sollst deinen Lohn bekommen, und gab ihm eine Bestätigung. So wanderte Hans, denn so hieß der junge Mann, von Vorzimmer zu Vorzimmer, und als er wieder einmal auf der Straße stand, traf er einen Faulpelz: Gib mir deine Bestätigung, sagte der Faulpelz, du kannst meine Arbeit haben. So wurde Hans Straßenkehrer, und als er eines Tages vor sich hin pfiff, weil ihm die Arbeit Freude machte, kam ein Student und sagte: Lass mich etwas Vernünftiges tun, du kannst mein Studium haben. Ein paar Jahre später war Hans ein Akademiker. Aber da kam ein Fabrikant des Weges und sprach: Gib mir deinen Titel, ich gebe dir eine meiner Fabriken dafür.

Es währte nicht lange, da trat einer von der Gewerkschaft ins Büro und fragte: Habt ihr nicht Lust, eure Fabrik gegen meine Macht zu tauschen? Und ob Hans Lust hatte. Aber schon näherte sich ein Politiker und meinte, er wäre wohl interessiert, die Macht von Hans bei sich zu wissen, für eine Spitzenfunktion würde er schon sorgen.

So wählte das Volk Hans in viele Gremien, Aufsichtsräte und Ämter. Eines Tages sprach ein ärmlich gekleideter junger Mann bei ihm vor. Alles, was er brauche, erklärte er mit zitternder Stimme, sei eine Bestätigung.

Wie lange ohne Arbeit? Wollte Hans wissen. Sieben lange Jahre.

Ja, ja, ich kenne das. Hans nickte und fegte ein Stäubchen vom Nadelstreif. Dann gingen die beiden ein Bier trinken und noch ein Bier und noch eines. Und irgendwann erkannten sie, dass alles nicht wahr sein durfte.

Es war einmal ein Zug, ein ganz und gar unbedeutender, dreimal täglich verkehrte er, außer Mo, und die wenigen Gäste, die er transportieren durfte, empfanden keine Sympathie für ihn. Er war ein notwendiges Übel, aber zu schäbig, zu laut und zu langsam.

So begab es sich, dass der Zug kurz nach seiner planmäßigen Abfahrt einen akuten Identitätsverlust erlitt, seiner selbst überdrüssig wurde und bei allem eingefahrenen Pflichtgefühl nicht mehr den geringsten Antrieb verspürte. Er wollte nicht mehr weiterkommen, nicht einmal langsam, und am Zielbahnhof ankommen, das wollte er schon gar nicht.

Unmerklich verlangsamte er die Fahrt, und einer der Fahrgäste, der alle fünf Minuten aus dem Fenster schaute und immer wieder den gleichen Baum erblickte, kam überrascht zur Überzeugung, dass ihm die Allee neben dem Bahndamm bisher noch gar nicht aufgefallen war.

Zug um Zug begann auch die Zeit müde zu werden und hörte damit auf, mit der Zeit zu gehen, wenigstens was diesen Zug betraf. Die Uhren der Fahrgäste begannen zwischen dem Ticken verhalten zu gähnen und der Tag vor den Fenstern dehnte sich behaglich, schlief ein und deckte sich mit einem dünnen Tuch Unendlichkeit zu.

In einem leeren Abteil saß der greise Schaffner, und erst wenn sein schlohweißer Bart siebenmal um den Lokführer gewachsen sein wird, besteht der Hauch einer Möglichkeit, die Dinge zu ändern, sehr, sehr langsam natürlich. So weit ist es aber noch nicht.

Bitte entschuldigen Sie die Verspätung.

Letzte Dinge

Der Dichter Hyazinth stieß einen azurblauen Seufzer aus und blickte träumerisch verhangenen Auges aus dem kleinen Fenster seines kleinen Stübchens.

Er passte nicht in diese Welt. Er schrieb mit Herzblut, die anderen taten es mit der Schreibmaschine, er lebte seine Träume, die anderen lebten von ihren Träumen.

In seinem ganzen, versponnenen Leben hatte Hyazinth nur ein einziges Gedicht geschrieben und das war so schön und so zerbrechlich, dass er es nicht wagte, es einem groben Verleger in die papierenen Hände zu geben.

Immerhin hatte er eine treue Muse, Steffi hieß sie, die nicht nur vorbeikam, um ihn zu küssen, sondern ihm auch zu essen brachte und dann und wann eine Flasche Wein. Die Muse Steffi bezahlte auch die Miete und flickte und stopfte und nähte so lange an Hyazinths Kleidern, bis sie ihm neue kaufen musste, und das war schlimm. Steffi war eine sehr begabte Muse, aber eine mit wenig Geld.

Eines Tages begann Hyazinth, denn er war nicht nur Dichter, sondern auch ein guter Mensch, darüber nachzugrübeln, was er der Welt schenken konnte. Aber er hatte ja nichts.

Oder doch? Und so schenkte er, der gute, dumme Kerl, ganz einfach die Muse Steffi her.

Danke, sagte die Welt erfreut, und seitdem steht Steffi hinter tausendundeinem Küchenherd, rackert sich an Fließbändern ab, lötet Transistoren, biegt Drähte, schreibt dumme Briefe und lässt sich von fetten Direktoren auf die Schulter greifen, weil sie nicht nein sagen kann.

Ihr fragt nach Hyazinth, dem Dichter? Ach der …, verwelkt.

Wenn man davon absah, dass er soff, war Martin eine Null. Ein Niemand, der nicht gut roch und keine Adresse hatte. Ein Nichts, nicht erheblich, nicht bemerkenswert, nicht der Rede wert.

Eines Tages, es war Winter und ungemütlich, fiel Martin um, schnaufte noch einmal heftig und verstarb. Das war Ecke Kaiserstraße-Myrtenallee.

Erschrocken blieben die Leute stehen. Besoffen. Sagte der eine. Vielleicht krank. Sagte ein anderer. Tot. Sagte der Amtsarzt wenig später.

Und Martin, die Null, wurde bedeutend.

Ein Protokoll wurde angelegt. Sein Nachlass – eine fast leere Schnapsflasche, eine halbe Zigarette und ein sehr schmutziges Taschentuch – wurde sichergestellt. Man forschte von Amts wegen nach Martins Angehörigen. Vergeblich. Man richtete ihn manierlich für die Ewigkeit zurecht, der Staat spendierte ein leidlich würdiges Begräbnis und die Friedhofsverwaltung machte ein Stück Erde frei.

Martins Seele – auch sie hatte, wie man sich denken kann, Schmutzränder – schwebte indes über allem und war sehr erfreut. Ich war, frohlockte sie, ich war jemand. Und ich bin den Leuten nicht gleichgültig. Man hat mich aufgehoben und sogar ein Stück des Wegs getragen. Danke, ihr Leute.

Martins Seele rülpste ganz diskret. Es lebt sich höllisch unter euch. Aber es stirbt sich himmlisch.

Schmied Gumpel kam eines Abends nachhause, wusch sich den Ruß vom Leibe, küsste verlegen seine Frau und war sehr traurig. Auf dem Heimweg war er nämlich einem blauen Vogel begegnet, einer bunten Zauberin und sieben schönen Sünden. Und nun dachte Meister Gumpel an die Poesie. Den Hammer, den Amboss – er mochte sie nicht mehr sehen. Da las man von kirschroten Märchen – und er? Dem Schmied Gumpel war weh ums Herz. Als er so Gedanken um Gedanken vor sich herwälzte, kam ihm eine Idee. Mit einem heiseren Aufstöhnen rannte er in seine Schmiede, griff nach dem Hammer, fachte Feuer, glühte Eisen und arbeitete die ganz Nacht.

Frau Gumpel las indes und ließ es später bleiben. Als der Morgen graute, ging sie munteren Schrittes in die Schmiede zum Schmied.

Schau, Frau! Was ich geschaffen habe! Rief er fröhlich und hielt ihr ein wahres Ungetüm von Rose entgegen, aus feinstem Eisen geschmiedet. Was bist du doch für ein Trottel. Sagte Frau Gumpel.

Da nahm er, Schmiedemeister in Sulzbach ob der Breicha, bedächtig die Rose und erschlug seine Frau.

Neues vom Nussbaum

Herbst

Der Sommer ist noch ein wenig da, und der Herbst fängt gemächlich an zu reifen. Zeit für Feste zwischendurch.

Der Nussbaum vor dem Presshaus und über dem Keller hat seine Nüsse hergeschenkt, eine ganze Menge in diesem Jahr. Eigentlich wollte er Kinder haben, Bäume, die in den Himmel wachsen, wenn er nicht mehr stehen kann, doch der Mensch, mit dem er zusammenlebt, war anderer Meinung. Auch gut, es ist keine Schande, gut zu schmecken. Jetzt steht der Baum da, hat getan, was zu tun war, und hält noch ein wenig die Blätter fest, weil die Welt unter ihm noch Schatten braucht, als kühle Insel im sonnenwarmen Revier ringsum. Unten, im Keller, geht der Wein zur Neige, oben werden die Trauben süß, süßer als sonst, es könnte ein süffiger Herbst werden, nicht nur unter dem Nussbaum.

Der Stadtstreicher Max, eigentlich ein Stadt- und Landstreicher, Multifunktionär, ein Job-Hopper sozusagen, beschloss zum Beispiel an einem schönen Tag im Herbst, der kalten Jahreszeit mit einem Fest zu begegnen. Sanft und heiter gestimmt, suchte er den Park auf, der ihm den Sommer über als Schlafzimmer gedient hatte, und näherte sich dort freiwillig einem Polizisten, der ihm auch Abend für Abend treu gedient hatte, als Hotelportier. Höflich, aber nicht devot, grüßte er und fragte, ob er etwas erzählen dürfe. Der Polizist zuckte mit den uniformierten Schultern.

Mir ist festlich zumute, begann Max langsam, und weil das so ist, möchte ich Ihnen ein paar Dinge schenken, von der Sorte, wie ich sie zu verschenken habe.

Der Polizist schaute verwundert hoch und sagte vorsichtshalber, dass Geschenkannahme in Amtssachen …

Ach was, brummte Max. Ich schenke Ihnen meinen wunderschönen Rausch von gestern Abend, und Sie brauchen den Kater von heute morgen nicht dazuzunehmen. Ich schenke Ihnen meinen Freund, den arbeitslosen Schaustellergehilfen Pius, weil er so einen schönen Namen hat, und ich schenke Ihnen den Sommer. Ein ganzes Getreidefeld können Sie haben, eine Scheune voll mit Heu und einen Wald, in dem die Märchen wachsen wie die Blumen. Nur das Dorf kann ich nicht herschenken, weil es mich hinausgeworfen hat.

Der Polizist freute sich und bot Max eine Zigarette an. Ich darf erst nach dem Dienst, sagte er entschuldigend.

So ist das, entgegnete Max heiter. Ich darf immer. Nur kann ich meistens nicht.

Winter

Der Baum ist keiner von der immergrünen Sorte und hat ein seltsames Rezept gegen kalte Wintereinsamkeit: Er zieht sich aus. Die Blätter liegen auf der braunen Wiese, der Baum, auf seinen Körper reduziert, steht da, gibt dem Nebelgrau karge Strukturen und der Stille Antwort. Er ist kein Dach mehr; teilt sich das Grau, fällt sprödes Sonnenlicht ungehindert zwischen die kahlen Zweige und zeichnet dünne Schatten. Das Leben im Baum ist nicht mehr vordergründig, hat sich nach innen gekehrt, um dort, wenn alles gutgeht und der Winter nicht zu kalt wird, heimlich zu überleben.

Viel ist nicht los, um diese Zeit, das Wenige wird wesentlich. Aber der Beamte K. sieht einen besonderen Herbst auf sich zukommen, nicht den, der jährlich wiederkommt, sondern den einmaligen, letztmaligen, unwiderruflichen: Seine Beamtenlaufbahn geht zu Ende. K. überlegt, ob er bei dieser Gelegenheit nicht auch zu Ende gehen sollte, dann denkt er wieder, es sei doch gegen jede beamtete Lebensweisheit, den Ruhegenuss nicht als solchen in Anspruch zu nehmen. Die Vorstellung, in den Genuss eines Genusses zu kommen und das immer wieder, erregt ihn schon ein wenig. So hat er sich in ordentlicher Konsequenz dazu entschlossen, den nackten Tatsachen nackt entgegenzutreten. Er tritt vor den Spiegel, er schaut sich ins Gesicht, ein Amtsgesicht, er legt es ab, jetzt schaut ihm ein haltloser Träumer entgegen, ein sanfter Wüstling, ein altes Kind. Herr K. zieht, wenn auch nur im Geiste, den guten Anzug aus, sieht, dass er dünne Beine hat, einen kugeligen Bauch und zwei Haare auf der Brust. Dann legt er seine Träume bloß: feuerrote Schiffe auf dunklen Wogen. Heute Abend wird er ins Wirtshaus gehen, das er jahrzehntelang gemieden hat, wird sich neben jene stellen, neben denen er es sich nie erlaubt hätte zu stehen, wird ihren Spott ertragen, wird gestehen, dass er eigentlich immer gerne gewollt hätte, aber als Beamter und so …

Dann wird Herr K. vorsichtig schwankend nachhause gehen, ein Schaumbad nehmen und dabei singen: Lieder von der Frau Wirtin. Er kennt so ziemlich alle Strophen.

Das ältere Fräulein N. kannte sich nackt nicht, auch nicht in der Badwanne, denn da las es „Frau im Glück“ und sah nichts. Eines Tages kam Besuch, ein alter Freund. Fräulein N. erlaubte es sich zögernd, alte Freunde zu haben. Anton hieß er, am Hinterkopf lichtete sich das Haar, und ab und zu kam ihm ein Gedanke abhanden, den er eigentlich behalten hatte wollen; nicht weiter peinlich, aber lästig. Er nahm Platz, sonst nahm er nichts, das tat er nie. Aber er schaute das Fräulein an, zog ihm die Brille aus, nahm ihm das wohlanständige Kleid ihrer disziplinierten Vergangenheit weg und wischte ihm die Maske seiner leeren Gegenwart aus dem Gesicht. Dann stahl er die sieben, acht Worte, hinter denen sich das Fräulein gerne verbarg, und warf das Lächeln, das es so lange geübt hatte, weg. Es gibt dich ja doch. Stellte er fest. Für wen eigentlich? Für mich. Sagte das Fräulein, war nackt und hüllte sich, nicht einmal sehr verlegen, in Schweigen.

Für den unter dem Baum, zwischen den toten Blättern, schläft das Jahr ein. Eine seltsame Lust wird wach, sich der Welt und ihrer Bewohner zu entledigen. Es geht auch ohne. Hat sich diese Überzeugung so richtig gefestigt, geht's auch wieder mit. So richtig asozial ist man ja doch nur in Gesellschaft. So richtig nackt ist man ja doch nur angezogen. Die graue Welt spielt seltsame Farben. Der graue Mensch ist eigenartig bunt. Vielleicht leben Bäume um diese Zeit ganz einfach verkehrt: Ihre Kronen schlagen Wurzeln im tiefen Himmel und in der warmen Erde singen die Maulwürfe dunkle Lieder.

Noch immer Winter

Seltsame Nacktheit: Entblößung im Herbst, mit fast übermütiger Melancholie, dann, in der grauen Zeit, ärmliches, karges Sich-Verlieren. Als der Winter kam, viel zu früh, weil er ohnedies gleich wieder gehen wollte, gab sich der Baum naiv und verletzlich preis, seine stumme Zähigkeit verbergend, und jetzt, da schon wieder mehr Helligkeit in der Welt ist und Fröste vorerst nur mehr drohen, ist die Nacktheit des Baumes zwiespältig geworden. Ein paar dürre, tote Äste liegen um den Stamm, hängen wirr und nutzlos in der Krone, andere Äste, nicht minder kahl und vordergründig leblos, fangen an, mit ihren Spitzen nach dem Licht zu tasten. Der Baum, so tapfer er geschlafen hat, fängt viel zu früh damit an aufzuwachen. Es ist ein Jammer, dass Bäume keine Mütter haben, die ihnen sagen könnten, dass ein paar Sonnenstrahlen noch kein Frühling sind und dass sich einer den Tod holen kann, der so herumsteht.

Aber der Tod scheint Vergangenheit zu sein, auch unter den Leuten. Felix F. zum Beispiel gibt es nicht mehr: Seine große Geste ist erfroren. Eitel war er, unverdrossen und hemmungslos. Schauspieler eben, nicht nur auf der Bühne. Stellte man einem mäßig begabten Schmierenkomödianten die Aufgabe, einen besseren Mimen darzustellen, begnadet, erhaben und lächerlich, er würde das alles recht gut treffen. F. F. war ein durchaus geeignetes Ziel für den hämischen Neid der Namenlosen, seine Schwächen lagen bloß.

Getrunken hat er natürlich auch, konsequent, manchmal heiter, meist mit verzweifelter Gier. Dafür haben jene, die mit dumpfer Routine ihren Rausch absolvieren, nur Verachtung übrig. Er hätte um Verständnis betteln können, wohlwollende Zurückweisung wäre ihm sicher gewesen, aber er stand im Wirtshaus wie ein grotesker Turm und war auch besoffen von wohlartikulierter Überheblichkeit. Dabei gäbe es ja für den Künstler die in breiten Kreisen anerkannte Methode, sich peinlichen Analysen zu entziehen, nämlich im volkstümlichen Rahmen aus dem Rahmen zu fallen, denn man ist halt auch nur ein Mensch.

F. F. hat nie mit dem Gedanken gespielt, auch nur ein Mensch zu sein. Berühmt war er nicht, doch immerhin bekannt, recht gut beschäftigt und als Talent geachtet. So nebenbei war er für alle, die fremdes Unglück zur Relativierung eigenen Ungemachs benötigen, ein tröstliches Exempel existenziellen Niedergangs, verlor, was zu verlieren war, stand irgendwann alleine da, ohne Engagement, weil verquollen, glasig blickend und schwerer Zunge. Der Mime tat seiner Umwelt auch großzügig den Gefallen, Genre-Szenen in eigener Sache abzuliefern, verfiel zur Jammergestalt, war aufregend schmutzig und hinreißend verwirrt. Dann verschwand er.

Als er wiederkam, soff er nicht mehr und war rasiert. Na also. Sagten die Auftraggeber. Da schau her. Sagten die Leute. Es muss auch welche gegeben haben, die ihn mochten. Schön, dich wieder auf den Beinen zu sehen, sagte einer von denen. Wie du siehst. Sagte der Mime und ging.

Später hat er sich erschossen. Vermutlich nicht ohne Stil, doch im Bewusstsein, dass diese Inszenierung zu seinen schwächsten gehörte.

Aber der Herr Leopold ist noch unter uns. HERR Leopold – er ist nämlich wer. Er hat das Hausmeisterwesen revolutioniert. Es gibt Hausmeister, die halten sich für ein Amt, andere für die bessere Hälfte des Hausherren oder für den letzten Dreck. Herr Leopold hat sich immer nur für den Herrn Leopold gehalten, und der ist eine Persönlichkeit von unmessbaren Dimensionen, ein archaischer Brocken, verletzlich wie eine Spinnwebe. Neben der Hausmeisterei, die er mit virtuoser Beiläufigkeit ausübte, gelang es ihm leichthin, eine ernsthafte Leidenschaft zu etablieren: die Liebe zur großen Arie. Im Grunde genommen war und ist Herr Leopold ein wandelndes Opernhaus, ob Sopran, Alt, Tenor oder Bass, in ihm gastieren nur Stimmen von erlesener Kostbarkeit. Er ist ein Kenner, der das Wesen begriffen hat und urteilen darf, weil er liebt. Um dem Objekt seiner Zuneigung näher zu sein, hielt sich Herr Leopold sogar einen Zweitberuf an der Oper. Dort kehrte er die Töne zusammen, wischte den Staub von den Libretti und grüßte die Sänger brüderlich. Einer von denen war vor vielen Jahren zu seinem Freund geworden, eine große Stimme, ein schwerer, fröhlicher Mann, manchmal hat er spät nachts im Wirtshaus mit dem Herrn Leopold im Duett gesungen. Eines Tages stand er auf, ging auf die Straße und fiel um. Seitdem fehlt Herrn Leopold ein Stück. Vorsichtshalber hat er eine Lebensgemeinschaft gegründet. Mit einem Beo. Der sitzt schwarz und hinterhältig auf seiner Schulter, und wenn sein Ernährer Zuwendung braucht, öffnet der Beo den Schnabel und sagt: Halt die Goschen.

Aber dann ist Herr Leopold krank geworden, erst ziemlich, dann sehr. Ganz durchsichtig lag er im Spitalsbett, rasiert und von jenseitiger Sauberkeit. Er ist ja doch wieder aufgestanden, anders geworden, ruhiger. Ein seltsames Lächeln irrt durch seine Bartstoppeln. Das hat er seit jenem Traum, der ja vielleicht gar keiner war: Im Himmel, alle Opernsänger und alle Hausmeister kommen dorthin, saß Herr Leopold mit seinem

Freund vor einer Resopalwolke, der heurige Nektar war noch staubig und der Servierengel sah ganz so aus, als ob er demnächst fallen würde. Und alle sangen und jubilierten, sogar der Beo, nicht mehr schwarz, sondern pink.

So ist das mit den Bäumen und mit den Leuten. Man stirbt nicht, wenn der Frühling kommt, und wenn doch, dann versehentlich.

Frühling

Der Nussbaum steht vor dem Presshaus, das Presshaus steht über dem Keller, und wer unter dem Nussbaum steht, weil es zum Sitzen noch zu kalt ist, wird sich davor hüten, über den Dingen zu stehen. Um diese Jahreszeit fängt der Baum, der alte Knabe, mit dem Aufwachen an. Erst einmal säuft er, das hat er sich auch über den Winter nicht abgewöhnt. Dann steht er nackt und ungeniert herum, harrt der ersten Triebe, und wenn sich die Sonne Mühe gibt, duften Erde und Gras nach Sünde.

Schön, wie erfreulich schnell man hier auf ein Thema kommt, hier, wo die Sünde noch Saft und Kraft hat. Seit in den Städten die Heiligen rar werden, wird's auch den Sündern zu dumm, zwar gibt es abscheuliche Zeitgenossen jeglicher Schattierung, aber zum Sündigen fehlt das Gewissen. Kein Wunder, wenn es keine tierhafte Freude mehr bereitet, keinen intellektuellen Eklat und kein emotionelles Getöse, des Nächsten Weib zu begehren. Man möchte in Wirklichkeit ja doch nur wissen, was die in Dynasty & Dallas daran finden. Ohne Angst vor allerhöchster Vergeltung, ohne zähneklappernde Reue, ohne die schaudernde Erkenntnis eigener Verworfenheit wird auch die saftigste Sünde zur Verwaltungsübertretung. Demnach züngelt das verzehrende Laster nur sehr verhalten zwischen zivilisierten Menschen, und nur zwischendurch.

Was möchtest du denn heute Mittag? Fragte neulich eine kussfrische Frau ihren pflegeleichten Ehemann. Hm ja, dachte dieser. Ich möchte heute Mittag die Krawatte lockern, den Terminkalender über Bord werfen und den Uhren die Zeiger ausreißen. Dann nähme ich verbotene Flügel, wäre frei in jedermanns Himmel, vermählte mich mit Wasser und Wind und regnete aus allen Wolken der Erde ins Gesicht. Später bin ich ein Fluss, trete genießerisch über meine Ufer und überschwemme die Stadt, bis ich die Zehenspitze jenes Fräuleins berühre, das noch erröten kann. Ich nehme es, forme ein Schiff, setze die Segel und wir beide verlieren einander im Meer. Dort mache ich mich nützlich, entfessle die Stürme, zünde die Sonnenuntergänge an und lehre den Holländer das Fliegen. Nackt und gestrandet will ich der großen Stadt am Meer zuwandern, Frauen kaufen und deren Männer bezahlen lassen. Dann verbrenne ich den Palast meines Widersachers, stürze die Bürger in mein Verderben und fliehe im Morgengrauen. Guten Morgen, wird eine Sünderin sagen, die vor der Stadt bereitliegt, für unsereinen, und wir beide werden sehr glücklich miteinander sein.

Also? Wiederholte die kussfrische Frau ihre Frage. Was willst du heute Mittag? Wenn's keine Umstände macht, sagte ihr pflegeleichter Ehemann, ein Paprikahenderl.

Es kommt natürlich auch vor, dass die städtische Sünde in aller Unschuld geschieht. So geschehen in diesen Tagen, als ein Knabe, noch nicht frisiert und eingezäunt, den Wohnblock 47b verließ, weil er zu spüren glaubte, dass es etwas zu spüren gäbe, auch in der Stadtrandsiedlung. Es gab ein wenig Sonne, die meisten Autos waren sauber gewaschen nach all dem Winterschmutz, bunte Spiegel für das Grau ringsum. Die kleine, viereckige Wiese probte schüchternes Grün und der amtlicherseits bis zur Skulptur zurechtgestutzte Baum, dem Supermarkt gegenüber, krönte sich vital mit drei winzigen Blättern. Nicht ohne Interesse stellte der Knabe fest, dass die Menschen weiblichen Geschlechts nach dem temperaturbedingten Spiel der Verhüllung nun das der Entblößung spielten, mit herzlichem Engagement. Da war eine gewisse Erika, bekannt von Sandkasten, Kindergarten und Taferlklasse, die, wie soll man es sagen, behutsam damit begann, sich zu wölben, da war die Mutter des Knaben, die den Vater des Knaben manchmal umgaukelte wie ein trunkener Schmetterling, und da war das Fräulein Lehrerin, sorgsam darauf bedacht, ihren Herren Schülern nicht als Weibchen zu erscheinen, andererseits, moderner Pädagogik zugetan, durchaus bereit zu beweisen, dass die Welt schön war, das galt natürlich auch für Frauen, stellenweise besonders.

Unvermutet befiel den Knaben ein heftiges Drängen, er strebte einem Zeitschriftenkiosk zu, in dem er ein Weib ungeheuren Ausmaßes wusste, das überdies roch wie Ali Baba und seine vierzig Räuber.

Der Knabe trat ein, mit kindlicher Kraft, legte Münzen auf den Tisch und verlangte mit rauer Stimme die „Micky Maus“.

Kannst alles haben. Sagte das Weib.

Mehr hatte er nicht hören wollen.

Auf Komareks Spuren
von Michael Forcher

Ich habe ihn mir anders vorgestellt. Nein. Eigentlich habe ich ihn mir überhaupt nicht vorgestellt. Alfred Komarek war für mich schlicht und einfach ein Name, eher abstrakt. Er stand für Geschichten, Gedanken, Worte, Musik. Ja, auch Musik, was natürlich nicht nur mit Wortklang und Sprachmelodie zu tun hat, sondern auch damit, dass es Gedanken, Worte zum Weiterspinnen waren, zum Hineinträumen bei romantischer Musik, zum Sich-hinein-Verkriechen …

Viele, viele Menschen meiner Generation „50 plus", aber auch Jüngere wissen, wovon die Rede ist: von Alfred Komareks Kultsendung „Melodie exklusiv", die in den Siebziger- und frühen Achtzigerjahren regelmäßig hunderttausende Menschen zu später Abendstunde vor den Radioapparaten versammelte.

Später las ich wohl das eine oder andere von Alfred Komarek, in einem Merian-Heft, im Geo vielleicht, im Gedächtnis blieb es nicht. Und „Melodie exklusiv" gab es nicht mehr. Dann gründete ich den Haymon Verlag, hatte Kontakt mit jungen, engagierten Autorinnen und Autoren, aber auch ordentliche Schwergewichte der Branche stießen zum Haymon Verlag. Wir hatten Erfolge zusammen, erlebten Enttäuschungen, und wie jeder Verleger hoffte ich inständig darauf, einmal den großen Coup zu landen.

Eines Tages entdeckte ich unter den gerade eingelangten Manuskripten ein Kuvert mit einem mir wohlvertrauten Namen: Alfred Komarek. Habe ich es falsch in Erinnerung oder schlug mir wirklich plötzlich das Herz bis zum Hals … *Dieser* Alfred Komarek? Kann das sein?

Tatsächlich, es war *dieser* Alfred Komarek, und er bot mir das Manuskript seines ersten Kriminalromans zur Veröffentlichung an: „Polt muss weinen". Nie vorher und auch nachher nicht mehr habe ich mich so schnell ans Lesen gemacht, da galt keine Reihenfolge der eingelangten Manuskripte mehr. Und schon die ersten Sätze faszinierten mich, ein geradezu perfekter Anfang. Ein großer Erzähler war da am Werk. Aber auch ein Sprachkünstler, der mit wenigen Worten dichte Stimmung aufbauen kann.

Nach wenigen Seiten war Komareks Absicht klar: Die vordergründig gar nicht so spannende, aber letztlich packende und berührende Kriminalgeschichte mit – wie sich erweisen sollte – überraschender Lösung war mit dem Hintergedanken geschrieben worden, den Lesern die dörfliche Welt der Weinbauern in der nordöstlichen Ecke Österreichs vorzustellen. Der Mord und seine Aufklärung waren sozusagen die Folie, auf der Komarek das Charakterbild einer Region und ihrer Menschen entwarf. Als Alfred Komarek mit dem ersten Simon-Polt-Roman „Polt muß weinen" den renommierten Glauser-Preis gewann, stand denn auch „die Einfühlsamkeit, mit der der Autor die Menschen und die Landschaft des kleinen Ortes im Weinviertel nördlich von Wien beschreibt" neben „der atmosphärischen Dichte und Bildhaftigkeit von Komareks Sprache" im Mittelpunkt der Urteilsbegründung.

Aber ich eile voraus. Zunächst einmal war ich sofort entschlossen, den Roman ins Programm zu nehmen. Ein paar Jahre vorher hatten wir mit Kurt Lanthalers Tschonnie-Tschenett-Romanen erste Schritte auf dem Sektor der Kriminalliteratur gewagt, wobei für mich neben der literarischen Qualität der sozialkritische Akzent im Schreiben des Südtiroler Autors entscheidend war, der nicht nur unterhalten, sondern aufklären will und seine Geschichten so nahe wie möglich an der Wirklichkeit entlang erzählt. Der Erfolg blieb nicht aus. Auch die bald darauf gestarteten Kurt-Ostbahn-Krimis von Günter Brödl erreichten große Popularität und dementsprechend hohe Auflagen.

Und jetzt Alfred Komarek! Wie er mir später sagte, hatte er als verlagstreuer Autor den Roman zuerst mehreren größeren Verlagen angeboten, mit denen er schon in Kontakt stand. Die waren aber skeptisch und trauten sich nicht drüber. Wozu jetzt ein Krimi? Soll bei seinem Leisten bleiben, haben die wohl gedacht. Freunde und Kollegen rieten Komarek dann, sich an den Innsbrucker Haymon Verlag zu wenden, der inzwischen zu einer der ersten Adressen in Österreich für dieses Genre geworden war.

Meine umgehend abgesandte Zusage, den Roman zu verlegen, war mit der Bitte verbunden, uns bald einmal in Wien treffen und persönlich kennenlernen zu können. Und da stand er dann vor mir. Erstmals leibhaftig. Er, der vorher nur Wort, nur Sprache war. Im Café Schwarzenberg war es, nach dem Eingang gleich links, ein Tisch im Eck am Fenster. Er hatte beschrieben, wo er sitzen würde. Stand auf, als er meinen suchenden Blick bemerkte. Herr Komarek? Herr Forcher? Grüß' Sie Gott, freut mich … Ein großer, schlanker Mann mittleren Alters, im dezenten Straßenanzug mit eher altmodischer Krawatte. Freundlich, gewinnend. Ohne jede Starallüre.

Wir fanden uns im Reden, wurden schnell einig über Detailfragen des zu schließenden Vertrags, besprachen Termine, PR-Maßnahmen und was sonst alles dazugehört zum Geschäftlichen. Ich ließ mir vom Weinviertel erzählen, was ihn so fasziniert an der Landschaft dort, an den Menschen, warum er nach Rundfunk- und Magazinfeatures, Reisereportagen, kleinen Erzählungen, Essays, Texten zu Bildern, zu Kunst und Kultur und vielen anderen Facetten des Schreibens jetzt zum Krimiautor geworden war, der schon weitere Romane rund um den sympathischen Weinviertler Gendarmerie-Inspektor im Kopf hatte. „Ich wollte einen Lebensraum und seine Menschen, die Vorteile und Probleme des heutigen Lebens auf dem Land einmal nicht in Reportage- oder Sachbuchform darstellen, sondern es auf andere Weise probieren, und der Kriminalroman eignet sich dazu besonders gut, weil ein Mord den Alltag auseinanderklaffen lässt und verdrängtes, verleugnetes Unbewusstes herzeigt."

Seit dem Tag sind mehr als zehn Jahre vergangen. Komarek hat mich damals gebeten, ihm ein strenger Lektor zu sein, allzu häufig verwendete Formulierungen und auffallende Lieblingswörter gnadenlos herauszustreichen, ja nichts durchgehen zu lassen. Ich bin dem Wunsch nachgekommen, doch habe ich nicht viel gefunden, was man hätte herausstreichen müssen. Selbst das angelernte Bemühen, unnötige Adjektiva auszumerzen und die Eigenschaften der Dinge eher der Phantasie des Lesers zu überlassen, ging größtenteils ins Leere.

Denn Komarek ist zwar ein Autor der vielen Adjektiva und Adverbien, doch sind es nie simple Ergänzungen aus dem Alltagswortschatz, sie schränken nie die Phantasie des Lesers ein, im Gegenteil, sie sind wohlüberlegt, überraschend, kreativ, kaum eines ist verzichtbar, will man nicht den Sinn des ganzen Satzes, die Bedeutung der Aussage entstellen, ein Fenster zumachen, das der Autor durch gerade dieses Wort geöffnet hat. Sehr oft verändern, relativieren die gewählten Eigenschaftswörter die Bedeutung des Hauptwortes, mildern, verschärfen, ja verkehren sie raffiniert ins Gegenteil, gibt ein Adverb dem folgenden Zeitwort einen neuen Sinn. Bei welchem Autor liest man sonst von „grausamer Zärtlichkeit“, wer beschreibt ein „Fest von sanfter Zügellosigkeit“, wer lässt einen Menschen „aufdringlich entspannt“ sein? Beispiele über Beispiele könnte man da anführen. Komareks Wörter treffen den Kern, durchdringen wie Röntgenstrahlen die äußere Wahrnehmungsschicht, legen tiefere Ebenen frei.

Und dann seine pointierte Sprache, sein Witz, seine Bonmots! Eine Formulierung wie „Die Existenz eines freiberuflichen Schriftstellers ist der eines Seiltänzers ohne Netz verdammt ähnlich“ könnte man auch bei anderen lesen. Bei Komarek kommt was nach: „… und zuweilen fehlt auch noch das Seil.“ Niemand Geringerer als der verstorbene Altmeister unter Österreichs Sprachkünstlern, Hans Weigel, war von solchen Sätzen begeistert. Auch von dem: „Schön miteinander schweigen ist übrigens auch ein Gespräch.“ Dass diese Begabung Komarek zum Essayisten und Feuilletonisten alter Schule adelt, hat Hans Weigel im Vorwort zu Komareks Buch „Gott hab uns selig“ – aus dem in der vorliegenden Sammlung auch zahlreiche Beispiele abgedruckt sind – mit der Bemerkung hervorgehoben: „Als Alfred Polgar starb, nannte ich ihn in meinem Nekrolog den ‚letzten Ritter des Feuilletons‘. Ich bin glücklich, dass ich mich damals geirrt habe.“

Feuilletonistische Schärfe in Wortwahl und Formulierung sind das eine, Komareks Erzählkunst das andere. Denn wunderbare Sätze, überraschende Metaphern und gescheite Gedanken machen noch keinen Roman aus. Geübt und erfahren in der kleinen Form märchenhafter Erzählungen, ausgestattet mit unbändiger Phantasie einerseits und exzellenter Beobachtungsgabe andererseits, dazu noch mit einem auch analytisch einsetzbaren Verstand, dem einige Semester Jusstudium offenbar nicht geschadet haben, ist er imstande, spannende Plots zu erfinden, Dialoge, Szenen und Bilder zu einer sinnvollen Handlung zusammenzuführen. Ein guter Erzähler eben, es gibt nicht gar so viele, leider!

Das Stichwort „Jusstudium“ erinnert mich daran, dass noch die Biografie Alfred Komareks zu erzählen ist. Geboren ist er am 5. Oktober 1945 in Bad Aussee. Sein Vater war Lehrer und Gelegenheitsautor, der dem Drittgeborenen die Lust am Formulieren und Erzählen vererbte, was sich schon früh in einer „übermütigen Hemmungslosigkeit im Umgang mit dem Material Sprache" (O-Ton Komarek) niederschlug. Nach der Matura am Gymnasium in Stainach-Irdning bremste der Vater den Wunsch des geradezu schreibwütigen Sohnes, gleich als freier Autor tätig zu werden, und riet ihm, zur Absicherung ein Jusstudium zu beginnen.

Für diese Argumentation hatte Alfred Komarek durchaus Verständnis, inskribierte in Wien und legte nicht nur die ersten beiden Staatsprüfungen ab, sondern bewährte sich auch als wissenschaftliche Hilfskraft am Institut für Deutsche Rechtsgeschichte. „Ich bereue das bis heute nicht", betont der erfolgreiche Autor im Rückblick, „denn wer mit dem kreativen Chaos in seinem Inneren produktiv umgehen will, sollte es auch gelernt haben, folgerichtig zu denken und ein stimmiges Konzept umzusetzen."

Neben dem Studium machte der angehende Jurist das, was er am liebsten tat, nämlich schreiben, ab 1965 für den ORF, ab 1966 als freier Mitarbeiter der Wochenzeitung „Die Furche". Aber der Stern des Alfred Komarek ging erst richtig auf, als die Geschichte des Rundfunks in eine neue Phase trat, als er – wie Komarek sagt – erwachsen wurde, sich nicht mehr für Unterhaltung genierte und nach der Rundfunkreform von 1968 mit Ö3 ein „junges" Programm aus der Taufe hob. Darin wurde dem Wort eine neue Dimension eingeräumt. Zwar waren es nach dem Vorbild der Programme der amerikanischen Besatzungstruppen in Europa meist frei sprechende Moderatoren, die wortwörtlich das Sagen hatten, doch gelang es Komarek, radiogerechte Texte, Texte zum Hören zu schreiben, die von grandiosen Sprechern wirkungsvoll an die Hörer gebracht wurden, zuerst in „Entre nous" von Erika Mottl und Wolfgang Hübsch, dann in „Melodie exklusiv" von Meinrad Nell und Ingrid Gutschi, später in der Reihe „Texte" von Ernst Grissemann. Gleichzeitig entstanden jede Menge anderer Manuskripte fürs Radio, für österreichische Lokalsender genauso wie für große deutsche Rundfunkanstalten.

Alfred Komarek war etabliert, verdiente ordentlich, war inzwischen glücklicher Ehemann, ging einer schönen Zukunft entgegen. Da passierte es. Seine Frau wurde das Opfer einer schweren psychischen Erkrankung, ihr Tod riss auch ihn in eine existenzielle Krise. „Ich wär auch bald draufgegangen", sagt er nur. Er ist einer, der nie viel von sich erzählt. Aber wenn er schon nicht anders kann, als diese Katastrophe seines Lebens zu erwähnen, vergisst er nie dazuzusagen, dass es eine wunderbare Ehe war und er deshalb nur mehr allein weiterleben wolle. „So eine Frau finde ich nie mehr, wozu also noch einmal an Heirat denken …"

Wie sehr dieser gewaltige Lebenseinschnitt Komareks Schaffen beeinflusste, ist schwer zu sagen. Man müsste genaue Textvergleiche anstellen, um Spuren zu finden. Und würde sich wohl oftmals täuschen. Der Tod als Teil des Lebens war für ihn schon sehr früh ein gar nicht seltenes Thema, mit dem er – so wie heute auch – leicht und spielerisch umging, in Märchen und Bilder verkleidet. Manchmal verwirrten seine Texte gerade junge Fans. „Also, ich weiß nicht, sind Sie ein junger Alter oder ein alter Junger", schrieb ihm eine Hörerin in den Siebzigerjahren. Und heute könnte es umgekehrt sein, als „guter Sechziger" schreibt er so, dass ihn angesichts seiner Unbekümmertheit und seiner Lust am Schabernack vielleicht manch älterer Leser für sehr jung hält – es soll noch Leute geben, die nichts über Alfred Komarek gehört, gelesen oder ihn im Fernsehen gesehen haben. „Immer mehr fällt mir auf, dass mein Gesicht im Spiegel zwar älter ausschaut, dass meine Interessen, Gedanken und Gefühle aber die gleichen geblieben sind, auch mein berufliches und persönliches Selbstverständnis hat sich in fünfundvierzig Schriftsteller-Jahren nicht wesentlich geändert."

Mitte der Achtzigerjahre schlitterte Komarek auch noch in eine berufliche Krise. In allen Programmbereichen des Rundfunks wurde der Wortanteil immer kleiner und von immer besseren Moderatoren bestritten, für das geschriebene Wort war bald kein Platz mehr. „Als ich im Radio nach und nach verzichtbar wurde, stand ich erst einmal verdutzt da und verarmte rapid. Ich war vierzig und lief, nach langen Beisl-Abenden riechend, jedem, aber auch wirklich jedem Auftrag hinterher, verfolgt von Furcht erregenden Steuerschulden aus besseren Tagen und belächelt von den erfolgreich Etablierten."

Dass er wieder zu ihnen aufschließen konnte und so manchen überholen, hat Komarek harter Arbeit zu verdanken, seiner Ausdauer, Selbstdisziplin und Professionalität, seinem Fleiß, seiner vielseitigen Begabung und „… einer guten Portion Glück", ergänzt er bescheiden und versichert glaubhaft, gerade deshalb nie billigen Triumph empfunden zu haben, er wisse genau, ohne dieses Glück hätte es auch anders ausgehen können. Beides, Schöpferkraft und Glück, meinte wohl Journalisten-Urgestein Herbert Völker, sein alter Weggefährte und Förderer, wenn er in einer

Laudatio auf Alfred Komarek mit einem Alfred-Polgar-Zitat das seltsam-skurrile und gerade deshalb so stimmige Bild fand: „Wo er hintritt, da wächst Gras ...“

Auf Komareks Lebensweg wuchs jedenfalls bald wieder Gras, dicht und üppig. Zunächst hielt ihn eine „durchaus nicht nutzlose“ Karriere als Werbetexter über Wasser – und mehr als das. Wohl jeder Österreicher kennt einen von Komarek erfundenen Slogan: „Raunz nicht, kauf! – Wenn er's nur aushält, der Zgonc!“

Dann entdeckten Büchermacher und Magazinredakteure Komareks Begabung, über verschiedenste Themen sinn- und lustvoll zu schreiben und dabei im Gegensatz zu anderen genialen Schreibern auch noch verlässlich zu sein und pünktlich abzuliefern. Sowas spricht sich herum in der Branche. Er machte sich vor allem als weltweit agierender Mitarbeiter von Reisemagazinen einen Namen und stellte österreichische Landschaften und Lebensräume, kulturelle Schätze und Naturschönheiten in Büchern vor. Dass er darin weit über das Beschreiben hinausging, veranlasste Hans Weigel, ihn einen „Geosophen“ zu nennen, das Ergebnis dieser Art von Landeskunde eine „Melange aus Anschaulichkeit, Wissen und Charme“. Und: „Ein konstituierendes Element seines Schreibens ist der Humor.“ Fügen wir hier gleich noch das außergewöhnliche Lob eines Berufskollegen und Weggefährten von besonderem publizistischen Gewicht an: Helmut A. Gansterer ließ einmal verlauten: „Komarek hat noch keinen langweiligen Satz geschrieben!“ Ganz schön stark!

Es folgten Sachbücher, profunde Begleittexte für Kunstbücher, Drehbücher fürs Fernsehen. Kleine Erzählungen entstanden, später Kinderbücher. Sogar Liedtexte flossen aus seiner Feder, in den Anfängen „zum Teil abscheuliche Machwerke für diverse Schlager“, wie Komarek heute zugibt, „unter dem Pseudonym Alfred Schilling geschrieben, damit jeder wusste, worauf es mir ankam.“ Später wurden die Texte anspruchsvoller, einige waren für damals prominente österreichische Sänger und Gruppen bestimmt wie die Milestones. In Zusammenarbeit mit Toni Stricker entstand sogar eine CD mit Edita Gruberova als Sängerin. Er lässt sich halt schwer einordnen, dieser Komarek!

Und dann die Romane. Und ihr sensationeller Erfolg. Irgendwie war das Weinviertel an allem schuld. „Ich bin als Stadtflüchtling ins Weinviertel gekommen. Aussee war für einen schnellen Ausflug zu weit weg von Wien. Fasziniert hat mich an dieser Landschaft der Gegensatz zum Salzkammergut: hier eine bergende, bestimmte, spektakuläre Gegend, dort eine weithin offene, auf den ersten Blick beiläufige, leise Landschaft. Dazu die eigentümlichen Strukturen von Dörfern und Kellergassen, die mir bislang völlig fremde Welt der Presshäuser und Weinkeller, archaisch fest gefügt, aber auch verletzlich. Der Weg dorthin, das Bleiben, das Langsam- und Ruhig-Werden ist ein wichtiger Teil meines Lebens."

Komarek kauft im Pulkautal einen Weinkeller mit dazugehörigem Presshaus, das er sorgfältig und respektvoll herrichtet. Immer öfter verbringt er hier seine Wochenenden und manche Tage dazwischen. Ein zweites Presshaus rettet er durch seinen Kauf vor dem Verfall und erhält sein skurriles Inventar wie ein Museum. Er wird heimisch, lernt die Leute kennen, gehört bald zum lebenden Inventar der Gegend. Und setzt ihr mit seinem Gendarmerie-Inspektor Simon Polt ein literarisches Denkmal.

Das letzte Jahrzehnt habe ich als Komareks glücklicher Verleger selbst miterlebt. Den großen Erfolg mit „Polt muss weinen" und den Friedrich-Glauser-Preis für den besten deutschsprachigen Krimi; den Lizenzverkauf an den Diogenes Verlag, der mit den Polt-Taschenbüchern neue Leserschichten vor allem in Deutschland erschloss; das Interesse Erwin Steinhauers, den sympathischen Gendarmen zu verkörpern; den Verfilmungsvertrag, das großartige Drehbuch Julian Pölslers (wofür er gemeinsam mit Alfred Komarek 2002 eine Romy erhielt); die von knapp einer Million Österreichern gesehene Ausstrahlung im ORF genau zu dem Zeitpunkt, als der zweite Polt-Roman auf den Markt kam: „Blumen für Polt". Dann Polt 3 und 4 und die nächsten Filme, Fernseh-Talkshows, Interviews, Lesungen, das allgemein immer größer werdende Echo.

Natürlich schrieb Komarek währenddessen auch anderes, darunter ein neues Kinderbuch, Fernsehdrehbücher, ein Theaterstück und für den Haymon Verlag die Texte zu Bildbänden über das Ötztal (Fotos von Guido Mangold), über Venedigs Inselwelten („Laguna" mit Fotos von János Kalmár) und über das Weinviertel („Lichtblicke" mit Bildern von Manfred Duda). Einen fünften Polt-Krimi wollte er vorerst nicht mehr schreiben. „Im Pulkautal passieren halt nicht so viele Morde." Dem Ansinnen, Polt zur TV-Serienfigur zu machen, widerstand er umso leichteren Herzens.

Für Polt sprang Daniel Käfer in die Bresche, ein arbeitslos gewordener Magazinjournalist, den Komarek erfand, um eine andere Landschaft seines Herzens in mehreren Romanen vorzustellen: das Ausseerland. Keine Krimis mehr, aber Romane mit starken Charakteren und einem liebenswerten Völkchen rundherum, mit viel Landschaft, Kultur und Geschichte, witzigen Dialogen und einer spannenden Handlung, eben mit allem, was guten Lesestoff auszeichnet. Der Erfolg der Polt-Romane setzte sich fort, die Filmfirma, Regisseur Pölsler und der ORF stiegen wieder ein. Mit Peter Simonischek erhielt auch Daniel Käfer einen prägnanten, unverwechselbaren Darsteller.

Komareks inzwischen riesige Fangemeinde freut sich auf den vierten und letzten Käfer-Roman, erhofft (nicht aussichtslos) danach einen fünften Polt-Krimi und kommt mit dem vorliegenden Buch endlich auch zu schwer oder gar nicht zugänglichen älteren Texten. Denn wer den echten und wahren Komarek kennenlernen will, muss verschiedenen Spuren folgen und braucht unterschiedliches Futter für seinen Lesehunger. Hier ist es, greifen Sie zu! Aber mit Bedacht. Ich empfehle, denn so hat man mehr davon, es sich langsam und genießerisch Happen für Happen einzuverleiben. Auf diese Weise können Sie mit Alfred Komarek auf Reisen gehen, österreichische Besonderheiten nachsichtig belächeln, alte Autos ausprobieren, der Esslust frönen, ernste Probleme weiterdenken – oder in eine Märchenwelt voller Symbole und Anspielungen, in Wachträume versinken.

Quellenverzeichnis

Ein Gedicht
Ö3 Flohmarkt

ZUSAMMENLEBEN

Wie bitte?
Aus: „Gott hab uns selig. Sehr österreichische Geschichten“, 1989, Kremayr & Scheriau

Dienstschluss
Aus: „Gott hab uns selig“

Stadtchronik
Aus: „Gott hab uns selig“

Landleben
Aus: „Gott hab uns selig“

Wer borgt mir, bitte, ein Gewehr?
Broschüre im Eigenverlag

Hallo Nachtmahr!
Aus: Diners Club Magazin

Still-Leben
Aus: Diners Club Magazin

BESTIARIUM

Alles aus der Kunst-Zeitschrift Parnass

AUSTRIACA

Alles aus: „Gott hab uns selig“

FORTBEWEGT

Alles aus der Zeitschrift Autorevue

LUSTREISEN

Alles aus dem Diners Club Magazin

CULINARIUM

Esslust
Aus: „Gott hab uns selig“

Einfach Wein
Aus: Diners Club Magazin

Man muss sich nicht genieren
Aus: Diners Club Magazin

MELODIE EXKLUSIV. SENTIMENTALE BEISPIELE

Alles aus der Sendung „Melodie exklusiv" des ORF, Ö3

PUNKTUM

Der Mohnfeldhase
ORF, Ö3, „Entre nous" (Vorläufersendung von „Melodie exklusiv")

Das letzte Gelächter des Harlekins
Aus: „Schnee ist Regen, der in den Himmel fällt",
Edition Galerie Hilger

Gespräche mit einem dunklen Freund
Hessischer Rundfunk

Alltäglichkeiten/Er wachte auf an einem seltsamen Morgen …
ORF, Ö3, „Entre nous"

Alltäglichkeiten/Irgendjemand hat behauptet …
Deutschlandfunk, „Kalendarium"

Alltäglichkeiten/Gestern noch hat die Brücke …
ORF, Ö3, „Entre nous"

Alltäglichkeiten/Die Straßenlaterne …
ORF, Ö3, „Entre nous"

Alltäglichkeiten/Eines sehr grauen Tages …
Deutschlandfunk, „Kalendarium"

Alltäglichkeiten/Herr von Z. …
ORF, Ö3, „Entre nous"

Nero, der Rummelplatzhund
ORF, Ö3, „Entre nous"

Es war einmal …
Hessischer Rundfunk

Letzte Dinge/Der Dichter Hyazinth …
ORF, Ö3, „Entre nous"

Letzte Dinge/Wenn man davon absah …
Hessischer Rundfunk

Letzte Dinge/Schmied Gumpel …
ORF, Ö3, „Entre nous"

Neues vom Nussbaum
Diners Club Magazin

Alfred Komarek bei Haymon

Die Polt-Krimis

„Polt ist Kult“
(NEWS, Dagmar Kaindl)

POLT MUSS WEINEN
192 Seiten, ISBN 978-3-85218-275-9

BLUMEN FÜR POLT
190 Seiten, ISBN 978-3-85218-321-3

HIMMEL, POLT UND HÖLLE
206 Seiten, ISBN 978-3-85218-359-6

POLTERABEND
192 Seiten, ISBN 978-3-85218-413-5

Die Käfer-Romane

„Verschlungene Wortakrobatik trifft auf leichte Sentimentalität und doppelbödige Gemütlichkeit.“
(Der Standard, Ingeborg Sperl)

DIE VILLEN DER FRAU HÜRSCH
192 Seiten, ISBN 978-3-85218-444-9

DIE SCHATTENUHR
208 Seiten, ISBN 978-3-85218-483-8

NARRENWINTER
200 Seiten, ISBN 978-3-85218-510-1

www.haymonverlag.at

Alfred Komarek bei Haymon

LANDSCHAFTSPORTRÄTS

DAS ÖTZTAL
mit Fotografien von Guido Mangold
228 Seiten, ISBN 978-3-85218-301-5

„... ein tolles Landschaftsbuch der absoluten Sonderklasse."
(Kronenzeitung)

LAGUNA
Venedigs Inselwelten
mit Fotografien von János Kalmár
160 Seiten, ISBN 978-3-85218-387-9

„‚Laguna' zeigt faszinierende Ansichten der venezianischen Inselwelt im Wechselspiel von Wasser und Licht."
(Münchner Merkur, D. Salcher)

LICHT.BILDER. DIE FARBEN DES WEINVIERTELS
mit Fotografien von Manfred Duda
160 Seiten, ISBN 978-3-85218-434-0

„Ein Prachtband, der so köstlich schmeckt wie ein besonders edler Tropfen, verkostet auf der Bank vorm Weinkeller an einem sonnig-warmen Spätherbst-Nachmittag."
(Salzkammergut Rundschau, Josef Aigner)

www.haymonverlag.at